KB235159

발바닥 내 발바닥

김곰치 르포·산문집

녹색평론사

발바닥 내 발바닥

발바닥으로 글쓰기

이 책의 알짜는 제1부에 실린 네편의 르포이다. 르포란 어떤 글일까. 발바닥으로 쓰는 글이 르포겠지. 일반적으로 르포라는 글이 시효가 오래가기 힘든 형식의 글이라는 것을 안다. 그것은 글쓰기에 대한 이상한 패배감을 안겨준다. 나는 네편의 글을 쓸 때 르포를 쓴다고는 생각하지 않았다. '그냥 순수한 글'이라고 생각하려 애썼다.

편마다 내 글쓰기의 몰입은 최고 수준에 달했다. 새만금갯벌과 서울 북한산, 그리고 강원도 사북. 총 네번의 취재 현장에서 나는 언제나 울어야 했다. 태백석탄박물관의 어두운 실내에서 내 얼굴이 눈물범벅이 되었던 것을 특히 잊지 못하겠다. 내가 작가라는 자의식을, 소설을 쓸 때보다 네번의 취재에서 더 격렬하게 만날 수 있었다. 글의 성취도를 떠나 순수한 열성과 집념의 면에서 오직 작가만이, 아니 나만이 쓸 수 있었던 글이라고 나는 지금도 믿고 있다. 눈물, 아니 울음이 나를 그렇게 믿게 한다.

네편의 글이 진리와 제대로 손을 잡았다고는 물론 자신하지 못한다. 사실의 누락과 오해도 꽤 있고, 무엇보다 공학적이고 실용적인 지식에 나는 배타적일 때가 많았다. 글을 쓰면서 누군가의 편을 들

수밖에 없었다. 나는 그 사실을 잘 의식하고 있었다. 그런데 지금 돌이켜보면 내가 편든 것은 다른 누구가 아니었다. 내가 편든 것은 언제나 나 자신이었다.

민중의 삶은 주류 지식에서 비껴있기 마련이고, 주류 지식을 민중은 불신하면서도 그 파괴력을 무서워한다. 내 글도 그렇다. 나는, 예를 들어, 고속철도공단이나 새만금사업단 사람들과 인간적으로 터놓고 이야기를 나누고 싶었지만, 그럴 기회가 잘 있지 않았고, 나 스스로 만남에의 노력을 별로 행하지 않기도 했다. 즉 불신과 두려움 때문이다. 그들의 이야기가 빈한하게 된 것이 그렇다고 크게 아쉽지는 않다. 다시 말하건대 내가 만난 진실은 내게 커다란 자신감을 주었고, 한없이 그 진실에 충실하고 싶도록 만들었으며, 불신과 두려움을 직접 맞닥뜨리지 않고도 가차없이 던져버릴 수 있는 용기를 주었다. 이것이 내 글의 약점이면서 진정한 강점이 되는지 모른다.

글을 쓴 시점과 비교할 때 현장마다 이런저런 변화가 생겼지만, 글에 담은 나의 울음 섞인 노래만은 이 세상의 아픈 누군가에게 연대와 격려가 되리라고 믿고 싶다. 그리고 앞으로도 나는 나 자신의 진실부터 다시 한번 무조건 믿고 싶다. 보다 완전한 몰입으로 취재하고 계속 오직 나만의 글을 쓰고 싶다. 그것이 내게 붙은 내 발바닥의 복된 쓰임새일 것이다.

발바닥으로 쓰지 말고 온몸으로 쓰라고? 발바닥은 몸 아래의 가장 밑바닥이므로 사실 위의 모든 것을 짊어진 글쓰기다. 발바닥으로 쓴다는 것은 곧장 온몸으로 쓴다는 것이다. 손으로 머리로 엉덩이로 글을 쓴다고 착각하고 살았지만, 발바닥이 쓰는 글이 최고의 글쓰기라는 것을 새삼 알겠는 기분이다.

눈물은 머리의 것, 울음은 온몸의 것이다.

《녹색평론》과 또 다른 지면에 낸 글도 함께 엮었는데, 내 한몸 한마음에서 나왔기에 책을 엮은 뜻에서 어긋나지 않는다고 믿는다. 계간지에 발표한 단편 〈우주소년 철진〉도 그러하다고 믿는다. 지금 출판계의 상식과는 맞지 않는, 여러 장르의 글이 모인 이상한 책이 되었지만, 나는 그럴싸하다고 생각한다. 무엇보다 녹색평론 편집실 식구들이 그럴싸한 책이라고 나보다 먼저 생각하여 주었다. 고맙습니다.

김종철 선생이 처음 내게 새만금갯벌 취재를 권하며 하신 말씀이 있었다. "한국문학의 어리석은 관습에 매달려 계간지나 독자들 꽁무니나 쫓아다니지 말고, 김곰치 씨만이라도 이 땅의 산과 바다, 강, 나무한테 사랑받는 작가가 되지 그래요." 선생과의 복된 만남이 이 책을 낳았다. 고맙습니다.

책이 손에 쥐어지면, 나는 기뻐하고 또 슬퍼할 것이다.

2005년 7월
김곰치

목 차

기억을 향한 투쟁

― 폐광촌 카지노에서

"광산근로자를 위하여 정부의 지원으로 건립된 것이니 다함께 고마운 마음으로 이용합시다. 86. 11."

동원탄좌 사택아파트의 머릿돌 문구다. 한때 이 아파트 단지는 사북의 큰 자랑거리였을 것이다. 지금의 모습은 처연하기 이를 데 없다. 이채로운 것은 곳곳에 주차된 자가용과 승합차량. 차들은 깨끗하다. 탄가루로 더럽혀진 아파트 외벽과 묘한 대비를 이루는 것이다.

노동조합에 들러 동원탄좌가 처한 안팎의 상황에 대한 '공식적인' 견해를 듣고, 아파트 거주 광부를 만나려고 단지 내로 들어섰다. 흙 실은 트럭이 쉴새없이 옆길을 올라간다. 작년 가을, 임시 카지노가 고한에서 개장했다. 내년 성탄절 즈음 사북에 들어설 거라는 본 카지노 호텔과 스키장, 골프장 공사장으로 가는 트럭이다. 복지회관 뒤 좁은 터에 사내 둘이 있었다. "안녕하세요." 다가갔다. 요즘 심사가 어떠냐고 물었다.

"대체 왜들 그런대? 카지노 들어서고 밖에선 방송이고 뭐고 한다는 소리가 경기 살아난다, 그러더라. 텔레비 보면 열받아 죽겠어. 제발 좀 그만하라 해. 우리하곤 아무 관계없는 소리야. 득 보는 게 누구야? 주유소? 전당포? 여기 가난한 사람들은 일없어요. 좀 알고 떠들라고 해."

한 사내가 도맡아 말하고, 다른 사내는 말없이 줄톱으로 톱의 날을 간다. 폐광대책은 세워됐는지 물었다. 정선지역발전연구소 김창완 소장은 "사북·고한은 빠르면 올해 폐광하고 태백 쪽은 탄광을 유지하기로 결정이 난 줄 압니다" 했다. 노동조합의 한 간부도 "반은 떠날 거고 반 정도는 남지 않겠어요?" 하며 폐광을 기정사실로 쳤다.

"폐광이야 되겠지. 호텔 진입도로가 탄광 앞마당을 지나가는데, 서울 사람들이 탄가루 날리는 시커먼 사택 보고 싶어 하겠어?"

폐광되면 7천만원 정도 받는다는 소리를 언뜻 들었다.

"폐광대책비가 얼마 된다구. 그것도 상한선이 있어요. 십삼년인가? 그보다 더 오래 한 사람은 그만큼 더 쳐줘야 하는 것 아냐? 또 퇴직금은 미리 빼쓴 사람이 많아. 물론 대책비랑 퇴직금 합쳐

7천만원 되는 사람 있고 1억이 되는 사람도 있지. 그러나 생각해봐, 많이 받는 사람 얘기하면 뭐 해, 평균 따지면 뭐 하냐구, 평균 이하, 진짜 살 길 막막한 사람들이 문제 아냐? 그리고 7천만원 받는다 쳐. 사택 비우고 떠나면 집이 있어, 논이 있어, 기술이 있어. 지금 여기 사람들은 장년층이 많다고, 애들 고등학교 대학 보낸다고 돈이 제일 많이 들 땐데 7천만원 가지고 뭐 하라구. 폐광시키고 호텔에 취업시킨다 하는데, 근데 그것도 몇개월 교육을 받아야 한다며? 우린 못해."

교육, 머리 쥐난다는 투다. '교육' 받는 것에 소질이 있다면 지금에도 탄 캐며 살고 있겠냐고.

"그럼 앞으로 어떡하시려구요?"

"대책없지 뭐."

그러더니 "멍게, 니가 좀 얘기해. 이 친구는 여기 오래 일해서 빠삭해요." 멍게라 불린 사내는 내게 눈길 한번 쓱 보내올 뿐이다.

"살기 어렵다 해도 자동차는 많네요? 반 정도는 차를 가지고 있다던데."

"다 중고차야. 허참, 중고차도 못 굴리는 나머지 반이 문제라니깐."

"80년 사북사태 때 계셨던 분들, 아직 있나요?" 하고 내가 불쑥 물었다. 사내가 "옆에 있잖아" 한다. 멍게 씨가 80년 사북을 몸소 겪은 광부다. "그때 얘기 좀 해주세요." 멍게 씨가 내 기색을 살핀다. "멍게, 왜 그래? 너 말 잘하잖아. 말 좀 해." 두세번 멍게 씨를 다그치던 사내가 근데 사북사태는 왜 아직도 사태냐, 광부들이 똑똑한 사람이 없어 그렇다, 교수나 배운 사람이 나서야 민주화 운동이 된다, 한다. 그러더니 "갈래. 나 일 들어가야 해." 사내가 쌍용 무쏘에 오른다. 다른 건 중고래도 저건 진짜 새차 같다. 멍게 씨가 친구를 변호했다. "뭐가 새차예요. 매각공사 뒤져서 산 중고 예요."

멍게 씨가 다듬는 톱은 네 개. 이웃집 톱도 봐주는 것 같다. 톱 날마다 줄로 세번 긋는다. 그때 이야기를 직접 듣고 싶었다. 이곳 사북 동원탄좌에서 일어난 '봉기에 가까운 항쟁'으로, 80년대 노 동운동의 개막을 알리는 상징적인 사건쯤으로 알았다. 그런데 이 번에 '사북사태' 자료를 찾아 읽다가 나는 새삼 전율했다. 당시 피해자 몇이 민주화유공자 심사를 받는 중이라지만, 그러나 아직 은 민주화운동으로 규정받지 못한, 아니 민주화운동이라 하기 힘 든 '사북사태'의 무시무시한 광기, 어쩌면 '80년 사북'만은 민주 화운동으로 규정해서도 안될 것 같은, 민주화운동 그 이상의 운 동일지 모른다는 느낌. 그 이유는, 굳이 말하자면, 80년 사북사태 에 흐르는 어떤 정체불명의 생명의 에너지 때문일 것이다. '노동 운동'이나 '민주화운동'이란 협소한 시각으론 그 정체불명의 에 너지에 대한 이해란 불가능할 것 같았다. 단둘이 되자 멍게 씨가 담담히 말한다. 이십일년이란 긴 시간의 검증을 받은 당사자의 회고다. 경청하고 싶었다.

"간단히 말해, 사북 없이 광주가 가능했을 것 같아요? 사북에서 큰 소란이 일어났다 하니까, 우리가 처음이 아니다, 하고 광주도 일어설 수 있었던 거 아니요? 근데 광주보다 사람이 덜 죽어서 '사태'야? 우리가 여기 관공서를 다 부쉈는데 왜 정부가 자청해서 협상하자 했던 것 같아요? 간단해요, 화약이 있었거든. 백톤이나. 그게 겁나 진압을 못 들어왔어. 우리 광부들이 순박해서 화약고는 손대지 말라고 지켰단 말야. 그거 안 지켰어 봐요, 여기도 광주 못지않은 피바다 됐지."

사망자 수가 순경 하나로 끝났기에, 그래서 망각의 세월에 묻힌 채 '사태'로 버려져 있다면 그때 화약고를 열어버릴 걸 하는 투다.

"그 지경까지 가진 않았지만, 암튼 제 정신이 아니었어요. 떼로 몰려다니며 저놈, 나쁜 놈, 누가 손가락질을 하면 무조건 밟아버리는 거야. 철둑에서 던질 수 있는 것은 다 던졌는데, 사북역장이 침목 빼는 건 괜찮다, 제발 기차는 막지 말라고 애원했으니 말 다 한 거 아뇨."

당시 동원탄좌 광부들의 분노는 사측과 결탁한 이재기 노조지부장을 향해 있었다. 지부장이 숨어버리자 그의 처를 찾아내 린치를 가했다. 아낙네들은 '지부장 사모님'의 옷을 발가벗기고 음모를 뽑아버렸다. 윤간하였다. '80년 사북'의 폭력성은 엽기적이기까지 하다. 그런데 멍게 씨는 다른 시각으로 돌아본다.

"저년 이재기 마누라다, 했는데, 그건 잘못됐지. 본처였거든. 사실 본처는 불쌍한 여자야. 첩을 붙들었어야지. 이재기 돈으로

첩이 호강했단 말야. 그걸 알았던 우리는 본처한테 옷을 입혀줬다구. 그것도 굉장히 위험했어. 저놈들 이재기 편이다, 누가 손가락질만 하면 우리도 같은 광부들한테 맞았을 거라고."

사북사태는 그만큼 즉자적이었다. 그러나 그 즉자성이 또한 독보적이다.

"경찰이 이재기를 넘겨줬다면 어떻게 됐을까요?"

"어떻게 되긴. 우리가 바로 밟아죽였지."

사내는 그때 열기를 실감나게 짚었다. 잠 한숨 못 자고 며칠을 고민했는데, 어떻게 잊어, 한다. 이후 구년에 걸쳐 사측과 이런저런 싸움을 벌였지만 뜻대로 되지 않았다며 한숨을 쉰다. 80년으로부터 구년간이라. 노조민주화투쟁이 그 즈음 석탄합리화 사업의 철퇴를 맞고 열기가 꺾였던 것과 시기가 일치한다. 그가 자리에서 일어선다. 그리고 불쑥 딴 말이다. "내가 아직까지 못 떠난 건 애들 학자금이 나오기 때문이에요. 탄광 그만두면 애들 어떻게 교육시켜요. 난 폐광 안됐으면 좋겠어요." 성함과 생년을 물었다. "최, 돈, 각. 50년생이오."

연세병원의 진폐증 환자들

탄광촌 사북 · 고한이 카지노촌으로 '존재이전'을 한다. 지난 날의 기억은 묻고 새 꿈을 꾸려 한다. 그러나 그 옛날의 광부들이 아직도 탄을 캐며 살고 있다. 지난 날을 잊지 않았다. 최돈각 씨 같은 사람은 존재 자체가 '순금의 기억'이다. 새로 들어설 카지노보다 '기억의 흔적'에 나는 더 마음이 간다. 노동의 역사는 그 힘겨움만큼 다이내믹한 휴머니즘이 있다. 카지노는 돈놀음의 스릴뿐이다. 그 나름의 박진감이 있다 해도 사람이 하루하루를 살아가는 그 자체에서 샘솟는 삶의 에스프리와는 거리가 멀다.

'흔적'을 찾아 사북읍 입구 연세병원에 갔다. '직업병 센터'가 부속건물로 있다. 센터 현관 앞에 앉은, 환자복을 입은 중로의 사내 둘. 동원탄좌 저탄장을 망연히 바라보는 진규폐 환자들이다.

진규폐증은, 분진이 폐에 축적, 섬유화가 진행되다가 1센티미터 이상 자라면 섬유가 자가증식하며 폐가 굳어버리는 병이다. "우리 몸엔 탐식세포가 있다. 병균이 들어오면 잡아먹는다. 병균은 세포의 밥이다. 근데 탄가루가 들어와도 밥인 줄 알고 먹는다. 탄을 먹은 폐의 탐식세포는 바로 죽는다. 탄가루를 먹고 죽은 세포는 몸 안에 난 상처라 할 수 있다. 연고를 바르듯 몸은 섬유질을 만들어내서 죽은 세포자리를 덮는다. 근데 탄가루가 계속 들어오면 세포는 자신의 작업을 기억해버린다. 섬유질이 1센티 정도 자라면 기억된 행위를 자동적으로 반복한다. 탄광촌을 떠나 맑은 공기를 마셔도 섬유질은 계속 자라게 되는 거다." 나중에 따로 들은, 한 의사의 실감나는 설명이다.

그런데 몸이 섬유질로 상처를 덮지 않는다면 어떻게 될까? 곪아버리든지 상처를 통해 병균이 쉽게 침범할 것이다. 그건 더 치명적이다. 진규폐증은 상당히 역설적인 병이다. 작업 습관에 따라 개인차는 있어도 탄가루를 마실 수밖에 없는 탄광일, 그 속에서 폐운동을 안정적으로 지속하기 위한 우리 몸 나름의 지혜로운 대처의 결과가 진규폐증인 것이다. 그러나 그럴수록 진규폐증 폐는 그 지혜의 결과 몸이 몸을 죽이는, 정말이지 끝까지 가버리는 자멸의 폐다.

옆에 사람이 서있어도 별 관심이 없는, 이 땅 어느 탄광에서 청춘을 보내고 불치병을 얻은 퇴직 광부 둘의 표정은 깊고 짙고 어두웠다. 언뜻 모든 걸 용서한 사람의 평온 같기도 하고, 용서하고 용서하고 또 용서했는데 왜 아직 이리 용서할 게 많이 남았나, 하는 탈진의 표정 같기도 하다.

그런데 일층 로비 안은 전혀 다른 세상이었다. 이십여명의 환자복 입은 퇴직 광부들이 떠들썩하게 고스톱을 치고 있다. 탄광에서 사람 죽는 꼴을 많이 봤기 때문일까. 죽는 게 뭐 별거야, 때 되면 죽는 거지, 하는 듯한 불치병 환자들의 방자한 기세가 놀랍다.

철암 프로그램

고한과 사북은 카지노, 스키장, 골프장 등을 택했지만, 인근 태백시는 재작년 12월 정부와 태백 현안대책위가 맺은 합의사항에 따라 관광개발말고도 '3천명 이상 고용효과를 가진 대체산업 육성'이란 약속을 따냈다. 사북·고한은 카지노가 먼저 들어서며 태백보다 폐광이 앞당겨지는 셈이다.

6월 8일, 태백 시외버스터미널. 33번 버스를 탔다. 목적지는 철암. 버스는 고개를 넘고 인가가 없는 산속 도로를 한참 달려간다.

그제, 사북에 도착한 첫날, 카지노가 너무 부각돼 다른 종류의 지역적 실천이 가려 있다, 카지노나 관광 운운 말고 주민들과 뭔가 해보려고 하는 게 있는지, 당장 현실성이 없어도 실험적이라 할 어떤 시도가 있는지, 이곳 사북에선 어떤 게 가능할지, 그 어떤 것, 있느냐, 하고 김창완 소장에게 물었다. 단호한 답이 돌아왔다. "그런 것 전혀 없습니다." 외부의 낭만적 시각이라고 타박하는 투였다. 그러나 태백시 철암동은 '당장 현실성이 없다 해도 실험적인 그 어떤 것'에 속할 것이다.

서울에 사무실을 둔 '철암 건축도시 작업팀'이 〈철암, 그 미래를 위한 제언〉이란 보고서를 발표한 건 지난 2월. 시 관계자를 상대로 설명회를 가졌지만 재정지원을 끌어내는 데는 실패했다. 보고서를 보면 작업팀이 '기억' '흔적'의 문제를 어떻게 접근하는지 알 수 있다. "저탄장과 경석장, 역의 상탄시설, 폐가와 하천변의 상가와 같은 남루한 건물, 지금껏 철암의 발전을 저해하는 것으로 지목되었지만 중요한 문화유산의 시각에서 바라보자는 것", "석탄관련 시설은 탄광지역이 아니면 볼 수 없는 독특한 풍광이며, 일상적인 스케일을 넘어서는 거대함에서 충격적이며, 너무나 기능적이기에 솔직하고 힘이 넘친다. 그것들은 산업사회를 지탱한 동력이었으며, 우리가 잊어버린 기억이다." 지금 퇴락한 모습 그대로 철암지역 전체를 박물관화하자는 게 작업팀의 주장이다.

철암에 내리자 혼자 위용이 대단한, 고동색 벽돌로 지은 철암역이 눈길을 끈다. 철암의 탄광은 이미 다 폐쇄되었지만, 지금도 석탄은 일단 철암역에 모인 뒤 전국으로 흩어진다. 역 건물에 "전시민의 관광요원화"라는 플래카드가 걸렸다. 철암로의 끝까지 걷는데, 이층 진폐협회 사무실. 문이 잠겨 있다. 건물 외곽계단을 밟고 내려오는데 작은 슬레이트집 마당에 노인 둘이 평상에 앉아 "사람들 잘 없어요. 이따금 있어요" 한다. 철암은 지금 그대로 관광자원화한다는 계획, 아느냐 하니 처음 듣는다면서도 "말 되네." 하고 노인이 반색했다.

의자를 가져와 앞에 앉았다. 노인은 자신의 지난 생을 들려준다. 원래 대구에서 역무원을 했다, 여기 발령났다가 주저앉았다, 탄광이 한창일 때 광부들만 오는 게 아니라 장사치나 술집도 몰려든다, 철암천 너머 저 집들, 지금은 몇집 빼고 다 폐가지만 저 슬레이트집 한채 값이 서울의 집 한채보다 더 나갈 때도 있었다, 철암역 화물 물동량은 전국에서 부산진 다음이었다, 등등. 옆의 한 노인이 "근데 진짜 역무원이었어? 요즘 겪다 보니까 건달도 한 것 같애." 핀잔을 준다. 마당에 텃밭을 일구었고 고추 옆에 국화도 몇 심어놓았다. "고향에 안 가세요?" "돈을 벌었어야 가지. 사십년 살았으니 고향이나 마찬가지지." 노인이 허허 웃는다.

슬레이트집을 나와 철암로 끝의 한 폐가에 들어가봤다. 가족이 전부 굶어죽었거나 음독자살을 한 건 아닐 테다. 어디 딴데로 이사를 갔을 텐데 왜 방안의 모든 걸 때려부수고 갔을까. 가구들이 엎어져 있고 방마다 쓰레기더미가 무릎까지 올라온다. 벽의 달력은 94년 4월. 뚜껑이 닫힌 칠성사이다 피티병 안에 사이다가 아직 있다.

태백시는 앞으로 어떻게 될까. 철암도 시에 속하는데, 시민들이 합심해서 부르짖는 '고원관광도시'는 4천명 가량이 광부일을 하고 있으니 아직 탄광도시라 할 지금의 태백지역 어디에 터를 잡고 자라고 있는 걸까. 나는 약속장소인 태백시내 관광호텔 커피숍을 찾아갔다. 99년 12월, 태백의 미래를 놓고 정부와 담판을 지을 때 대책위의 일원으로 참가한 원기준 목사를 만났다. 일단 카지노 이야기.

"그렇다고 하필 카지노냐, 비판 많이 들었다. 그럴 때마다 오죽했으면 카지노를 택했겠냐, 되묻고 싶었다."

원 목사나 사북의 김창완 소장은 80년대 노동운동을 하면서 이곳과 인연을 맺었다. 목사 신분이라 갈등했지만 "목사이기 때문에 다른 누구도 아닌 내가 독약을 먹는 심정으로 유치운동에 나서야 한다"는 결단에 이르렀단다. 석탄이 아니라면 도시가 생길 리 없었다, 지역경제의 90퍼센트를 담당하다가 다른 경제기반을 갖출 여유도 없이 줄줄이 폐광됐다, 산악지대에 소년소녀 가장과 독거노인, 진폐환자들만 득시글거리는 거대한 슬럼가가 생길 판이었다, 핵폐기물장, 교도소라도 유치하자 할 정도였으니 말 다 한 것 아니냐, 해외의 폐광촌을 둘러봤다, 카지노라는 선택은 드물지 않았다, 명실상부한 고원관광도시로 가기 위해 카지노 외 다른 대책들도 찾는 중이다, 그러나 카지노가 성공했다 해도 아직 초기상태라 민간자본이 관망만 하고 좀체 움직이지 않는다,

한다.

《말》지에 실린 원 목사의 글을 통해 철암 프로그램의 존재를 처음 알았다. 원 목사는 행정관료의 의식수준이 "돈이 되느냐, 안 되느냐"에 머물러 있어 철암 프로그램은 좀 장기적으로, 일이십 년은 내다봐야 하리라 본다. 너무 멀리 잡은 것 아닐까. 원 목사 스스로 철암 프로그램의 비현실성을 실토하고 있었다.

지금 이곳의 변화는 한 문명이 끝나고 다른 한 문명이 시작되는 것이나 다름없다. 시기 문제일 뿐 1조 넘는 개발자금의 투입이 진행되면 태백 역시 대대적인 마지막 폐광의 파도를 피할 수 없을 것이다. 철암 프로그램이 유일한 기억의 담지체라고 생각했다. 탄광촌에 서린 고된 땀과 눈물의 시간은 망각 속으로 사라지고 마는가.

개발주의자의 황지연못

"태백에서 개발 하면 원 목사, 환경 하면 이상진 목사"라는데, 황지중앙교회 이상진 목사를 소개받은 것은 원 목사를 통해서다. 개발과 환경은 서로 대척적인데, 꼭 같은 목사라서가 아니라 지역활동가의 기반이 열악하기에 합리적 사고와 실천적 의지만 갖고 있다면 한 동아리 사람이 되는 것이다. 이 목사를 찾아갔다.

민자유치는 부진해도 2005년까지 1조원이 넘는 정부의 폐광지역 개발자금이 들어올 거라 하고 도로 확포장공사에다 개발의 여러 설계도를 짜고 있는 것처럼 '개발'의 원 목사는 준비된 말이 많았던 반면 '환경' 의 이 목사는 매우 착잡한 표정이다.

"자립의 근거가 될 대체산업을 유치한다 하지만 제대로 된 게 없어요. 카지노말고 유망한 생산업체가 왜 이런 산골로 오겠어요. 우리나라 기업체들, 해외에 공장 차리기 시작한 지도 오래 됐잖아요. 강원랜드가 하는 스키장, 골프장 건설말고 민자유치 쪽은 진전이 없는 모양이에요. 결국 카지노 배후도시라는 슬로건뿐인데 …."

이 목사는 88년 태백에 왔다. 지난 십몇년 지역이 흘러가는 양을 봤으니 그 미래도 미루어 짐작되지 않을까.

"대체산업 유치는 끝내 실패할 것 같아요. 당분간 이것저것 해보는 데까지 해보다가 태백 인구는 결국 2, 3만까지 줄지 않을까 싶습니다. 주민들이 개발환상을 가지고 있는데, 그 환상이 깨어진 뒤, 그럼에도 떠나지 못한 사람들과 뭔가 다른 삶의 방식, 어떤 환경적인 대안을 찾아야 하지 않겠어요?"

중앙교회를 나와 택시를 탔다. 13만 인구가 5만까지 줄었다. "카지노 손님이 얼마나 된다구. 뭣보다 태백 인구가 늘어야죠." 기사의 바람은 정반대다. 태백자활센터 이층 사무실에서 홍진표 씨를 만났다. 그는 '생명의 숲 가꾸기 국민운동본부' 에서 일한다.

"사북과 태백은 이제 상황이 다릅니다. 사북·고한은 카지노를 선택한 그 순간부터 앞으로 미래가 없다고 봅니다. 태백은 그래도 거기보단 도시의 기반을 갖추고 있어 지금 이대로를 유지하면서 다른 희망을 찾아볼 수 있습니다."

어떤 희망일까.

"막연히 교육연수원을 짓자, 굴뚝산업을 유치하자 하며 지역 주민한테 태백이 달라지나 보다, 환상을 심고 있는데, 예컨대 교육연수원, 그게 고용효과가 얼마나 있겠어요. 남자 경비 다섯, 여자 청소 다섯, 기술자 셋이면 돼요. 무슨 고용효과가 있고 또 무슨 대안의 하나가 된다고 그래요? 설사 타지 사람들이 연수를 받으러 왔다가 지역에 돈을 쓰고 간다 쳐요. 한 지역의 운명을 유통에다 거는 게 바람직하냐, 이거죠. 사북·고한은 서울 사람들이 와 밥먹고 잠자는 데 지역의 운명을 걸겠다는 셈인데, 유통은 결코 지역의 미래가 아닙니다. 이참에 굴뚝산업을 유치하자는 것도 문제는 마찬가진데, 이 산골에 들어올 굴뚝산업이 뭐가 있을 거며 설사 굴뚝산업이 온다 해도 몇년 갈 거냐는 거죠. 석탄의 운명처럼 끝날 때가 옵니다. 3천명 고용효과의 대체산업은 꿈이에요. 설혹 단 한사람을 고용하더라도 외부에 의존하지 않고 지역 내에서 자급자족이 가능한 다른 어떤 걸 찾아내야죠. 관광 운운도 그래요. 지금 관광 안 부르짖는 지자체가 어디 있습니까. 돈이 되느냐, 안되느냐, 이 산속에 자급자족이 어떻게 가능하냐, 지레 단념할 게 아니라 기존의 방식으론 지속가능한 생존이 불가능하다는 것부터 인정해야 해요. 정부한테 떼를 써서 돈을 얼마 더 들여보내라 하는 의타적인 태도부터 버려야 다른 뭔가가 보일 겁니다."

홍 씨의 주장이 단호해도 지역여론을 좌지우지하는 상인세력한테 설득력이 있을까 싶다. "아직 태백에서 안 쫓겨나셨네요?"

하자 "깡패 취급 당하며 살아요" 하며 푸 웃는다.

사북·태백의 해장국, 알탕, 선지국은 그 맛이 얼마나 강한지 모른다. 오랜 세월 광부 입에 맞춰온 때문일 거다. 앞으로 대도시 사람들을 상대하려면 이곳 밥장사치들은 저마다 손에 익힌 오랜 음식솜씨부터 버려야 할 것이다. 홍 씨의 집에 가 밥 같은 밥을 처음 먹었다.

식사 후, 청소년쉼터로 조성된 황지연못에 갔다. 낙동강 발원지가 아닌가. 하루 5천톤의 물이 용출하는 곳. 연못 속의 잉어를 가리키며 홍 씨가 개탄한다. "저것들 집어넣은 건 정말 무식한 짓이에요. 얼마나 많이 먹어치우는데요." 국적 불명의 덩치 큰 비단잉어가 낙동강의 발원지에서 왕 노릇을 하고 있는 셈이다. 연못과 가까운 곳에 나이트클럽이 초저녁 불을 밝혔다. 가로등이 켜져 있고 보도블록이 깔렸고 못을 가로지르는 다리 위에 사람들 발길이 번잡하다. "개발주의자들이 여기 와서, 야, 잘해놨다, 얼마나 좋아하겠어요." 심기가 불편한 홍 씨. 노동운동 출신의 원목사와 김 소장도 홍 씨가 말하는 '개발주의자'에 속할 것이다.

강의 발원지, 생각건대 신성한 장소다. 태백산이 온몸으로 하늘의 비를 받고 몇날 며칠 몸 안에 품은 그 물을 신비로운 수맥의 길과 산 내부의 나무뿌리, 온갖 미생물, 흙, 암석 등 자체적인 완벽한 정화시스템을 거치게 하고선 이곳 황지연못으로 분출시키는 것이다. 웅장한 태백산의 정액이라 할 만하다. 사람 몸의 고환이 서늘함을 좋아하듯 사시사철 수온이 5도란다. 관광명소가 딴

게 아니다. 이 황지못이야말로 카지노보다 천배 만배의 명소다. 낙동강을 낀 고장의 청소년들은 이곳까지 해마다 도보순례를 벌여야 한다. 그러나 지금 세상은 강이 존재한다는 것 자체가 얼마나 큰 은혜인지, 몰지각하다. 한강과 낙동강의 발원지가 있는 태백, 그 축복의 의미는 미래의 시간 속에 있다.

카지노의 논리

9일, 고한 카지노에 가봤다. 슬롯머신과 게임 테이블을 치우면 천장이 높은 여느 호텔의 연회장이다. 한 아줌마의 베팅을 지켜보았다. 코인 40이 금방 120이 된다. 나도 해보자. 이만원을 집어넣었는데 코인 수가 급전직하하더니 0이 된다. 구경이나 하자.

슬롯머신 앞엔 주로 사십대 사내들이 앉아 스핀 버튼에 이쑤시개나 명함을 끼워 자동 베팅이 되도록 해놓았다. 한 사내가 제대로 걸렸는지 코인 수가 2000이 된다. 안쪽 게임 테이블엔 주로 이십대 젊은이들이 앉아 카드를 붙들고 있다. 장내에 팽팽히 흐르는 기운은 돈독이 잔뜩 오른 사악한 종류의 것이다.

슬롯머신 빈 자리가 자꾸 나를 유혹한다. 앉았다 일어섰다 돌아다니다 다시 앉았다 하는 새 꽤 잃었다. 텔레비전의 야구해설자가 연거푸 헛스윙을 하는 타자 편을 들며 "실망할 것 없습니다. 맞는 건 하나예요" 하던 게 기억난다. 우연히 앉은 이 슬롯머신, 어느 한순간, 아니 지금 이 순간, 내게도 잭팟이 터지지 말란 법이 어디 있는가. 사람 바보로 만드는 카지노의 허황된 논리다.

소설 〈올인〉을 보면, 카지노의 속내가 잘 드러나는 대목이 나온다. 동전 떨어지는 소리가 요란하도록 코인 통을 교체할 것을 지시하면서 경영자가 역설한다. "돈벼락을 맞는 기분을 느끼게 해줘야 해. 에어컨은 한시간에 한번씩 조절한다. 실내를 춥게 만들어야 술들을 찾는다. 가끔 에어컨을 끄기도 해야 해. 실내온도가 높아져야 술이 오르니까. 바니들은 손님에게 술을 많이 먹이는 게 사명이다. 스커트를 더 말아올리고 애교를 부려라. 플로어들은 바카라 테이블을 꼼꼼히 살피고 돈을 따는 손님이 있으면 즉시 딜러를 바꿔! 바꿀 형편이 안 되면 너희들 중 누구라도 슬쩍 다가가 귓속말을 해줘라. 되도록 천천히 진행을 시키라고 말야. 끗발이 오르는 손님은 기세를 꺾어야 해. 칩을 바닥에 떨어뜨리든지, 술잔을 엎지르든지 해서 타이밍을 빼앗아라."

호텔을 나와 고한 읍내로 내려왔다. 추어탕집에 갔다. 아줌마가 그릇을 놓으며 "우리집에 처음 오세요? 이렇게 드셔요" 하더니 들깨를 큰 술로 떠넣고 재피는 작은 스푼으로 뜬다. "간은 소금으로 하시구, 들깨 좋으시면 더 넣고, 그러나 재피는 이 이상 넣지 마세요." 쑥스럽다. 방금 카지노에서 아줌마의 이 싹싹한 친절 수십 그릇을 날리고 왔다.

80년 사북, 그 생명의 절규

넷째날, 태백산 도립공원 안에 있는, '동양 최대' 라는 수식어가 붙는 태백 석탄박물관에 가보았다. 전시 주제는 '석탄과 자연

그리고 인간'. 박제된 '기억' 이지만, 역사의 뒤편으로 사라지는 석탄문화, 때늦은 교양이라도 얻자, 싶었다. 제1전시실은 지질관. 식물체가 지각변동으로 땅속에 박히고 오랜 시간이 지난 후 층을 이루는데, 수소 질소 산소가 증발된 뒤 탄소만 주로 남아 이탄, 갈탄, 역청탄, 무연탄이 된다 한다. 역시 나무다. 죽어서도 유의미한 존재다.

제2전시실은 생성·발견관. 태백지역의 석탄은 1920년경 장해룡이란 소년이 금천골 먹돌배기 개울가에서 처음 발견했다 한다. 1935년 조선총독부에 의해 착수, 이듬해 삼척과 장성에서 본격적인 탄광개발. 제3전시실은 채굴 이용관. 제4전시실은 광산안전관. 우리나라는 탄층이 지하 깊이 불규칙하게 매장되었고 또 지층이 연약해 재해율이 특히 높았다 한다. 제5전시실은 광산정책관. 노사문제 전시실에 '사북사태' 에 대한 전시물도 있다. 사진이 한 장 있고, '평화롭던' 광산촌이 '무법천지' 가 되었다는 설명이 붙었다.

80년 사북사태가 왜 민주화운동 차원을 넘어서는지 이참에 살펴보자. 임금과 노조지부장에 대한 불만, 지부장 편을 드는 경찰에 대한 불신이 사북사태의 발생에 물론 작용했다. 지부장을 규탄하는 집회를 허가하기로 한 사북지서장이 이튿날 "비상계엄이라 해산시키려고 한 말이지 약속은 무슨 약속" 하며 집회를 불허했다. 광부들은 이미 열받았다. 그런 중 사북 한켠에서 광부들 험한 기세에 눌린 경찰 지프가 사람을 치고 달아나는 사건이 발생,

그런데 부상을 당한 게 아니라 광부 두명이 사망했다고 소문이 부풀려지는 등 현실의 사건이 가지는 불확실성도 작용했다. 그러나 이런 상황변수의 작용보다 광부라는 같은 일의 종사자, 또 그들의 밀집된 주택구조가 이미 특유의 강력한 '일 공동체'를 형성시킨 탓이 클 것이다. 광부들은 집단적 흥분상태에 빠진다. 경찰이 사람 죽였다! 하며 오백여명이 지서로 가 전화·책상 등 기물을 부수고, 지서장을 폭행하고, 또 정선 경찰서장의 갈비뼈를 부러뜨린다. 밤을 새우며 농성, 이튿날 다른 광부들과 부인들이 합세, 사천명이 된다. 정선지역발전연구소가 엮은 사북사태 자료집의 한 대목을 보자. "광부들은 생업의 터전인 광업소는 물론 노조 사무실을 때려 부수고 기물을 불살랐다. 지서를 점거했고 지서장을 옷을 벗겨 끌고다녔다. 코를 꿰어 매달아라, 소리치는 사람도 있었다. 술이 깨면 또 술을 마셨고 밤낮으로 파괴와 폭력을 휘둘렀다. '어제까지만 해도' 길거리에서 마주치면 목례를 주고받던 노조지부장 '사모님'을 발가벗겨 게시판에 매달았다." 하룻밤 만의 돌변이 나는 정말 놀랍다. 수천의 광부들은 이후 "이재기를 내놔라, 경찰이 쓸데없이 사건을 확대시키고 있다"며 기동경찰대와 대치, 투석전을 벌인다. 부상자가 속출하자 경찰은 고한으로 철수, 광부들은 길목마다 바리케이트를 친다. 사북이 이른바 광부들의 해방구가 된 것이다. 그러나 아무리 광부들이 흥분했다 해도 시간의 힘에 당하진 못한다. 술 취한 광부들은 강원도지사까지 나선 협상 테이블이 마련되자 두려움에 또 술을 마신다. "막상 돌아보면 지난 나흘 동안 저지른 자신들의 행동이 겁이 났고 또 한편 난동 광부의 대표나 주동자로 회사에 찍히면 여지없이 일자리를 잃는 것은 불을 보듯 뻔했다. 다수의 의사를 대변할 사람이 나서지 못하는 가운데 서로 떠밀듯 내세운 광부 대표는 술 취한 육십여명. 그들은 너무나 힘없고 가난한 매머드 대표단이었다.”

사북사태의 겉모습은 이 정도다. 간단치 않은 미스터리가 곳곳에 숨어있지만, 일단 제6전시실로 건너가보자. 광산생활관. 〈탄광근로자의 하루〉라는 영상물이 나온다. 탄층과 직접 맞서는 막장 속의 한 광부가 등을 보이고 열심히 삽질중이다. 탄광일은 대체 어떤 일일까. 눈앞의 밋밋한 영상물보다 〈사북사태의 심층분석〉이란 글의 한 대목이 당시 광부들의 일상적인 작업현실을 잘 말해준다. 길지만, 추념의 마음으로, 인용한다.

광부들은 방진 마스크를 써도 높은 지열과 중노동으로 숨이 차 벗어버리는 수가 더 많다. 좁은 갱 속에서 엉금엉금 기면서 곡괭이질을 해야 하고, 지하수가 질펀한 갱 속으로 갱목을 운반, 동발을 세운다. 철저한 도급제, 검수제라 남보다 많은 일을 해야 하고 더 야무지게 동발을 세워야 한다. 한줌이라도 더 많은 탄을 캐기 위해 위험표지가 붙은 곳도 마다하지 않는다. 채탄에 열을 올리다 보면 갱목에 이마를 부딪히거나 무너지는 탄층에 발이 빠지기도 하루에 수차례다. 갱 속엔 따로 쉴 곳이 없다. 못 견딜 만큼 지치면 그대로 주저앉아 흠뻑 젖은 속옷을 벗어 쥐어짜 입을 뿐 담배 한대 피워무는 것조차 철저히 금지된다. 작업량이 수입과 직결되기에 쉬는 것도 잠시, 곡괭이질에 허기를 느끼게 되면 그냥 허리춤에 차고 들어간 도시락을 꺼내 먹으면 그것이 점심식사다. 광부들이 피로를 호소하는 것은 잦은 야근 때문이기도 하다. 일주일마다 주·야간이 바뀌기 때문에 작업조가 바뀐 이삼일은 리듬이 깨져 작업이 더 힘들다. 광부생활 십년째인 한 광부의 말. "매일 잠자리에서 일어나는 일이 갈수록 고달파집니다. 한겨울에도 막장에서 10분만 곡괭이질을 하면 내복을 벗어 짜 입어야 할 정도로 지열이 대단하고 공기마저 탁합니다. 우리 광부들은 채탄막장을 지옥 일번지라거나 지옥의 입구쯤일 거라고 생각합니다."

안재성 씨는 이곳 광산촌에서 노동운동을 한 체험을 바탕으로 〈파업〉, 〈침묵의 산〉 등의 소설을 썼다. 광부들은 기본적으로 어떤 특성의 사람들일까? "뭣보다 착하다. 탄광 일이라는 게 좀 힘든가. 그걸 견디며 광부생활을 한다는 건 아무리 먹고살기 힘들어 탄광에 왔다 해도 놀라울 정도의 인내심, 참을성이 있어야 가능하다. 그 비정상에 가까운 참을성은 결국 어질고 착한 심성이 없이는 불가능한 것이다."

80년 사북사태의 광부들은 어떤 사람들이었을까. 믿는 건 몸뚱이 하나, 몇년 고생하면 목돈을 쥘 수 있다는 말을 듣고 탄광촌으로 왔을 것이다. 다른 어떤 편법이나 탈법에 기대지 않았다는 점에서 탄광을 선택한 그들은 사회적으로 매우 건강한 욕망의 소유자다. 또 광부들치고 번듯한 집안 자식은 없을 것이며 가난에 시달릴 대로 시달리며 성장기를 보냈을 것이다. 자기 몸 하나 혹사시켜 가난에서 벗어나 좀더 나은 생활을 할 수 있다면 까짓 몇년 죽도록 고생하지, 하는 그들의 결심은 또한 얼마나 정직한가. 이 건강함과 정직함은 재산이나 학벌이나 다른 뭐든 가진 게 없기 때문에 약은 수로 세상을 살고 싶어도 살 수가 없는, 역설적으로 너무도 깨끗한 그들 삶의 기반에서 나온다. 바로 그만큼의 '나은 삶'을 향한, 바로 그만큼의 악착같은 그들의 소망, 80년 사북의 광부들 또한 바로 그런 사람들임에 분명하다.

이 엄연한 사실을 진심으로 받아들인다면, 사북사태는 이제 새삼 선명해진다. 80년 사북의 광부들이 폭력적이면 폭력적일수록, 난동이면 난동일수록, 하룻밤새 누구도 믿기 어려울 만큼 그들의 변화가 돌발적이면 돌발적일수록, 그들 분노의 몸짓이 광기에 가까우면 가까울수록 이 모든 건 그들이 얼마나 오래 참고 살아왔나를 말해줄 뿐인 것이다. 탄광에 왔다가 사흘 안에 사람 살 데 못된다고 돌아가는 경우가 부지기수, 그러나 어떻게든 적응해 몇년째 탄을 캐던 사람들, 오래 일하면 죽을병에 걸린다는 명백한 공포에 늘 짓눌리는 생활, 그들은 같은 광부끼리만 통하는 서글프고도 절실한 공감대를 형성하며 "노동이 곧 죽음"인 극악한 작업환경과 "문둥이 다음에 광부"라는 냉소 속에서도 탄광노동을 해왔던 것이다. 노동 자체가 폭력, 십년 탄광일은 십년 동안 폭력을 당했다는 것과 같다. 산업전사라는 미명하에 노동의 시간 그 자

체가 인간성을 파멸시키는, 자기자신에 대한 모멸감에서 벗어날
수가 없는, 그러다 죽음의 병을 얻게 될 뿐인, 거의 제정신으로 버
티기 힘든 삶인 것이다. 그러다 마침내, 벼랑 끝에 처해 있던 그들
생존의 숨막히는 긴장이 한순간 무너지며 그들 속에도 존재하는
진정한 생명이고자 하는 어떤 근원적 삶의 욕망이 왜곡될 대로
왜곡된 참혹한 모습 그대로 일거에 폭발한 것이 80년 사북사태이
자 그때 광부들의 파괴적이고 집단적인 광란인 것이다.

그러니 어떻게 이미 '물타기'가 다 끝난 '민주화운동'인가. 누
군가의 표현처럼 "원초적 본능"의 폭발인 것이며, 생명의 인내가
막다른 곳에 이르면 어떻게 되는지, 그들의 그 천부적인 참을성
도 빅뱅에 견줄 만한 광폭함으로 돌변하고 만다는 발가벗은 생명
들의 절규 그 자체인 것이다. 그들 스스로는 의식치 못했다 해도
"사람 잡는" 탄광노동을 하고 사는 우리는 이미 오래 전부터 미
친 놈들이었다고, 우리가 이놈의 탄광에서 헤어나고 싶어도 헤어
나지 못하는 미친 놈들인 줄 이제야 알겠느냐고, 그들은 참고 참
았던 울분을 정신착란에 가까운 폭력성과 집단적 광기로 드러냈
을 뿐인 것이다. 그러니 결국 사북사태는 사람과 사람 사이 사건
의 차원을 넘어선다. 이 땅 위에, 저 푸른 하늘 아래, 이 맑은 바람
속에서 물과 공기를 마시며 사는 사람이란 존재가 자신에게 주어
진 생명의 가능성을 실현하면서 산다는 것은 대체 어떤 것이어야
하는지, 그 가장 근본적인 것을 질문하게 만드는, 모든 잡념과 허
위의식을 일거에 빨아들이고 오직 그 본질적인 질문만 남기는 블

랙홀 같은 '사태' 다. 그 처절한 절규의 몸짓들이었기에 요즘 온 갖 바보들의 입에도 오르내리는 '민주화운동' 과 도무지 좋은 얼굴로 만날 수가 없는 것이다.

그런데 존재 자체가 착해서 참고 또 참고 있는 것이 그날의 광부들뿐일까. 사북사태는 정말 의미심장하다. 더 깊은 차원의 경고의 메시지가 있다. 80년 사북에서 광부들이 보인 그 절망적이고 집단적인 몸짓에서 나는 오늘의 땅, 하늘, 바다, 강, 산을 본다. 광부들이 하룻밤새 전대미문의 폭도로 돌변한 것처럼, 우리들 지상의 삶을 근원에서 가능케 하는 한없이 너그럽고 착한 어떤 큰 존재도 언제까지나 우리에게 너그럽지만은 않으리란 무서운 경고를 듣는다. '80년 사북사태' 는 노동운동도, 민주화운동도 아니다. 전율스런 생명운동일 뿐이다.

제6전시관에서 탄광촌의 이모저모를 찍은 사진들 중 하나가 마음을 아프게 했다. "동발 조립 경기." 동발은 "지주목의 순 우리말로 갱내에 탄층이 무너지는 것을 막기 위해 설치"하는 것인데, 마을축제 행사 중 하나가 동발 조립 경기였단다. 각 광업소를 대표하는 광부들이 학교 운동장에서 "안전 신속 정확" 이란 기준에 따라 저마다 근력과 민첩성을 뽐내고 있다. 둘러싼 사람들은 저마다 남편을, 아버지를, 동료를, 이웃집 아저씨를 열렬히 응원하고 있다. 높고 맑은 가을하늘, 척박한 광산촌에서도 가난한 사람들이 펼치는 짧은 한낮의 공동체 문화, 이 땅의 과거 어디에선가 분명 실재했던, 그러나 지금은 어두운 박물관 속의 사진 속에서 그네들 삶에 꽃이 피는 한순간, 소탈한 당신들의 웃음꽃. 저 웃음과 사북사태는 조금의 모순도 일으키지 않는다.

노동운동의 완벽한 실패

그날 저녁, 고한읍, 이색적인 술자리가 있었다. 80년 사북사태 자료집을 만들기 위해 서울에서 온 이창언, 박경원 씨. 97년 사북에서 〈먼지의 집〉이란 다큐멘터리를 찍었고, 80년 사북사태가 그 후 이십여년 동안 지역에 어떤 영향을 미쳤는지를 새로 다루고 있다는 이미영 씨. 어린 시절을 고한에서 보냈고 지금은 강원랜드에서 조경일을 한다는 최승진 씨. 조상 대대로 사북에 살았고 잠깐 외지에 나갔다가 사북자활센터에서 일하는 진용철 씨.

최승진 씨는 사북·고한의 변화를 찬성한다. 아직도 탄광에 남아 있는 사람은 사회적으로 가장 무능력한 사람이다, 이미 떠날 사람 다 떠났다, 떠날래야 떠날 수 없었던 사람들, 이들이 폐광 후 제일 잘 풀리는 경우는 타지 자식들한테 가는 거다, 오십대라고 해도 자식들이 장성한 경우가 많다, 왜냐, 여덟시간 일하고 나머지 열여섯시간 뭐 하나, 책을 읽겠나, 극장에 가겠나, 색시집에 가 술 먹는다, 수중에 돈은 있고 술집에 여자는 널렸고 객지에서 외로웠을 거다, 광부들 결혼이 빠른 편이다, 어릴 때, 학교 가는 길에, 밤근무 끝낸 광부들이 술 먹고 골목을 휘젓고 다니며 욕하고 싸우고 하는 거 다 보며 자랐다, 건강하고 긍정적인 삶의 희망이 광산촌엔 없다, 남은 탄광도 문 다 닫고 이곳이 광산촌 아닌 다른 어떤 마을이 된대도 찬성이다, 한다.

학생운동권 출신임 직한 이창언 씨는 80년 사북사태를 어떻게 볼까. "노동자계급" "혁명적 열기" "개량주의" 등의 용어가 2001년 6월에도 나온다. 즉자적 투쟁이었기에 사북항쟁이 실패하고 말았다는 것이 노동운동권의 해묵은 정설이다. 노동운동의 대자적 의식수준, 말은 좋다. 그러나 이곳 탄광촌 노동운동의 역사는 한마디로 완벽한 실패다. 폐광은 자본철수 상황이라 할 수 있는데, 노동운동은 속수무책이다. 자본이 없으면 노동도 없기 때문이다. 석탄합리화 사업 이후 이곳의 협상은 노사 합심으로 정부를 붙들고 지원금 더 달라 애원하는 게 전부다.

이튿날, 일요일. 나는 동원탄좌 아파트로 갔다. 최돈각 씨를 다시 만난다면 무척 반가울 것 같다. 꼭 만나려 한다면 노동조합에 연락처를 문의하면 된다. 그러나 사무실은 문이 닫혀 있다. 아파트로 들어섰다. 한 아줌마가 세차중이다. 아이 둘이 놀이터에서 그네를 타고 있다. 누구야 하고 제 엄마가 나타나 이름을 부른다. 여자애가 "네" 한다. "너 지금 하는 것, 엄마가 절대 하지 말랬지, 손도 대지 말랬지. 엄마가 제일 싫어한다 했지." 아이가 "네" 하고 놀이터를 떠나 엄마한테 쪼르르 달려간다. 하지 말라는 거, 손도 대지 말라는 거, 뭘까. 그네를 타는 것? 남자애랑 노는 것? 엄마의 야단소리가 왠지 마음을 언짢게 했다.

아파트 단지를 나오다가 노조 사무실 앞에 잠시 섰다. 깃대가 세개 서있다. 중앙에 대한민국 국기, 오른쪽에 노동조합 깃발. 왼쪽은 비었다. 깃발의 천들은 탄가루를 묻힌 채 축 늘어져 있다. 둘은 별로 친하지 않는 것 같았다. 너나 나나 이곳에 와서 완전히 망가진 거야, 서로 질시하는 것 같다. 그런데 바람이 싹 불었다. 깃발이 흔들렸다. 두 깃발은 왼쪽으로 몸을 날렸다. 깃발은 몸과 몸이 부딪쳤다. 근데 그 모양이 서로를 부드럽게 애무하는 듯하다. 바람의 세기와 방향이 절묘했던 것이다. 바람이 멈추자 둘은 다시 축 늘어졌다. 의미심장했다.

사북에게 묻고 싶다

탄광촌이 뿜는 기운에 눌린 채 지냈고, 부산에 돌아와 숨을 좀 크게 쉬며 동원탄좌 앞의 깃발들을 다시 떠올린다. 빈 깃대엔 회사기가 달렸었을 것이다. 그 어떤 수상한 바람이 불 때마다 깃발들은 탄가루 묻은 몸을 흔들며 질척한 노래를 불렀을 것이다. 박자도 안 맞고 가사도 서로 틀린 시끄러울 뿐인 그러나 엄연한 합창.

새삼 노동운동에 대해 생각해본다. 대체 무얼 하자는 운동일까. 현실 노동은 결국 자본과 공동운명체, 노동운동은 죽어라고 부모 말 안 듣는 자본의 자식일 뿐이지 않을까. 그러나 호로자식이라도 감히 지 아비를 생매장시킬소냐.

탄광의 사양화가 단기간에 진행된 면도 있지만 광산 노동운동의 무기력한 패배는 노동자들의 위치가 자본에 비해 열악함을 말해준다. 수지가 맞지 않다는 것은 지금 이 사회에서 얼마나 강력한 명분인가. 광산 노동자는 뿔뿔이 흩어질 수밖에 없었다.

그러나 더 중요한 사실은, 폐업이나 자본철수라는 극단적 상황을 떠나서도 현실의 어떠한 노동운동도 그 한계가 너무 빤한 운동이란 점이다. 아무리 강력한 연대투쟁을 벌여도 그들은 자본의 경계 밖으로는 나갈 수가 없다. 설사 노동자들의 연대체가 정치권력을 장악한다 해도 그 또한 자본의 영역 속이다. 물론 자본 아닌 다른 이름으로 불리겠지만 기존의 '자본'은, 아니 발전의 기획, 그 생산력은 고스란히 남기 때문이다. 노동운동은 자본을 해체시키는 건 꿈도 못 꾸는 운동이다. 노동자들이 삶의 양식을 새로이 꾸릴 수 있도록 구체적인 삶의 능력을 기를 시공간이 현실 노동운동 안에는 전혀 존재하지 않기 때문이다. 노동운동은 자본의 횡포에 가장 직접적으로 맞서면서도, 자본의 존재를 가장 저주하는 것 같으면서도, 자본, 발전의 기획이 해체되는 걸 그 존재조건상 가장 무서워하는 아주 이상한 운동이다.

사북을 생각한다. 80년 그 아픈 사북을. 근대화와 발전주의가 낳고 기른 자본과 노동이란 혈맹의 시스템, 그 폭력적 삶의 양식을 일체의 몸짓으로 거부한, 나흘이나마 깨끗이 노동자이기를 포기한, 그래서 무시무시한 생명의 에너지가 흘렀던, 그 집단적 생명의 절규. 너무 절망적인 몸짓이었기에 지금에도 사북사태는 기괴한 감동을 준다. 미래의 사북을 생각한다. 마지막 광부들도 곧 떠날 거다. 몇십년 탄광촌이었던 마을은 카지노 호텔에 목매달고 사는 상인들의 마을로 '존재이전'을 할 거다. 이 모든 변화는, 그 깊은 산골에 탄광촌이 생긴 것부터가 잘못이라는 것, 그 인위적인 생산의 활동은 결국 실패하고 말았다는 것, 그러나 그 악연의 땅을 스스로 떠날 능력도 없어서 이 분명한 실패를 결단코 받아들일 수 없는 사람들의 몸부림일 뿐이다.

탄광촌의 생성부터 번성, 그리고 몰락을 다 지켜보았고 머잖아 카지노 호텔을 머리 위에 앉혀야 하는 사북의 순결한 땅은 이를 어떤 마음으로 바라볼까. 왜 이런 일들이 벌어져야 했는지 사북에게 물어본다. 사십여년 전 백여 가구가 살던 조용하고 아름다운 산골마을에게. 그러나 그는 분명한 대답을 거절한다. 그건 너무 깊은 기억이라고. 과거와 미래로 동시에 향해 있다고. 기억은 묻혀버렸고 그 자리에 미래의 기억이 서둘러 와버렸다고. 기억을 향한 투쟁은 반복되는 실패라고.

(《녹색평론》 통권 제59호(2001년 7-8월호))

생명의 대안은 없다

구파발에서 34번 시외버스를 탔다. 버스는 고양시 효자동을 지나 송추에 이르러 39번 국도로 들어선다. 송추마을 외곽 '원각사 앞' 정류소에 내렸다. '송추주말농장'을 바라보며 걷다가 갈림길에서 왼쪽으로 들어섰다. 길 옆 산등성이에 나무들이 어지럽게 엎어져 있다.

좀더 걸어들어갔다. 북한산국립공원 사패산(552미터)과 그 아래 농성장이 보인다. 서울외곽순환고속도로 마지막 공정인 일산-퇴계원(36.3킬로미터, 2006년 완공) 구간 중 제4공구 공사를 막고나선 '시민연대'의 천막 농성장.

그런데 의외다. 환경운동연합, 우이령보존회, 녹색연합 등 서

른한개 단체로 구성된 '북한산국립공원·수락산·불암산 관통
도로 저지를 위한 시민연대' 의 농성장에 단 한사람이 있다. "지
금 다른 인원은 서울에서 대책회의중" 이라는 공윤하 씨(우이령
보존회 회원) 설명이다. 작년 말, 서울고속도로(주)와 LG건설이
법원에 공사방해금지 가처분을 신청했는데, 예상보다 빨리 나흘
전(1월 31일), 시민연대 소속 29인에게 공사방해를 할 때마다 행
위 1회당 백만원의 벌금을 부과한다는 법원의 판결이 나왔다 한
다. 법원의 통보가 떨어진 날, 포크레인이 밀고 들어오려 했지만,
양측이 즉석에서 합의를 보아 앞으로 어떻게 할지 논의할 며칠의
말미는 얻은 상태라 한다.

공 씨의 그런 상황설명을 들으며, 사패산 한 등성이로 잠깐 올
라갔다. 높은 데 서자 제4공구 공사의 윤곽이 잡혀온다. 8차선 고
가도로가 두 가닥으로 갈라지며 내 발 밑의 사패산에 4킬로미터
짜리 쌍굴을 내는 것인데, 그런데 고가도로는, 사패산을 뚫기 전
인근의 작은 산부터 치고 들어온다. 아까 초입길에 나무들이 쓰
러져 있던 것도 그런 이유다. 땅을 구획하지 않아 생태훼손이 적
은 고가도로라지만, 땅 대신 산이 수난을 당하는 셈이다. 작년 11
월 중순, LG건설 측이 벌목을 행할 때 바로 농성을 시작해 그후
지금껏 공사는 중단된 상태라는 게 공 씨의 설명이다.

산을 내려갔다. 평소에도 별일이 없는 한, 소속단체끼리 순번
을 정해 최소인원(1-2명)으로 농성장을 지켜왔다 하는데, 서울환
경운동연합 김낙중 씨가 공 씨와 교대하러 왔다. 김 씨는 사무실

에서 "오늘이 농성 마지막 밤이 될 것 같다"는 말을 얼핏 들었다한다. "사실 저는 사패산 터널 담당이 아닌데, 대책회의 하신다고 농성장에 갈 사람이 없어 대신 온 겁니다. 근데 제가 보기엔 시민단체 쪽이 처음부터 명분이 부족했어요. 꽤 여론동원력이 있는 조직 몇은 이길 수 없는 싸움이라고 시민연대에 참가하지도 않았죠. 아무튼 계속 농성장을 유지하는 게 능사가 아니라고 보는 사람이 많아요."

법원의 판결도 그렇고, 시민연대의 석달에 걸친 농성에 패배의 기류가 물씬 감지된다.

일산-퇴계원 구간을 둘러싼 그간의 논쟁

한국도로공사의 자료를 보면, "서울과 수도권지역의 교통난, 신도시 건설에 따른 교통수요에 적절히 대응하며, 작년(2000년)의 경우 1억 7천여만대의 자동차가 이 고속도로를 이용했고, 2천여억원의 통행료 수입을 올렸으며, 2천5백여억원의 물류비 절감효과를 낳았다"고 서울외곽순환고속도로를 자찬하고 있다. 서울을 둘러싸는 환상(環狀) 형태의 서울외곽순환고속도로에서 마지막 미개통구간이 이번의 문제 많은 일산-퇴계원 구간이다.

일산-퇴계원 노선을 둘러싼 시민단체들과 서울고속도로(주) 사이의 해묵은 대립을 아주 간략히나마 살피고 넘어가자. 환경단체가 주축이 된 시민연대 쪽이야 공사 측의 노선이 북한산국립공원 사패산과 수락산, 불암산을 관통하는 것을 무엇보다 용납할 수 없다. 그리고, 외곽순환고속도로의 의미를 제대로 살리기 위해서라도 국립공원을 피해 의정부 북쪽으로 우회해야 한다고 주장한다. 즉, 의정부시가 서울북부지역과 이미 생활권이 연계된 터라 서울과 의정부 사이를 지나는 현 노선은 엄밀한 의미의 외곽순환고속도로가 못되기에 의정부 외곽과 수락산, 불암산 바깥쪽 경계를 따라 10킬로미터를 우회하여 경기 포천과 동두천의 교통수요까지 해소할 수 있는 '대안 우회노선'이 최선의 선택이라는 것이다. 그에 반해 LG건설 외 8개 민간기업이 창립한 서울고속도로(주)는, "산을 우회하면 도로연장이 길어져 고속도로의 가치가 떨어지고 또 7천억의 공사비가 더 든다"며 시민연대의 '대안'을 받아들이려 하지 않았다.

서울고속도로(주)는 사패산, 수락산, 불암산을 뚫고 갈 수밖에 없다고, 도로기술자 내지 전문가적인 양심을 걸고 정말 확신하고 있는 걸까. 그러나 서울의 한 토건회사에 육년째 다니고 있는 지인은 "터널공사라는 게 어쨌거나 토목에서 부가가치가 높은 기술이다. 정부와 계약할 때 단가를 높게 잡을 수 있다. 또 국립공원을 지나기 때문에 그 구간이나마 주민보상비가 안 든다. 왜 민간기업이 도로건설을 하려 들었고 일본은행이 공사비 일부라도 대부해 줬겠나. 계약에서부터 산 세개를 화끈하게 뚫고가는 노선의 특징 등 수익이 확실하다는 거다"라며 건설회사의 속내를 열어보였다.

한때 서울고속도로(주)는 시민연대의 '반대'에 부딪혀 몇가지 다른 대안노선을 설계지도 위에 '그려 보이는' 성의(?)를 보이기도 했는데, 애초의(그리고 지금의) "수익이 확실한" 노선에 대한 유혹을 떨쳐내기가 아무래도 힘들었을 것 같다. 그러다 작년 11월 중순 사패산 양쪽에서 터널공사를 위한 벌목이 시작되고, 시민연대는 송추 쪽 터널 입출구 공사를 저지하는 천막 농성을 시작한 것이다.

패색이 짙은 사패산

농성장에서 하룻밤을 잤다. 이튿날, 시민연대 쪽 사람들이 와서 소형트럭에 농성 살림을 싣기 시작했다. 어젯밤 회의가 농성장 철수 쪽으로 결정이 난 것이다. 그런데 우이령보존회 박선경 사무차장은 농성장을 떠나도 사패산 터널 반대운동은 계속된다고 한다.

"사실 내부적으로 지친 조직이 많습니다. 시민연대 캠프는 우이령보존회 사무실로 옮깁니다. 그러나 의정부 쪽 주민들을 상대로 북한산 관통 고속도로의 문제점을 계속 알려나갈 겁니다. 터널이 이대로 건설되면, 터널 입출구에서 나오는 먼지와 소음, 자동차 배출가스로 의정부 일부 지역이 우선 피해를 입게 되죠."

박 차장의 말에선 어떤 개인적 결의가 느껴졌지만, 사패산 터널의 송추 쪽 공사를 중단시켜왔을 뿐, 의정부 쪽 반대편 입출구만 해도 발파공사가 한창이고 수락산, 불암산 쪽도 이미 공사가 시작된 상태다. 총 투자비(2조 3,384억원)에 책정돼 있는 용지보상비 4,433억원 중 70퍼센트 가량이 이미 풀려버렸다. 그런 상황에서도 지난 겨울 내내 공사를 막아낼 수 있었던 건 어쨌든 시민연대의 농성 덕분인데, 그리고 '사패산 농성장'은 산을 지키겠다는 시민연대의 상징 같은 것이었는데, 그걸 포기한다는 건 이번 싸움이 패배했다는 걸 자인하는 꼴이 아닐까.

그런데 농성장 쪽으로 자동차들이 서너대 새로 들어왔다. 철수 현장을 지켜보러 온 서울고속도로(주) 사람들. 공사판 사람 역시 제 나름의 고집이나 주장이 있을 것이다. 그것도 들어보자. 서른 중반쯤 돼 보이는 한 '토목쟁이'의 이야기다.

"우리 토목에서 교량과 터널공사가 가장 친환경적이에요. 벌목은, 터널이 시작되는 단면을 만들려고 하는 것인데, 보시다시피 면적이 얼마 되지 않습니다. 물론 수목 조사도 했죠. 이 부근은 리기다소나무, 아카시아가 주종이라 수목 가치가 전혀 없어요. 사실 여기말고 환경단체가 가봐야 할 데가 많습니다. 산림훼손이 전국에 걸쳐 엄청나요. 몇 지자체에서 수익이 난다고 멀쩡한 나무들을 베고 밤나무를 심는데, 저 같은 토목쟁이가 보기에도 때로 너무 심하다 싶더라구요."

웅대한 바위가 많은 북한산. 막상 파들어가보면 상상을 초월하는 거대한 암석이 있어 산을 뚫겠다는 인간의 오만함을 꺾어놓지 않을까. 그러나 "그런 돌이 중간중간 나와줘야 터널을 뚫어요. 암석이 터널을 둘러싸는 자연스런 지지구조물이 되는 거죠. 우리나라 산들은 조금만 뚫고 들어가면 다 바위산이에요. 한반도가 거대한 돌덩어리인데요, 뭐" 한다. 공사는 "설 지나면 바로 들어가게 될 것"이란다.

일주일 뒤면 사패산 양쪽에서 본격적으로 터널공사가 시작되는데, 의정부 주민들을 상대로 한 시민연대의 반대운동은 무슨 의미가 있을까. 시민연대 활동가들의 표정은 담담해 보이지만, 그리고 간밤의 회의내용에 대해 구체적인 말은 아끼는데, 속으로 "이 싸움은 물건너 갔다"고 활동가들 스스로 패배감에 빠져 있는 것은 아닐까.

시민단체 쪽 사람들과 공사 측 사람들을 뒤로 하고 혼자서 농성장을 빠져나왔다. 버스를 기다리며 복잡한 생각에 빠졌다. 법원의 결정, 공사방해 1회당 백만원 벌금이 그리도 무서운가. 혹 사패산 터널 반대운동이 이렇게 실패하게 된 것은, 사패산을 둘러싼 현실을, 지금 벌어지는 일들의 의미를 시민연대가 정말 심각하게 깨닫지 못하고 있었던 때문은 아닐까. 혹 시민연대의 관성적인 운동방식이나 슬로건, 아니 그 저류의 철학 자체가 문제가 있는 것은 아닐까. 그것이 안이한 현실인식을 낳고 상투적인 언어를 부르고 지금의 패배를 필연적으로 만든 것은 아닐까. 농성장을 떠나서도 언론이나 주민을 상대로 '다른 많은 일'을 할 것이라지만, 나는 '농성장 철수'를 '시민연대의 패배'일 뿐이라고 보았다.

대안 우회노선?

그후 나흘 동안 서울에 있었다. 시민연대 활동가는 다시 만나지 않았다. 아니 솔직히, 별로 만나고 싶지 않았다. "오랜 농성에 지친 단체가 많다" "이 농성장이 아니라도 할 일은 있다"는 등의 농성장 철수 결정의 이유도 석연찮고, 또 각 단체 간사들의 개인 의견이 배제된 공식적 언어에 식상하기도 했고(그 식상함을 두고 누군가는 "백화점 점원과 얘기하는 것 같다"고 했다), 또한 서른 한개 단체가 모인 연대조직에 이름만 걸어놓고 농성장에는 얼굴 한번 안 내미는 단체가 많았다는 사실을 알게 됐는데, 이 모든 것 들이 시민연대라는 조직의 진정성마저 의심스럽게 만들던 것이 다. "솔직히 이번에 나는 시민단체들한테 크게 실망했다. 수많은 단체가 모였어도 정말 사패산을 지키겠다고 결의에 찬 사람은 내 가 보기에 박선경 차장 하나뿐인 것 같다"고 말한 이는, 농성에도 자주 참가한, 순수 산악인 중심의 모임인 '녹색 친구들' 회원 양 시종 씨인데, 그의 다소 극단적인 표현이, 아니 극단적인 표현을 불사하는 그의 어떤 절실함이 왠지 신뢰가 가며 일일이 활동가들 을 붙들고 확인해보지 않아도 '시민연대' 전체에 대해 내 나름의 판단이 서던 것이다.

아니 보다 솔직히 말하자. 무엇보다 시민연대의 정체에 대해 내가 의심할 수밖에 없는 게 있었다. 그것은 언제부턴가 시민연 대의 슬로건이 된 '대안 우회노선' 때문이다. 서울이 아닌 지방 도시에 사는 만큼 내게 약간 순진한 구석이 있어서일까. 이 땅의 이름없는 수많은 산들도 사패산·수락산·불암산만큼 귀하다고 믿는 나는, "터널을 뚫으면 산이 죽는다"며 산을 생명으로 느낀다는 사람들이 어떻게 그 ‘대안’으로 ‘우회노선’을 주장할 수 있었는지 그것부터가 이해하기 힘들었다. 이를테면 다음과 같은 의문이다.

‘대안 우회노선’은, 모든 사안을 서울과 대도시 중심에서만 바라보는 이기심에서 나온 것이 아닌가? 의정부 주민이나 서울 도봉, 노원구 주민들이 받을 피해만이 피해인가? 시민연대가 내세운 ‘대안 우회노선’은, 사패산·불암산·수락산 그리고 의정부·도봉·노원 사람들을 위해 의정부 외곽의 작은 마을들과 주민들, 그 주위 아름다운 산들, 마을 앞 들판이 대신 벌목과 소음, 먼지 피해, 조망권 침해를 당해야 한다는 주장이지 않은가? 결국 ‘대안 우회노선’이란 주장은, 사패산은 살리게 될지 몰라도 다른 지역의 작은 산을 깎고 아름다운 들을 가로지르도록 하는, ‘고속도로 건설이라는 이름의 거대한 폭력’의 방조행위일 뿐이지 않은가?

서울에서 나는 방황했다. 나흘 동안 만난 사람들은 주로 지인들이다. 토건회사에 근무하는 친구, 자동차 칼럼리스트로 활동하는 고향선배, 자동차 매니아인 대학친구 등을 만나 사납게 논쟁했다. 그 얘기를 여기서 할 필요는 없겠지만, 자동차 문화의 편의성에 빠져 생명에 대한 감각을 다 잃어버렸다고, 지금 사람들은 자동차에 대해 많은 걸 알지만 산에 대해 무지하며 산과 공감대를 느낄 감성의 구멍이 막혀버렸다고, 산의 치명적인 훼손보다 빠른 공간이동의 자유를 더 높게 치는 세상이 도무지 정상이 아니라고 새삼 깨닫는 시간이었다. 혼자 사패산 정상에 올라가보기도 했지만 어쨌든 농성장 철수 후 서울에서 보낸 나흘은 하루 서너시간밖에 잠을 자지 못한 몹시 고통스런 시간이었다.

내원사 지율 스님

그런데 나는 다시한번 물어보고 싶다. 시민연대가 사패산 농성싸움에서 순순히 물러난 연유는 뭘까. 아니 사패산에서 농성을 하며 석달이란 시간이 흘렀는데도, 마지막 날까지 '우회노선'을 자신들의 '대안'이라고 사패산 한 등성이 벌목장에 플래카드로 커다랗게 걸어놓은 것은 어찌된 연유일까. 새만금 갯벌 매립을 반대하는 '부안 사람들'이 "우리 새만금 대신 저 위쪽 다른 갯벌을 메워 농토를 만들어라"라고 주장하는 것은 상상할 수조차 없다. 새만금만한 갯벌이 없어서 문제지만, 또 건설회사 측 구미에 동할, 사패산·수락산·불암산을 뚫고 가는 만큼의 수익을 보장해주는 노선이 없어서 문제지만, 아무튼 농성 한달쯤 지났을 무렵이라도 누군가 그 플래카드는 걷어냈어야 하지 않을까. 농성장의 기류가 그런 각성의 차원으로 흘러갔어야 하는데, 시민연대는 농성을 시작할 때와 마칠 때 사이에 "지쳤다"는 것 외에 다른 의식의 변화는 없어 보인다.

서울 거리를 방황하면서 내내 착잡한 마음이었는데, 소식 하나가 날아왔다. 경남 양산 천성산의 내원사 비구니 스님들이 '천성산 살리기'를 위해 국토순례를 나섰고(고속철도가 천성산을 16킬로미터나 뚫고 지나게 된다는 것인데, 서울 고속철도 본사에

그것을 항의하기 위한 스님들의 국토순례가 벌써 18일째라는 것
이다) 천안에 곧 당도할 거라는 것이다. 빠른 시간 내의 공간이동
을 위해 고속도로나 철도는 나타나는 뭐든 까뭉개는 직선을 지향
하게 마련인데, 사안의 성격이 비슷하고, 부산으로 내려가는 길
에 만나면 되겠다 싶어 천안으로 갔다. 미리 말하면, 내가 지율 스
님을 만난 것은 커다란 행운이다. 아니 2월 9일, 천안에서 지율 스
님을 만나고서야 시민연대가 패배한 까닭을 새삼 재확인할 수 있
었던 것이다.

"저는 대안을 말하지 못합니다"

사십대 초반, 그러나 산골소녀 같은 인상을 가진 지율 스님은,
북한산 소식부터 듣고 싶어했다. 법원의 결정, 농성장 철수, 지역
주민 설득작업 등을 알렸는데, 스님은 잘 모르겠다는 표정을 지
으며 "계속 공사방해를 하고 그 벌금을 안 내면 어떻게 되는데
요?" 한다. "아마 하루 얼마씩 계산해서 구속시키겠죠." "그럼,
농성장을 철수하지 않고 잡혀가면 안되나요?" 나는 뭐라 대답하
지 못했다.

"북한산·수락산·불암산은 제가 젊을 때 다 다녀본 산이에요.
근데 그 산들을 줄줄이 뚫는다는 소식을 신문에서 처음 보고 가
슴이 철렁했어요. 어쩌나, 저러다 서울 사람들 벌 받는데 …."

스님의 경우, 천성산을 안 뚫는 다른 '대안'이 있는지 물어보
았다.

"저는 대안을 말하지 않아요. 아니 못합니다. 왜냐면 … 천성산을 뚫는다는 말에 이미 너무 깊은 마음의 상처를 받았습니다. 대안이라는 건 결국 천성산 대신 다른 데를 뚫거나 다른 곳을 지나가라는 소리잖아요. 제가 받은 마음의 상처가 너무 컸기 때문에 그 상처를 다른 누군가한테 안길 수가 없어요."

스님이 계속 말씀하신다.

"천성산은 정말 아름다워요. 고속철도 분들도 막상 오셔가지곤 '이 산을 뚫어야 하나' 하고 영 못 내켜 하세요. 그런데, 간혹 도로나 철도의 경제적 가치를 말하시는 분들이 있어요. 그리고 그것과 산과 늪의 가치를 비교하시는데요, 저는 그래서는 안된다고 생각합니다. 사실 천성산이나 천성산 속의 늪만이 귀한 게 아니고, 산이든 늪이든 들이든 또 다른 무엇이든 우리 주위에 있는 무수한 존재들이 다 귀해요. 그런데, 어떤 한 존재의 가치는, 단 한사람이라도 이게 정말 귀하구나, 하고 그 숨은 가치를 알아본다면, 그 한사람이 알아본 가치를 어느 누구도 무시하면 안 된다고 생각해요. 또 그 어떤 존재의 진정한 가치를 알아보는 그런 한 사람이 나타나기 전에는 어떤 사소한 존재라 해도 우리가 그 숨은 가치를 아직 모르고 있는 것이라고 봐야 해요. 그러니 사소한 존재라고 할 게 아니라, 그 숨은 가치가 드러날 때까지, 아니 알아보는 사람이 나타날 때까지 기다려야죠. 저는 고속철도가 천성산을 뚫지 말고 우회하라고 말할 수가 없습니다. 우리 천성산이 살겠다고 다른 곳으로 가라고 하면, 어느 누군가에게 너무도 귀할 수 있는 어떤 숨은 가치를 훼손시키라는 말이잖아요."

천안시외버스터미널 옆 운보찻집을 나와 작별인사를 하고 스님을 배웅했다. 앞으로 천성산을 지키기 위해 온갖 험악한 상황을 치러내야 할 스님의 안위를 짧게나마 진심으로 빌어드렸다.

나는 시민연대가 터널 반대운동, 아니 사패산 농성싸움에서 패배할 수밖에 없었던 이유를 좀더 알게 된 것 같다. 단지 농성장을 철수한 때문이 아니다. 그러나 이 얘기는 이 글의 제일 마지막에 가서 해볼까 한다.

산 모양의 거대한 나무

부산에 돌아왔다. 지금 서울의 객관적 상황은 어쨌든 사패산과 수락산, 불암산이 뚫리기 시작했다는 것이다. 4킬로미터 터널이 뚫린다고 산이 정말 심각하게 훼손될까?

산에 미쳐 고등학교를 중퇴하기까지 했던 이력의 지인이 하나 있는데, 그를 찾아가보았다. 그런데 그는 "터널을 뚫으면 사실 산 전체가 약간 뒤틀린다. 그리고 산이 죽을 수 있다. 문제는 수맥"이라 한다. 산에 대한 오래된 사랑을 가진(내가 그의 신상을 밝히고 있지 않은데) 그의 설명을 들어보자.

"큰 나무의 경우 백미터 이상 수관을 타고 물이 올라간다고 한다. 잎의 증산작용이니 삼투압이니 하지만 과학적으로 완전히 해명하지 못한다. 산이란 건 뭐냐. 간단하게 말하면, 산은, 산 모양을 하고 있는 거대한 나무다. 산의 수맥은 나무의 수관과 같다. 수맥 속의 물은 아래로 흐를 뿐 아니라 수관처럼 아래에서 위로도 간다. 사람 몸의 심장이 머리 끝까지 피를 밀어올리듯 산속이나 그 더 아래에 그런 물의 심장 같은 게 있는지 모른다. 어쩌면 나무의 뿌리가 수맥을 끌어올리는지 모른다. 나무 아래에 온통 뒤엉켜 있는 뿌리들의 흡인력 말이다. 땅 위로 솟은 나무가 나무의 전부가 아니다. 십미터짜리 나무라면, 땅 아래 십미터 또는 그 이상의 뿌리가 치렁치렁 거꾸로 자라고 있다. 결국 산의 나무는 비만 믿고 자라는 게 아니라, 자리를 잘 잡은 것일수록 뿌리를 적시는 수맥을 믿고 크고 장대하게 자란다. 아무튼, 수맥은 산속에 서로 온통 엇갈려 있는데, 4킬로미터짜리 터널은 그런 수맥을 수도 없이 건드릴 수밖에 없다. 큰 물줄기를 건드릴 경우, 물이 터진 뒤 그 수맥 공간은 비게 된다. 빈 공간으로 흙이 내려앉는다면 막히게 된다. 또 세찬 물줄기는 쏟아지게 한 뒤 콘크리트로 얼른 막아놓아도, 즉 수맥에 제법 물이 남았다 할지라도 물의 움직임이 영영 막힌다. 올라갈 수도, 내려갈 수도 없다. 아무리 청정한 땅 속이라지만 고인 물은 썩어갈 수밖에 없다. 결국 나무는 비만 바라고 자라게 되거나 말라가거나 물과 함께 썩어가게 된다. 도시 근교에 가보면 그 비슷한 증상의 산이 숱하다. 인구가 늘어나 산에서 빼 쓰는 식수가 늘어났고, 심지어 산속으로 호스를 집어넣은 목욕탕도 있다. 정상에서부터 수맥이 현저히 딸릴 수밖에 없다."

콘크리트로 막힌 수맥의 물이 썩어가는 것이, 수맥의 길을 타고 점점 번져가다가 산의 반대편까지 이르는 것이 선연히 떠오른다. 북한산 자락들은 바위 기세가 승하니 애초부터 수맥 부족을 앓고 있는 산이라 할 것이다. 아니 어쩌면, 적은 수량으로 산 전체를 돌보는, 수맥 배치가 매우 정밀한 산이라 할지 모른다. 그런데 문제는, 막힌 수맥의 물이 썩는 것은 아주 오랜 시간에 걸쳐 일어나는 일이라는 것이다. 그것이 터널공사에 대한 사람들의 둔감함을 낳고 "산이 죽는다"는 말을 단순한 비유 차원의 주장으로 받아들이게 한다. 지하수 물(수맥이 아니라)의 교체시간이 평균 약 280년(강물 교체시간 0.031년의 약 9000배)이라니, 산의 수맥이 막혀 그 속의 물이 썩어들어가 마침내 산과 나무에 외양적 변화가 나타나는 시기도 애써 짐작해볼 수는 있겠다.

생명의 대안

이제 사패산 터널 반대운동이 실패한 이유를 말해야 할 것 같다. '시민연대'를 비난하고자 하는 것은 아니다. "천성산을 우회하라"는 식의 대안은 "차마 말할 수 없다"는 지율 스님의 말이, 아니 그의 천성산 사랑이 생각하면 생각할수록 뜻깊어, 시민연대가 주장한 '우회노선'이 '대안'이 되지 못한다는 것이 새삼 일깨워지고 그것이 또한 시민연대의 '실패'와 관련된다는 점을 지적하고 싶을 뿐이다.

그런데 지율 스님의 말을 한번 더 새겨보자. 간단히 말해, 뭇 생명을 향한 사랑을 도무지 참을 수 없을 정도가 되면, '대안'은 있을 수 없다는 뜻이다. 산과 강, 들은 인간이 붙인 이름일 뿐, 생명

은 하나, 즉 사패산의 대안은 세상 천지에 사패산말고 없다는 뜻
이다. 나는 사패산부터가 그걸 알고 있으리라 믿는다. 사패산은,
자기가 살겠다고 의정부 외곽의 작은 산이 깎이고 고가도로의 버
팀목이 들 깊이 박히는 걸 원치 않을 것이다. 그럴 바에야 내 가슴
속에 화약을 넣어라 하고 인간에 의해 꽝꽝 뚫려줄 마음의 준비
가 돼 있는 산이다. '시민연대의 실패'는 3개월이나 천막 농성을
하면서 그런 사패산의 마음을 조금도 깨닫지 못했거나 깨달으려
하지 않았기 때문일 것이다.

아니 '생명은 하나', 그걸 누가 모르나? 사패산의 마음이 어떤
지를 깨달았다고 해서 그렇다고 사패산이 지켜지나? 3개월간 농
성을 했고 객관적 힘의 열세를 인정하지 않을 수 없을 뿐인데, 여
러 단체에서 파견된 활동가로 구성된 느슨한 임시 연대조직이 3
개월이나 농성을 해낸 것만 해도 초유의 일인데, 또 시민연대는
농성장에서 철수했지만 사패산 터널공사로 생존적 위협과 정신
적 피해를 입은 사찰의 스님들은 여전히 농성장을 지키고 있는
데, 그 스님들 역시 약간 섭섭한 마음이 있달 뿐 시민연대의 입장
을 이해한다고 하는데, 농성장을 유지하는 데 급급해 그간 언론
이나 주민 홍보는 뒷전이었고 하여 시민연대의 철수는 농성장을
지키는 스님들과의 일종의 역할분담인데, 시민연대가 대체 무슨
실패를 했다고 그러는가?

이런 반문이 물론 가능하고 나도 동감한다. 시민연대는 사실
실패한 것이 없는지 모르겠다. 전국에서 일어나는 자연훼손, 아

니 외곽순환도로 다른 구간만 해도 산의 수난은 수없는데, 그러나 일반 주민들은 보상비나 챙기거나 속수무책으로 당하고 있는데, 보다 못한 시민단체들이 힘껏 항의하고 그 실상을 국민들에게 알리는 것만 해도 지금 현실에서 최대 성과이자 최선의 행동방책일 것이다. 그렇다면 한 개인이 산의 생명가치, 나아가 모든 생명의 가치에 대해 진정 절실히 깨닫게 되는 것과 시민단체가 농성장을 차리고 공사를 중단시켜오다 어떤 객관적인 상황판단에 의해 철수 결정을 내리는 것은 별개의 차원에 놓이는 일이다.

'대안 우회노선'에 대한 문제제기도 그렇다. 관념적인 소리에 불과하다. 지금 목전의 사패산·수락산·불암산도 뚫리고 있는 판국인데, "저건 대안이 아닌데" 하는 한 얼치기 에콜로지스트의 헛소리인 것이다. 어서 빨리 그 얼치기도 현실의 대세를 인정하고, "이번 일을 통해서라도 지금의 도로 문제와 터널 문제, 훼손되는 자연 문제를 생각하는 기회로 삼자"는 등의 온당한 태도를 취해야 할 것이다.

그러나 나는 '실패'를 말하고 싶다. 시민연대의 입장을 이해해주고 끝난다면, 나는 공사판 사람들의 입장도 충분히 이해해줄 수 있다. 이런 '이해의 확장'은 현실의 흐름을 언제나 필연적인 것으로 인정하게 만들고 현실의 강력한 힘을 이길 수 없다는 자기위안적인 패배감을 부른다. 계속 약간의 역류만 일으킬 뿐 큰 흐름에 몸을 싣고 같이 흘러갈 수밖에 없는 것인지, 어디에선가 흐름을 끊어내는 실천, 단 한사람이라 할지라도, 그런 게 나와야 하지 않을까. 그런 의미에서, 나는 시민연대가 '실패' 했다고 말하고 싶다. 즉, 사패산에서의 농성 동안, 시민연대 5-10명 정도의 사람들이라도 서울 사는 사람들의 편익을 떠나 정말 사패산의 가치에 대해 질문하고 절실히 깨달아보겠다고 마음의 방향을 잡았어야 하지 않았나, 농성장에 그런 기운들이 흘렀어야 했는데, 싶은 것이다.

현실의 강력한 힘을 모르는 사람도 없지만, 그럴수록 어떤 전 존재적인 결단이 아니라면 그런 현실에 조금도 유의미한 변화를 낳을 수 없다고 생각하는 사람도 늘고 있다. 즉, 갯벌을 위해 갯벌과 함께 싸우며 그 속에서 자신이 살아온 지난 인생의 헛된 순간들이 깨달아지고 마침내 갯벌 속에서 제 한 운명이 바뀌고 있는 걸 온몸으로 전율하며 감득하는 사람이 나와야 그 갯벌이 살 수 있다는 것이고, 산을 위해 산과 함께 싸우다가 내 운명의 길이 바뀌었다고 말할 수 있는 사람이 나와야 그 산이 살 것이라는 믿음이다.

"대안을 말할 수 없다"는 지율 스님의 천성산 사랑을 다시 떠올려보자. 결국 우리에게 필요한 진정한 실천과 깨달음은 그런 사랑에서 나오지 않을까. 그런데 사패산에서는 그 정도로 사패산을 사랑한 이가 있었던 것일까. 이건 나의 몽상적 바람일 뿐이지만, 또 한 개인에게 일어나는 기적과도 같은 일이겠는데, 즉 농성을 시작할 때는 사패산을 몰라봤지만, 하루하루 지나는 동안 저도 몰래 사패산에 반하며, 사패산의 숨은 가치, 아니 진정한 생명의 가치를 알아보는 마음의 눈이 뜨여, 사패산에 사는 뭇생명이 보이기 시작하고 그 모든 생명들이 자신에게 보내는 지지와 응원의 소리를 들으며 문득문득 황홀감에 빠지는 것, 그러다, 모든 사랑의 열병이 그러하듯이, 이 세상의 온갖 사소한 존재들이 사패산처럼 보이다가 마침내 '대안 우회노선' 플래카드 정도는 걷어내는 그런 사람, 또 그런 사람의 마음을 바로 옆에서 알아본 사람들, 만약 그랬다면, 사패산 농성장의 기류는 전혀 예측 못하게 흘러갈 수도 있었다는 것이다. '생명의 발견'이 얼마나 큰 기쁨인지, 그 감정을 요즘 사람들이 이해나 할지 모르겠지만, 아무튼 사패산을 알아본 기쁨과 그 기쁨을 공유한 농성팀 내에서의 의기투합의 시간은, 마침내 농성장이 강제철거를 당한다 할지라도 각 사람의 내면에서 지워지지 않을 승리감이 되고, 보다 원대한 계획 속에 다음의 실천을 예비할 정신적 밑천이 되는 것이다. 그것이 지난 석달간 사패산 농성장이 이루어냈어야 할 진정한 승리가 아닐까.

내가 정말 안타까운 것은, 농성장을 철수했다고 해서가 아니라 (언론이나 주민들 홍보도 사실 꼭 필요한 일인데) 왜 지난 석달 동안 사패산에선 그런 의기투합이 일어나지 않았는가 하는 점이다. 대책회의에서 마지막까지 철수를 반대한 사람이 박선경 차장 한사람이었다는 것이, 아니 "마지막까지 반대했다"라는 그 말이 농성팀의 어느 누구도 박 차장의 심정을 이해하지 못했다는 걸 짐작케 한다. 법원의 결정이 떨어진 날, 공사 측 사람들의 포크레

인 앞에서 휘발유를 옆구리에 끼고 앉았던 이가, "이번에 시민단
체들에 크게 실망했다"라고 말한 양시종 씨인데, 그런데 포크레
인 앞에서 그렇게까지 행동해야 했던 산사나이의 절박한 심정을
이해한 사람이 있었을지, 자신의 행동과 "참 멋진 사패산"에 대
한 자신의 마음을 알아보는 눈빛이 농성팀에서조차 없다는 것을
알았을 때 그는 결국 얼마나 외로워졌을까. 나는 그것이 무엇보
다 안타깝다. 시민연대의 패배란 다른 것이 아니다.

갯벌매립에 반대하며 싸우다 갯벌의 진정한 존재이유와 가치
를 발견하고 그 기쁨의 힘으로 생업을 팽개치다시피 한, 한사람
깨닫고 또 한사람 깨달으며 의기투합이 된, 새만금 갯벌을 지키
려는 '부안 사람들' 이 떠오른다. 사패산에서도 그런 정도의 존재
의 사랑이 가능하려면, 등에 업혀 있는 각자가 속한 조직의 무게,
스케줄 같은 건 깨끗이 벗어버려야 했을 것이다. 아니 그 정도의
전존재적인 결단이 자신없다면, 애초부터 천막 농성에 참여하지
말았어야 했는지 모른다. 나는 시민연대가 천막 농성을 하기로
한 것도 어떤 절실함보다 상투적인 운동방식의 하나로 택한 게
아니었는지 의심될 정도다.

다시 현실물정 모르는 바보가 되어 나는 말하고 싶다. 생명의
대안은 따로 있을 수 없고, 생명의 대안은 오직 생명 그 자신이다.
사패산에서 그런 생명이 폭발하면, 그 폭발하는 생명의 빛에 눈
이 번쩍 뜨이는 사람들이 나오게 돼 있다. 사패산의 대안이 의정
부 북쪽 작은 산들이 될 수 없듯, 농성장 사람들의 대안이 의정부

나 노원, 도봉 주민이 될 수 없다. 사패산은 도봉 · 의정부 · 노원 주민들을 기다리지 않고 당신만을 기다렸고, 지금도 당신을 기다리고 있다. 사패산의 대안은 '우회노선'이 아니라 처음부터 사패산 자신이었다. 사랑의 대안이 없는 것처럼, 생명은 대안이 없다. 그걸 이미 알고 있던 사람만이 사생결단을 내겠다며 농성장에 들어왔어야 했을까. 농성이라는 비일상적인 시간이 그걸 깨닫게 하는 천금의 기회였던 것은 아닐까.

사패산은 마지막 순간까지 그 자신이 대안이 되어 참혹하게 구멍이 뚫려간다. 사패산은 다른 작고 예쁜 산을 위해 자신이 뚫리고 있다는 것을 잘 알기에 마지막까지 승리한다. 뚫려나가는 생명, 어떤 사람들은 그것에 더 애착이 생겨 지금도 사패산 근처를 떠나지 못하고 있다.

(《녹색평론》 통권 제63호(2002년 3-4월호))

새만금에 망가지는 삶과 꿈

전주에 도착했다. 시외버스 터미널. 가판대에서 〈전북일보〉부
터 한부 샀다. 12월 8일자다. 1면 오른쪽 상단에 '金대통령 노벨
상 수상 출국' 이란 단신. '본사 기자 수행취재' 라는 기사도 딸렸
다. 중앙 하단에 큰 상자기사가 눈에 띈다. "금강, 철새낙원이 사
라진다 — 둑 준공 후 생태계 파괴, 서식지 사라져, 먹이주기 운동
역부족." 〈전북일보〉는 새만금사업에 반대하는 신문인지도 모르
겠다.

그런데 3면 사설은 엉뚱하다. 경실련이 2001년 예산안 삭감 및
전면 재검토 대상에 전주권 신공항 예산 50억원을 포함시켰다,
말도 안된다! 하는 내용이다. "군장(군산·장항)산업공단과 새만

금사업 등으로 물동량과 인구 이동에 따른 항공수요가 계속적으로 증가"하는 추세다, "군산공항의 수송능력은 한계에 이르러" 전주권 신공항 사업은 "지역개발과 고용창출, 국토의 균형발전 등 사회간접자본 확충 차원의 당위성"을 갖고 있다, "새만금사업, 호남고속철도 사업 등 전북 현안사업에 대한 정치권의 발목잡기에 많은 도민들이 식상해 하며 분노를 느끼고" 있다, "신공항 예산은 오히려 증액하여 하루빨리 사업에 착수해야 하고 동네북이 되다시피 한 전북 현안사업에 대한 시비를 잠재우는 일은 정치권의 책임이다." 〈전북일보〉는 새만금사업을 기정사실화하는 신문이다.

지역언론에 대한 불신

터미널에서 완행버스를 탔다. 한시간 후 부안읍에 도착했다. '새만금사업 즉각 중단을 위한 부안사람들' (이하 '부안사람들') 을 찾아갔다. 부안농고 뒤편에 위치한, 간판과 셀룰로이드 글자 하나 없는 작은 사무실. 신문 얘기부터 꺼냈다. 늦깎이 대학생인 김영표 씨(33세, 전주대 토목공학과 3학년)는 언론에 대해 할 말이 많은 사람이다.

"지금 이 지역 언론의 여론왜곡은 80년 광주 못지않다. 중앙뉴스에서 새만금사업에 불리한 게 나온다 하면 자체제작 뉴스로 돌려버린다. 〈전북일보〉, 〈전라매일〉 등 신문도 새만금에 다 찬성이다. 언론이 지역사안에 견해를 가질 수 있다. 그러나 반대의견도 충실히 실어줘야 할 거 아니냐. 반대쪽은 연합뉴스 기사로 아주 짧게 낼 뿐이다."

여론조사를 하면 전북도민의 70-80퍼센트가 새만금사업 찬성이다. 그러나 그건 지역민에게 개발환상만 심어온 언론의 왜곡보도 탓도 클 거란다. 또 신문의 편집 책임자들이 '유종근 장학생'이란 게 김 씨의 의심이다. 얼마 전 〈오마이뉴스〉에 난 기사도 그런 의심을 굳히게 한다. 2000년 상반기 전라북도의 판공비 중 1억1백8십여만원(27.9퍼센트)이 언론을 대상으로 지출(식대가 절반, 현금으로만 4천4백5십여만원 지출), 유종근 도지사는 기자들에게 '활동비'와 '격려금' 명목으로 1백8십여만원의 촌지를 지급, 정무부지사는 '도정운영 및 홍보' 명목으로 2월 3일 하룻동안 7백3십5만원을 언론에 지출, 행정부지사 역시 1월 27일 '도정홍보활동 격려' 명목으로 촌지성 현금 3백8십만원을 지출, 등등.

"평기자들 중 새만금사업에 반대하는 이도 있을 것이다. 그러나 그런 기사를 쓰면 데스크에서 걸릴 뿐 아니라 한직으로 발령난다. 그러니 70-80퍼센트 찬성이란 여론조사 결과는 진정한 민의가 아니다. 지역민들은 사업의 진실이 어떤지 들을래야 들을 수 없다. 중앙언론은 거의 다 반대쪽으로 돌아선 줄 안다. 그러나 주민들은 역차별이니, 전북의 낙후를 모르고 하는 물정없는 소리라느니 하는 지역언론의 말만 듣고 사는 것이다."

김제, 군산, 부안에 걸친 4만여헥타르의 갯벌을 농지와 호수로 만드는 새만금 간척사업, 이를 단일사안으로 하여 지역에서 반대

조직을 결성한 것은 작년 11월 '부안사람들'이 처음이다. 사진
사, 학생, 사업가, 전기기사 등 저마다 생업을 가진 20여명이 개인
별로 참가했다.

"우리의 목표는 사업중단이다. 그렇지만 방조제를 다 들어내
라는 건 아니다. 배가 다니고 물길이 드나들도록 중요한 물골이
라도 다시 트라는 거다. 농업기반공사는 방조제를 방치하거나 철
거하면 더한 환경파괴가 일어난다고 한다. 그러나 방조제 내부는
새만금 바다에서 퍼낸 해사로 채워져 있다. 좀 쓸려간다고 바다
가 황폐화될 거라는 건 협박에 가깝다."

김 씨는 새만금사업을 찬성하던 지역정서도 균열을 일으키기
시작했다고 한다.

"새만금 전시관에 가보면, 야 이렇게 우리 지역이 발전하는구
나, 우리 전북도 이제 찬란한 미래를 맞는구나, 다들 입이 쩍 벌어
진다. 없던 애향심도 새로 생긴다. 그러나 진실은 알려지게 마련
이다. 시화호가 썩어버리는 걸 보고 겁을 집어먹기 시작했다. 사
업 강행론자들은 재빨리 개발과 환경, 두마리 토끼를 잡아야 한
다고 외쳐대지만."

'부안사람들'의 주장보다 실제 갯가에 사는 어민들 정서는 어
떤지 궁금하다. 그러나 지난 일년 내내 새만금사업을 생업만큼
고민해온 '부안사람들'의 얘기를 더 들어보자. 조사팀장 이재영
씨(42세, 전기기사)가 해묵은 보상문제를 거론한다.

"이 지역에서 논 10필지, 그러니까 60마지기를 가지고 학자금

지원받지 않으면 자식 둘 대학 보내기 힘들다. 그러나 맨손어업이라도 끄랭이와 찢어진 구럭 하나 달랑 들고 하루 서너시간 갯벌 뒤지면 오만원에서 십만원은 번다. 바다와 갯벌 믿고 자식 둘 대학 보내는 거다. 근데 어민들 보상이 어땠나. 많아야 팔백만원, 대개는 오륙백만원이었다. 양식장 허가권이 있는 소수는 몇억, 아니 십억 가까운 보상을 받기도 했다. 그러나 그들은 허가권만 있을 뿐 대개 외부인들이었다. 갯벌이 사라지든 바다가 죽든 상관없는 사람들이다. 보상금 두둑히 챙기고 이곳을 잊어버린 지 오래일 거다."

그러면서 이 씨는 "갯벌에 가봤냐?" 묻는다. 아니라고 하자 눈빛이 달라진다. "갯벌이 얼마나 좋은지, 말로 듣고 책 읽고 사진으로 본다고 해선 알 수 없다. 조개를 채취하고 직접 맨발로 다녀보라. 이곳 주민이 아니라도 갯벌의 그 풍요로운 생명성에 반해버릴 것이다. 확신한다."

그리고는 이 씨의 탄식.

"전주천 공사의 말로를 아는지 모르겠다. 강변에 콘크리트로 직강하 사업을 했다. 근데 몇년 지난 지금 다시 허물었다. 후임 시장이 그렇게라도 이전의 잘못된 정책을 되물리는 건 용기있는 행동이다. 결국 돌려놓게 될 걸, 처음 직강하 사업을 강행한 놈들, 미친 짓 한 거다. 새만금도 그렇게 될 거다. 그러나 그런다고 한번 죽은 갯벌이 살아나나."

삶의 정서를 일거에 앗아가는 새만금

첫날은 변산면 마포리에 있는 정경식 씨(부안군 정농회 회장) 댁에서 묵었다. 이튿날, 나는 김제나 군산으로 갈 수 없었다. 오후 3시, 부안읍의 한 음식점에서 '새만금사업 즉각 중단을 위한 부안지역 공동대책위' 발대식이 열렸기 때문이다. 김제, 군산보다 부안의 반대 열기가 뜨겁다. 군산은 군장산업단지가 들어서며 바다의 중요성이 희석되었고 김제는 곽인회 시장부터 신공항 사업에 반대의사를 표명, '뜻있는' 이들이 그 문제에 집중하기 때문이란다. 새만금사업에 대한 최초의 '지역 공대위'에는 '부안사람들' 모임, 정농회, 계화도 청년회, 부안환경모임 등이 참가했다. 공동대표를 맡은 신형록 씨(35세, '부안사람들' 대표)가 발대식을 마친 뒤 감회어린 어조다.

"작년 이맘때 열명이 모여 반대운동를 시작했는데 일년 지나 백명입니다. 내년 이맘때는 천명이 모이는 걸 기대해도 되겠죠?"

갯가를 찾아갈 것 없이 자연스레 계화도 어민들을 만났다. '어업권 보상'을 받은 지가 언젠데 왜 이제서야 반대운동에 나섰나. 고은식 씨(37세, 청년회 총무) 역시 그간 눌린 말이 많았다.

"돈지마을 가봤느냐. 방조제 공사로 이미 막대한 피해를 봤다. 방조제가 출발하는 데서 가깝기도 하지만 무엇보다 그쪽 물골이 먼저 막힌 때문이다. 고기가 없는데 주민들이 뭘로 사나. 전에 오륙십명이나 되던 젊은이들이 떠나고 이제 열명 안팎이다. 그곳 초등학교도 올해 폐쇄됐다. 방조제 공사가 계속되면 계화도로 오

는 물골도 막힌다. 계화도 역시 돈지 꼴 난다. 학교가 폐쇄된다는
건 치명적이다. 마을이 죽었다는 거다. 사람 살 데가 못된다는 거
다. 활기가 없어지고 이웃간의 정도 삭막해진다. 내가 사는, 아니
내 자식이 사는 '우리 마을' 계화도다. 살다가 여기서 죽을 거다.
얼렁뚱땅 받은, 일년치 벌이도 안되는 보상금 갖고 살길 찾기란
불가능하다. 정부에서 상환하라면 상환할 거다. 그동안 순진한
우리들, 보상금 받은 것 때문에 내놓고 반대를 못했다. 그러나 이
제라도 반대한다. 내가 우리 마을 계화도에 살기 때문이고 앞으
로 살 것이기 때문이다."

　나는 고 씨의 말을 열심히 받아적었다. 그는 소주잔을 단숨에
털어넣는다. "오늘 술맛 죽인다!" 고 씨는 보상금문제로 생긴 울
분을 계속 털어놓았다.

　"애초 계화도는 섬이었다. 60년대 말에 간척되어 육지가 되었
다. 우리 계화도는 그러니까 간척을 두번 당하는 셈이다. 아무튼
첫 간척 후 원주민과 간척 농토를 불하받고 온 이주민들이 한 마
을에 살게 되었다. 근데 이번 새만금 보상으로 갈라졌다. 정부가
책정한 보상금을 누가 더 많이 받아야 하는지, 토박이들이 더 받
아야 한다, 이주민들은 반농반어가 많으니까 적게 받아야 한다
등등. 삼십여년 전 간척으로 마을 공동체가 한번 흔들렸고 겨우
잊은 듯 섞여 사는데 새만금으로 다시 흔들린 셈이다."

　바닷일도 살풍경해졌다.

　"예전엔 45마력짜리 배로 다녀도 고기 잘 잡았다. 근데 어획량

이 눈에 띄게 주니까 고기떼 발견하면 다른 사람보다 먼저 가려
고 지금은 250마력까지 올라갔다. 아, 같은 마을 사람끼리 혈안이
돼 경쟁하는 것 보면 어쩌다 이렇게 됐나 싶어 너무 서글프다.”

이미 1조원 넘게 투자된 국책사업이다. 보상금을 더 타내는 것
이 아니라 사업중단이 정말 고 씨의 바람일까?

“끝까지 싸울 것이다. 우리들 힘이 딸려 끝끝내 공사가 강행된
다 해도 반대할 수 있는 한 반대할 거다. 왜? 그래야 좀더 나은, 개
발만은 아닌 환경을 고려한 사업이 될 거고 그래야 내가, 아니 내
자식들이 조금이라도 나은 환경에서 살 것 아니냐.”

엉뚱한 질문이 떠올랐다. 이 사람은 옛 바다에서 언제 가장 행
복했을까?

“그거야 일 열심히 하고 선주한테 돈 받을 때다.”

정답. 또 엉뚱한 질문. 돌이켜봤을 때 누가 제일 밉나?

“노태우다. 새만금사업은 박정희 때부터 구상되었다지만 노태
우가 제일 밉다. 91년 기공식할 때 왔고 지가 직접 테이프 끊었다.
서해안시대, 첨단산업기지, 운운하며 주민들한테 엄청난 환상을
심어줬다. 우린 그때 바람이 단단히 들었다. 상권 형성되면 땅값
오를 거고, 힘든 갯일 벗어나 팔자고칠 거라고.”

노 씨는 87년 새만금사업을 대선공약으로 내세웠다. 그러나 91
년 가을에야 기공식을 치룰 수 있었다. 경제기획원 실무진의 반
발이 드셌기 때문이다. 그런데 새만금사업의 업보는 노 씨에게만
한정되지 않는다. 91년 1월 영수회담에서 당시 평민당 김대중 총

재도 강력히 새만금사업 공약 실천을 요청했고 거의 쟁취하듯 사업을 추진시켰기 때문이다. 고 씨가 내게 '가봤냐' 고 또 묻는다. 방조제 공사가 시작되는 곳, 해창 석산에 가봤냐고. 나는 갯벌에도 나가보지 않은 상태다.

"거기 산 하나가 다 깎여나갔다. 원래 해발 백미터가 넘던 산이다. 공사장에 실려간 거다. 근데 우리 계화도 선창가에도 돌산이 하나 있다. 조금만 파들어가면 돌 천지다. 공사측에서 그 산을 퍼다 방조제에 쓰려고 했다. 사년 전 일이다. 산주들은 물론 산을 팔마음이 있었다. 어떤 사람은 6억까지 보상받을 수 있었으니까. 그러나 주민 대다수가 반대했다. 산이 단지 산 하나가 아니다. 그 산이 있기 때문에 선창이 들어선 거다. 물살을 누그러뜨리고 거센바닷바람을 죽여놓는다. 그 산 믿고 자연히 집들도 들어섰다. 그 산이 없어지면 집들도 피해를 보고 작은 배들이 파도 치면 위험해진다. 아무튼 군청과 일년 싸웠다. 그리고 지켰다. 계화도엔 큰산, 작은 산, 중간 산, 세개가 있다. 그 형상이 거북이 같다. 그 작은 산은 머리 부분이다. 읍내에 나왔다가 계화도로 돌아올 때, 마을에 들어서면 그 산이 보인다. 어떤 기분이 드는 줄 아는가. 아… 내 산, 내가 지켜낸 산 … 그렇게 반가울 수가 없다. 매일 보던 산이 너무도 귀해졌다. 그 산만 바라봐도 삶의 엄청난 보람과 희열을 느낀다."

산 하나 지켜낸 게 이 정도의 희열이라면 새만금사업을 중단시키고 바다와 갯벌을 지켜낸다면 고 씨의 삶은 얼마나 복될까. 반

평생 눈에 넣고 갯내 뻘내를 코로 맡고 발로 휘젓고 다녔던 갯벌과 바다는 고 씨뿐 아니라 갯가 사람들에겐 삶의 정서 그 자체일 것이다. 새만금사업은 주민들의 그 정서의 기반을 송두리째 앗아버릴 것이다. 물론 갯벌이 사라지고 바다가 텅 빈다 해도 텔레비전, 아들딸 자식, 자동차, 컴퓨터 등이 주는 또다른 삶의 정서는 이어지겠지만 갯가 사람들은 갯벌과 바다에 너무도 오래, 너무도 깊이 감정이입하며 살아왔다. 새만금이 농토가 된다 한들, 농사를 지어본 적 없다. 갯벌과 바다가 죽고, 갯벌이 간척지가 되어 쌀이 수확될 때까지 십수년을 어떻게 살아야 할지도 막막하기만 하다.

그런데 듣다보니 '계화도' 란 호칭이 문득 낯설다. '계화도' 는 삼십여년 전 간척으로 사라진 섬. 이젠 육지다. '계화면' 이고 '계화리' 다. 그러나 아직도 고 씨는 '계화도' 다. 청년회에서 온 모든 이들의 입에서도 '계화도' 다. 지난 삼십년 세월도 수만년 섬이었던 '계화도' 란 이름을 그들에게서 빼앗지 못했다. 그 이름이 안쓰럽다.

국회의원 오던 날

사전정보 없이 부안에 왔지만 시기가 맞아떨어졌다. 9일, '부안지역 공대위' 결성식도 볼 수 있었고, 게다가 10일 일요일엔 예결산위 소속 국회의원들이 새만금사업 현장으로 온다는 것이다. 부안군 대항리의 새만금 전시관에서 브리핑을 받고 공사현장도 둘러볼 거란다. 계화도 주민들과의 간담회 자리도 계획돼 있다.

일요일 오전, 신형록 대표의 핸드폰이 요란하다. "정말 해상시위를 할 거냐?" 중앙일간지 기자들의 전화다. 공대위는 어선 9척을 방조제 옆 바다에 띄우기로 했다. "잘못을 인정하라 — 바다"라고 쓴 현수막을 매단 배들이 해상시위를 벌이는 모습은 사진기자들에게 좋은 그림이 된다. 그런데 아침부터 비가 내렸고 풍랑주의보도 발령됐다. "태풍이 분다 해도 시위를 하겠다 해야지, 그래야 기자들이 올 것 아닌가?" 약은 생각이 든다. 그러나 신 대표는 계획을 바꿔야 될 것 같다고 정직하게 대답한다.

한편, 국회의원이 오고 어민들이 해상시위를 벌일 거라고 해 어제부터 농기공과 전북도가 뒤집혔다, 군산시는 일요일에도 공무원에게 근무명령을 내렸다, 농기공은 경찰에 병력을 요청했다는 등의 전언도 들려온다. 신 대표에게 실시간으로 전갈을 주는 이들이 많다. 의원들이 군산공항에 도착했는데, 군산상공회의소와 군산애향운동본부 등 삼백여명 회원들이 "새만금사업 속행하라" 등의 구호를 외치며 시위했다, 모 의원은 혼잣소리로 "많이들 동원했구만!" 했다, 한다.

오후 2시, '부안사람들'과 함께 새만금 전시관에 갔다. 대형버스 네대가 이미 와있다. 군산상공회의소, 바르게살기협의회, 부안애향운동본부 등 사오백명쯤 된다. "새만금은 전북의 희망, 새만금 방조제를 사수하자" "영남정권이 시작한 새만금, 호남정권에서 완성하자" 등의 피켓과 플래카드가 오르내리고 나부낀다. 공대위와 '새만금사업 즉각 중단을 위한 전북사람들' 쪽 오십여명은 전시관을 빠져나와 방조제 입구로 갔다. "저 인파 속에 끼어 있자니 눈에 띄지도 않잖아." 누군가의 푸념이다. 인근 부대 군인들이 방조제 출입을 통제하고 있다.

버스 한대가 방조제로 다가온다. 의원들이 탄 차다. 시위대는 "새만금사업 즉각 중단하라"고 외친다. 또 버스 한대. 전북지역 시·도의회 의원들이 탔다. 점심을 걸렀는지 버스 안은 김밥을 먹느라고 야단이다. 시위대는 더 격렬해진다. 그런데 봉고 한대가 또 따랐다. 청장년 이십여명이 탔다. 방조제 입구 군인들의 제지로 봉고가 잠깐 멈춘다. 봉고 안의 사내들은 창을 통해 어색한 눈빛으로 시위대를 본다. 표정들이 어쩨 느글느글하다. 하얀 마스크를 턱에 낀 아가씨 하나가 얼굴이 벌개진 채 그들을 손가락질하며 바락바락 외쳤다.

"여러분, 이놈들 얼굴 똑똑히 보십시오! 이놈들이 지역여론을 망치는 기자들입니다!"

바닷바람이 셌다. 그러나 아가씨 혼자 악쓰는 목소리를 다 삼키지는 못했다. 그녀와 봉고의 열린 유리창은 1미터도 떨어지지 않았다. 그녀 고함소리를 기자들도 다 들었다. 그들은 아무 반응이 없다. 멋쩍고 느글느글한 표정을 지을 뿐. "우리는 들어간다, 니들은 못 들어가지? 메롱" 하는 것 같다. 봉고가 방조제 안으로 달려간다.

30분 후 의원들은 방조제를 나와 전시관의 브리핑 자리로 이동하고 '반대' 시위대는 주민간담회가 열리는 계화도 복지회관으로 향했다. 계화도. 청년회 사무실에 들어가 잠깐 몸을 녹였다. 전시관으로부터 전갈이 온다. 의원들이 막 출발했단다. "간담회장엔 그놈들 못 들어오게 해!" "마을 입구서부터 버스를 막자구." "국회의원 버스 바로 뒤따라 올 텐데 어떻게 막아? 그놈들은 복지회관 입구에서 막아야지." 청장년 어민들은 지역의회에 대한 불신이 깊다. 근데 사람들이 아직 덜 모인 모양이다. 투덜대기도 한다. "따뜻한 구들에서 〈태조 왕건〉에 정신이 팔려서 그래." "바람 이리 부는데 뭔놈의 바다야. 내일부터 못 나간다 그래!" 쌍소리도 자주 섞여 나온다. 그들의 욕설은 욕같이 들리지 않는다. 장판바닥에 누구는 누웠다. 누구는 누운 사람의 배 위에 머리를 대고 누웠다. 그 위에 또 누웠다. 마을에서 같이 뛰놀고 자란 어릴 적부터의 친구들이다. 같은 갯일에 종사한다. 의좋고 정답다. 얼키설키 누운 모습이 애들 같다. 계화도가 돈지 꼴 난다는 건 이런 이쁜 풍경도 사라진다는 걸 의미한다.

복지회관 이층으로 갔다. 나는 간담회장을 둘러보았다. 출입구 옆에 낚시바늘 150-200개가 그물을 매달고 스티로폼에 박혀있다. 바늘이 엄지손톱만하다. "장어주낙입니다. 여기다 미꾸리 매달아 풀어놓고 이튿날 가서 건져올립니다." "이삼십마리 잡느냐"고 물었다. "아이고, 그러면 금방 부자되게요." 옆에서 한 어민이 바늘을 만지작거린다. "놈들이 들어오겠다고 하면 요걸로 목을 걸어가지고 끌어낼 거야."

단상 쪽 벽엔 "유종근은 회 먹지마" "새만금 갯벌은 살아야 한다" 등의 피켓이 걸렸다. 오른편 벽에 5시 30분에 멈춘 고동색 벽시계가 하나 있다. '축 발전' '부안군의회 부의장 이신호 중'. 마음이 착잡하다. '발전' 이란 무엇일까. 언제까지 '발전' 은 '축' 하기만 하면 되는 일일까.

회관의 왼쪽 긴 벽엔 바다와 갯벌모습을 담은 사진들이 현수막으로 걸렸고 주민들의 관심이 대단했다. "이건 짱뚱어. 비싸요. 한 마리 3천원 나가요. 요샌 안 잡혀요. 이거는 … 백화젓 건지는 장면이고, 요놈은 이름이 뭐더라, 골뱅이 종류인데 … 이거는, 줄게 맞지? 이건 농게고, 요건 참게고 …." 자신들의 일상과 매일 대하는 미물들이 '예술작품' 이 될 수 있다는 게 신기한 것이다.

아홉명 중 일곱명은 공항으로 직행했고 김원웅 의원(한나라당)과 송영길 의원(민주당)만이 왔다. 때문에 시·군의회 의원들은 따라오지 않았다. 송 의원의 인사말. "저도 고흥에서 자라 갯벌을 압니다. 조개를 줍고 뛰놀기도 했죠. 암튼 새만금사업은 십년 돼가는 공사고 1조원 이상이 이미 투입됐습니다. 때문에 너무 많은 이해관계가 걸려 있습니다. 며칠새 새만금문제로 저한테도 전화가 수십통 왔습니다. 양단간에 결정을 내리기가 쉽지 않습니다. 반대운동이 늦어도 너무 늦은 겁니다. 그러나 엉망이 될 사업을 늦었다는 이유로 강행할 수도 없는 문젭니다."

의원 개인자격으론 사업에 반대하지만 당의 방침은 또다른 문제다. "늦어도 너무 늦었다" 는 것이 지역여론을 무시할 수 없는 당론을 따르게 되더라도 이해해 달라는 말같이 들린다. 김원웅 의원은 "이 자리서 가부를 표할 순 없고 여러분 눈빛을 바라보는 제 눈빛을 보십시오. 제 뜻이 뭔지를 아실 겁니다"라고 묘한 뉘앙스의 말을 한다. 의원들 인사말이 끝나자 주민들이 발언하는 시간. 어민들은 의원을 향해 말하지 않는다. 간담회는 그동안 억눌린 주민들끼리 속의 멍울을 터뜨리는 시간이다.

"저 계화리 사는 김봉숩니다. 여러분도 아시다시피 새만금 공사로 갯벌만 없어집니까. 어족이 대폭 줍니다. 왜냐, 갯벌은 조개만 사는 데가 아니라 고기들 산란터잖아요, 다들 아시죠? 여러분, 옛날엔 어땠습니까. 제가 열일곱살 때 말입니다, 이 두 손으로 직접 참조기를 잡았습니다. 그때는요, 얼마나 고기가 많았습니까. 산란기가 어딨습니까. 사시사철 막 잡아올렸습니다. 근데 참조기가 언제 사라졌습니까. 60년대에 박정희가 계화도 간척사업 하고부터 아닙니까. 그때 이미 산란터 훼손이 일어난 겁니다. 그러자 정부 대책이라고 나온 게 뭐였습니까. 바다 연구하는 박사님들 하는 짓거리 보면 우리 어부보다 더 멍청합니다. 대책이랍시고 양식한 치어를 대량 방류하는 거였죠. 하루아침에 엉뚱한 데 나와갖고 그것들이 제대로 살아집니까. 여러분, 고기 돌아다니고 조개 자라는 것 보면 얼마나 신기합니까. 물 들어오고 나가면서 뻘이 가만히 있는 것 같지만 막 돌아다닙니다. 물 막히면 뻘 안 움직입니다. 그 자리서 바로 썩어들어갑니다. 논보다 갯벌이 더 비싸게 치이는데, 왜 논 만듭니까?"

너무도 열렬한 박수.

　"저 요 앞에 현대수산횟집 하는 김철수입니다. 제 생업에 불리하다고 이런 말 하는 게 아닙니다. 앞서도 60년대 계화도 간척사업 말씀하셨는데, 원래 갯벌인 곳이 그때 간척해서 계화방조제 안쪽은 민물 저류지가 됐습니다. 갈대밭 들어섰죠. 재첩이 나옵니다. 근데 지금은 나옵니까. 몇해 전 낡은 관문을 새로 공사하고 짠물이 전혀 안 들어오니까 재첩이 싹 다 사라졌습니다. 갯벌도 마찬가지예요. 방조제 막으면 안의 조개고 바깥의 고기고 싹 다 사라집니다. 우리 지금 배로 먼바다 못 나갑니다. 논 3천평에 5백만원 벌면 바다 3천평은 1억 번다 말이에요. 우리는 바다, 갯벌 밀고 자식 키우고 대학공부 다 시켰습니다. 바다는 우리한테 저축통장이에요. 언제든 갯벌 나가면 용돈 벌고 고생 좀 하면 큰 돈도 법니다. 갯벌, 바다, 저것들 말이죠, 누가 팔아먹지도 가져가지도 못해요. 그러나 땅 만들면 다 팔어먹고 노놔먹습니다. 우리가 받은 보상은 보상도 아닙니다. 세금 많이 내라 할까 얼마나 버는지 속였지 않습니까. 이제 어쩔 겁니까. 쳐다보고만 있을 겁니까. 아직 늦지 않았어요. 방조제 치우란 소리 안합니다. 중요한 물길이라도 터 달라는 겁니다."

　역시 데일 듯 뜨거운 박수. 어민들은 흥분한 상태였다. 말도 무척 빨랐다. 그러나 귀에 속속 와 박혔다. 타고난 선동가란 생각까지 들었다. "어떻게 저렇게 말씀들을 잘 하시죠?" 신 대표에게 물었다. "생존권이 걸린 문제니까요." 어민들은 점점 길어가는 방조제를 바라보며 얼마나 고민했을 것인가. 얼마나 살아갈 방책을 아프게 궁구해왔을 것인가.

"삶의 현장이니까요"

　4일째 아침, 갯벌로 나갔다. '부안사람들' 회원 허철희 씨(49)가 동행했다. 허 씨는 자유사진가다. 부안사람들' 사무실은 애초 허 씨의 개인 작업실이었고, 그의 홈페이지(www.buan21.co.kr)는 '부안사람들'의 공식 홈페이지가 되었다. 일년여에 걸친 새만금사업에 대해 부군수까지 나선 현지의 열띤 찬반논쟁과 부안의 곳곳에 대한 상당한 자료가 홈페이지에 축적돼 있다. "봄이 좋은데. 사방천지에 게들이 돌아다니며 지들끼리 춤을 춥니다." 겨울 갯벌을 바라보며 허 씨가 아쉬워 했다. 밤새 날이 많이 추워졌다.

　나는 지금껏 이리 넓은 땅을 본 적이 없다. 직접 눈으로 보지 않는 한 상상할 수 없는 넓이다. 그 한없는 갯벌이 그러나 좀 황량해 보인다. 폐어선 그물에 따개비들이 빼곡이 붙었고 곳곳에 죽은 조개의 껍질이 보인다. 보상 후 면허를 반납했으니 갯벌의 양식장은 불법점유인 셈이다. 1킬로미터쯤 들어가자 바지락을 캐는 아주머니들을 만날 수 있었다. 물때는 매일 바뀌지만, 네다섯시간 일을 하고 양식장 주인한테 일당 삼만원을 받는단다. 수건을 둘러써 눈만 내놓은, 그러나 눈매가 예쁜 한 아주머니가 뻘 바닥의 숯불에 올린 주전자에서 우유를 따라준다. 달고 뜨거운 분유다. 몸이 녹는다.

　그럼에도 다시 곧 춥다. 갯벌을 빠져나온다. 허 씨에게 엉뚱한 질문을 했다. "갯벌 사진들은, 사진발을 잘 받는다고 할까, 다 근사하던데요. 들판이라면 들판이고, 바다를 끼고 있어선가요? 왜 갯벌은 사진발을 잘 받죠?" 허 씨의 답은 짧았다. "삶의 현장이니까요."

'부안사람들' 사무실로 돌아와 잠시 쉬었다. 어제 전시관에 처음 가봤지만 시위 때문에 제대로 살펴보지 못했다. '격포 변산행' 버스를 탔다. 전시관 가는 길에 첫눈을 만났다. 쌓이지 않고 눈은 떠돈다. 전시관의 폐관은 오후 4시. 30분 만에 바삐 둘러보고 여자 안내원에게 관장을 만날 수 없냐고 물었다. 옆에 선 홍보요원 하광용 씨가 "관장님 만날 필요없다. 나한테 물어라" 하며 자신있게 나왔다. 하 씨의 주장이다.

"공사가 66퍼센트 진행됐고 1조 이상 국민세금이 들어간 상태다. 민관합동조사 때문에 올해는 파도에 유실되는 방조제 보강공사만 하는 중이다. 나라 경제가 어렵다지만 중단할 수 없다." 태부족한 어민들 보상문제는? "이미 보상 다 끝났다. 다들 합의서에 도장 찍었다. 이제 와 보상금이 부족하다 하는 건 어불성설이다." 어민들은 하루 오만원에서 십만원 벌이를 했다던데. 나이 지긋한 다른 홍보요원이 나섰다. "장사꾼들이 점방 팔 때 여기 장사 잘 안됩니다, 하는 것 봤나. 권리금 조금이라도 더 받으려고 장사 정말 잘 됩니다 한다. 그 심리하고 같다." 하 씨가 곁들인다. "그 사람들 하루 오만원 번다 해도 매일 일 나가는 것 아니다. 일년 삼백육십오일 갯벌 나가 2천만원 버나." 아무튼 갯벌이 영원히 사라진다. "갯벌은 또 새롭게 형성된다. 기존의 간척 방조제에도 다 새로 생겼다. 또 어족이 준다 하지만 물길이 바뀌면 다른 어장이 생기기 마련이다. 방조제 있다고 바다 나가 고기 잡지 말라는가. 4백톤 어선도 오갈 수 있는 통선문이 만들어진다." 이미 어획량이 많이 줄었다. 어민들은 생존의 위기를 호소한다. "방조제 때문에 고기 안 잡히나. 어제 비안도에서 온 어민이 그러더라. 물길이 막혀서가 아니라 동진강 만경강 수질이 나빠져 오래전부터 고기들이 다 도망갔다고." 새만금호가 제2의 시화호가 될 우려는? "새만금호는 시화호와 근본적으로 다르다. 시화호는 안산공단 유치하며 공업용수로 쓰려고 했던 거다. 여긴 농지다. 또 새만금호에는 동진강 만경강, 큰 강 두개가 들어온다. 시화호는 물 회전율이 십개월이고 새만금호는 이삼개월이면 한바퀴 돈다. 새만금호는 저층배수시설도 있다."

대충 다 아는 얘기고 반박할 수도 있었다. 예를 들어 새만금사업의 공정률이 66퍼센트라 하지만, 틀린 말이다. 17킬로미터까지 진행된 방조제 공정률만 66퍼센트다. 방조제 완공 후 물 끊긴 갯벌을 매립하고 농지를 조성하는 '내부개발'이 있다. 전체 공정을 제대로 따지면 이제 10퍼센트 정도 진행했다고 보면 된다. 또 갯벌이 새로 생긴다? 강과 자연스레 만나서 이루어지는 기존의 갯벌과 방조제 밖의 갯벌은 차원이 다르다. 그러나 나는 성의를 다해 받아적었다. 《녹색평론》에서 왔다고 했지만 부지런한 받아적기를 좋게 본 하 씨가 "관장님 꼭 보실 테요? 잠깐 기다리세요" 하

더니 어디론가 간다. 관장이 나온다. 의외로 젊다. 그런데 그의 표
정은 뭔가에 잔뜩 짓눌려 있다. 어제 국회의원 온다고 스트레스
를 많이 받았나. "전 새만금사업에 뭐라 말할 입장이 아닙니다.
김제에 가서 사업단장님을 만나든지 거기 총무부장을 만나세
요." 신경질적으로 홱 돌아선다. 나도 불쾌해져 "네" 하고 돌아
섰다.

눈발이 계속 날린다. 춥다. 부안읍 가는 버스를 이를 악물고 기
다렸다. 택시를 타면 읍까지 1만5천원. 경비를 아끼기 위해서가
아니다. 관장한테 느낀 불쾌감에 지지 않으려고 이를 악물고 완
행버스를 기다렸다.

사업 찬성론자의 부안 청사진

5일째 아침, 김제와 군산엔 가보지도 못했다. 대신 방조제가 훤
히 보인다는 계화산(해발 236미터)에 올랐다. 고은식 총무와 청
년회 회원 염정우 씨(36세)가 동행했다. 산을 오르며 전시관 홍보
요원이 '권리금 더 받으려는 장사꾼 심리'를 말하더라고 넌지시
떠보았다. 고 씨가 아랫입술을 깨물고 잠시 분김을 추스리는 듯
했다. 그리고 낮게 대꾸한다. "장사가 안돼 딴데로 가는 장사꾼과
비교하다뇨. 지금껏 계화도에서 고기 잡고 갯벌 뒤지며 잘 살아
왔습니다. 우리 스스로 여길 떠나겠다 한 적 한번도 없었어요. 아
주 싸가지 없는 소리예요."

산 정상에 올랐다. 방조제가 환히 보인다. 고군산군도의 섬들

도. 만경강 동진강이 바다로 합류해 들어오는 아득한 모습도. 김제와 군산 지역도. 만경평야 김제평야도. 물골이 먼저 막혀 돈지가 폐촌이 돼간다는 말이 이제 이해가 간다. 왼편의 돈지마을과 달리 계화도로 커다란 물골이 아직 살아있다. 방조제는 중간중간 끊겨 있다. 물이 빠진 수심 얕은 곳에만 들어섰다. 길이 3-4킬로미터에 이르는 아주 깊은 몇 물골이 뚫려 있다. 어민들 생업이 끝장나는 걸 조금이라도 늦추기 위해서가 아닐 거다. 최대 난공사이기 때문이다.

방조제는 바닥 단면이 평균 290미터에 이른다. 밑너비가 354미터인 곳도 있다. 최고 높이는 36미터. 그런 거대한 둑이 33킬로미터를 가려면 15톤 트럭 486만대가 흙을 실어날라야 한다. 엄청나다. 그러나 계화산 정상에서 본 방조제는 고운 실 같다. 방조제 너머 서해를 함께 바라보면 ‘방조제’가 될지는 몰라도 ‘방파제’는 못될 것 같다. 갯벌은 해일과 파랑을 누그러뜨린다. 온실가스로 극지방의 얼음이 녹고 해수면이 더 높아지면 만조와 함께 큰 파도가 저깟 방조제쯤은 넘을 것 같다. 몇십년 민물로 씻어내린 농지가 일거에 짠물투성이가 될 것이다. 나의 막된 상상일 뿐이다.

아무려나 저 웅대한 갯벌. 누구의 소유일까. 공유수면이니 국가의 것인가. 대대로 살아온 어민들의 것일까. ‘부안지역 공대위’ 발대식 뒷풀이 한켠에서 내가 “갯벌은 국가 것도 어민 것도 아니다. 조석(潮汐)이 갯벌을 만들지 않느냐. 갯벌은 달의 것이다”라고 했다가 잠깐 분위기가 썰렁해졌던 기억이 난다. 그러나 틀린 말도 아니다. 바다와 육지가 거칠게 만나서는 갯벌이 생기지 않는다. 유유자적한 착한 강물과 성깔 누그러뜨린 바다가 매일매일 서로를 애무해야 마침내 잉태되는 게 갯벌이다. 그건 달과 지구가 밀고 당긴 태고적부터의 연애가 낳은 것이기도 하다. 알을 까러 갯벌로 몰려드는 바닷속 미물들의 마음도 애써 헤아려 본다. 저 파괴적인 대단위 간척이란 무엇인가. 임산부가 피를 질질 흘리며 산부인과를 찾았다. 믿었던 병원은 오늘자로 폐업했다. 딴데서 낳으세요, 길거리에서 낳든지 벤치나 멘홀 위에서 낳든지.

하산했다. 어민들과 작별하고 읍내로 돌아왔다. 부안을 떠나기 전 '새만금사업' 찬성 쪽의 대표적 지역인사라는 부안애향운동본부 사무총장을 만났다. 송기옥 씨(51세). 송 씨의 집안은 6대째 부안에서 터잡고 살아왔다. 그는 지금도 농사를 짓고, 한때 농민회 활동도 했다. 지역 내에서 수필 등으로 문필활동도 하는 이다.

"나도 처음엔 반대했다. 첫째 자연경관이 훼손되기 때문이다. 여기 사람들은 체득적으로 환경주의자다. 왜냐, 변산반도 얼마나 아름답냐. 어릴 때부터 그 아름다움 속에서 자랐고 자연이 아름답다는 게 얼마나 좋은지 다들 안다. 이곳 산과 바다로부터 그런 감수성이 길러지는 것이다."

어제 전시관 가는 버스 속에서 만난, 부안고 3학년생인 유영춘 학생도 그랬다. 고향을 사랑하느냐? 묻자 대뜸 그렇단다. 왜? "바다, 산, 이곳 주변이 너무 아름답잖아요." '부안사람들' 회원 김

인택 씨('영농법인 주산사랑' 기획이사)도 비슷한 말을 했었다. "갯벌도 갯벌이지만 내겐 노을이 준 아름다움이 충격이었다. 중2 때다. 방학이라고 고향에 왔는데 변산엔 그때 처음 갔다. 낙조를 보았다. 첫눈에 반해버렸다. 어떤 서글픔과 황홀함이 가슴 깊이 박혔다. 그 아름다움은 지금도 내 마음속 어디엔가 살아있다."

송 국장이 애초 사업을 반대했던 이유가 이어졌다.

"둘째는 보상의 형평성이다. 허가받고 양식장 하던 외지인들은 수억대 보상을 받았다. 그러나 여기 가난한 어민들, 바다만 믿고 사는데 쥐꼬리만했다. 셋째는 수질오염 문제다. 요즘은 많이 나아졌지만 그때만 해도 동진강은 완전히 썩은 물이었다. 바다 막고 물 받으면 수질오염은 기정사실이었다."

그런데 왜 지금은?

"왜냐. 이 지역엔 오랜 구전설화가 하나 있다. 어릴 때 나는 할아버지, 아버지로부터 들었고 지역 사람들도 다 안다. 과학적으로 믿을 건 못되지만, 정감록에 고군산도가 땅과 연결되면 범 씨 천년왕국이 들어서고 그 새 땅에 도읍이 들어선다라고 나온다. 지금 새만금사업은 고군산도를 육지로 만드는 사업이다."

그만큼 지역민들의 무의식에까지 자리한 오래된 염원이 새만금사업이란 거다. 그의 말이 이어진다.

"또 십년 전 이미 보상 나갈 건 다 나갔다. 4,221억원. 어민들 모두 각서에 도장 찍었다. 이제 와 공사를 중단하라, 보상을 더 달라 하는 건 형평성 문제가 있다 해도 설득력이 떨어진다. 설문조사를 하면 부안 주민들은 83퍼센트가 찬성이다. 사업이 중단돼 봐라. 부안뿐 아니라 전북 민심 전체가 걷잡을 수 없는 지경이 된다. 33킬로미터 방조제 저거 우습게 볼 게 아니다. 바다에 길을 놓는 것이라 지금까지만도 서울에서 대구까지 7미터 높이로 4차선 고속도로를 까는 것과 같다. 어떻게 중단시킬 거냐. 공사 중단해도 바다의 사막화가 온다."

공사주관처인 농업기반공사는 간척지에 대해 농지전용을 주장하지만 전라북도는 종합개발에 대한 미련을 버리지 않고 있다. 그 문제는?

"유 지사는 복합전산단지니 뭐니 하지만 나는 농지전용사업이라고 믿는다. 가까운 군장산업단지 입주율이 30퍼센트다. 노는 땅 많으니 공장은 거기 가면 된다. 근데, 전북이 그동안 농사지을 땅이 없어서 가난했나, 또 전북이 가난했던 만큼 환경은 깨끗하지 않느냐, 신형록 씨 같은 주장도 있다. 일리있다. 그러나 식량안보라는 게 그리 간단하지 않다. 75-76년인가 검은멸구가 설쳐 큰 흉년이 든 적 있다. 한해 곡식이 4백만섬 필요했고, 당시 농산부 장관이 미국에 식량을 요청했다. 근데 미국이 배짱을 부렸다. 사년치 천6백만섬을 사라는 거다. 결국 그렇게 수입했다. 때문에 농민들이 엄청나게 데모를 했다. 새만금 사업비로 식량수입하면 되지 않느냐, 그런 소리 하지만 식량안보를 쉽게 생각해서 그렇다. 우리나라 식량 자급률은 26퍼센트다. 한평이라도 더 농지를 확보해놓지 않으면 나중에 큰 화를 당한다. 새만금 농지가 조성되면 쌀 4만톤이 나온다. 간척지 쌀이 맛이 좋다. 계화간척지 쌀은 계화미라고 해서 얼마나 유명하냐. 그것 먹다가 다른 쌀 못 먹는다. 새만금에서도 그런 진미쌀이 나올 거다."

십수년 걸려 새만금에서 만들어질 2만8천헥타르의 농토. 방대하다면 방대하다. 그런데 지자체의 난개발로 해마다 없어지는 전국의 농지가 또 새만금만하다. 농민들부터가 기회만 되면 농지를 다른 땅으로 전용시키려고 한다. 농사로 먹고 살기 힘들기 때문이다. 아무튼 농업기반공사는 간척을 해대기보다 전국을 쫓아다니며 멀쩡한 농지의 훼손부터 결사적으로 막아야 하는 것 아닐까.

송 국장이 꿈꾸는 부안의 미래 청사진을 마지막으로 들었다.

"무엇보다 환경친화적인 사업이 돼야 한다. 지금까지 우리나라에 부실공사가 많았다. 그간 나빠진 개발 이미지를 새만금에서 깨끗이 씻어야 한다. 그러니 환경단체들도 같은 마음으로 사업을 감시하고, 우리는 또 열심히 지역여론을 환기시키고. 공사가 진행중인 지금도 부안관광은 새만금이 1위다. 다들 새만금부터 들른다. 다음은 격포 해넘이, 그 다음은 내소사다. 새만금이 완공되면 부안의 명소가 될 거다. 정감록에도 나오지만, 동침서부라 한다. 동쪽은 가라앉고 서쪽이 떠오른다는 거다. 부안에도 새로운 미래가 펼쳐진다. 새만금은 전라북도가 이 나라 백성을 먹여살리는 농도로서 발전하는 유일한 길이다. 서해안 시대도 온다. 활발한 무역항으로서 교통의 요지가 되고 또 자연히 인구도 늘고 소득도 늘 거다."

한국경제가 망하길 기다리는 생령들

부산에 돌아왔다. 지인 중에 B은행 노동조합 부위원장이 있다. 그에게 물었다. 환경기초시설에 미친듯 돈 쏟아붓고 전북의 다른 개발사업 다 중단시키면 새만금호는 시화호 꼴 안 날 수 있다, 근데 전체 사업비로 치면 '이제 겨우' 1조원 들어간 거다, 내부개발까지 마치려면 5-6조가 더 든다, 간척지 염기를 다 빼고 쌀생산 제대로 하려면 이삼십년이 더 걸린다, 그런데 도무지 그럴 만큼 경제성이 없다는 거다, 거기다 전라북도는 한마디로 "그 많은 돈 들여 농지로만 쓰냐?" 하는 입장이다, 복합산업단지를 조성하겠다는 거다, 전라북도 요구를 따르면, 숫자놀음이 아니라, 10-20조가 더 든다, 아무튼 이래저래 현실성이 없다는 거다, 국회의원들도 다 안다, 어째야 하나? 금융노동자답게 이미 들어간 1조원에 대해 몹시 아까워하면서도 결론은 간단했다. "중단해야지." 이 나라 국가정책이 정치놀음에 물들어 부실투성이였다 해도 근래 IMF도 겪고 피눈물 나는 구조조정을 겪지 않았느냐, 이제 대한민국도 철들 때가 됐다, 잘못된 정책의 말로가 어떤지 본보기 삼기 위해서라도 중단해야지, 하는 것이다.

또다른 지인에게 같은 질문을, "그런데 전북 주민은 압도적으로 새만금사업에 찬성이다"를 곁들여서 물었다. 자영업자인 그는 금융노동자보다 대한민국이란 국가에 대해 더 냉소적이었다. "지역이 그러면 이 나라는 한다. 다른 나라는 몰라도 우리나라는 한다. 이 나라 정치가 어떤 정치냐. 나라 망하는 사업이라 해도 지역이 원하면 한다. 곧 선거도 온다. 절대 한다. 반드시 한다. 질질 끌면서라도 한다."

연말 20일은 국회 예결산위에서 예산안을 통과시키기로 한 날이다. 그러나 21일에도 총예산에서 '7-8조원 삭감'이란 야당 주장과 '1조 증액'이란 여당 주장이 팽팽히 대치해 합의를 이루지 못하고 있다. 새만금사업 예산은 어떻게 될까. 1,134억원의 예산이 책정되었는데 8백억 정도로 줄여 내년에도 보강공사만 해야 한다는 안, 계획대로 밀어붙여 2백미터라도 방조제를 더 쌓아야 한다는 안이 있다.

새만금 간척사업은 전두환 시절부터 현 대통령까지 누구도 그 책임에서 자유로울 수 없다. 92년 정주영 씨는 대선에 임박해선 이년 안에 새만금사업을 완공시키겠다고 호언하기도 했다. 새만금에 목매단 전북 지역은 그간 표를 끌어모으려는 정치꾼들의 밥이었다.

새만금사업엔 대한민국의 후진성이 집약돼 있다. "영남정권이 추진한 사업, 호남정권이 마무리짓자"라는 피켓처럼 지역감정이 작동하고 있고, 개발이냐 환경이냐, 완강한 시대정신이 서로 으르렁거리고 있고, 농업기반공사와 전라북도 도청의 힘겨루기처럼 중앙과 지자체의 갈등이 있다. 가난한 민중의 생존권이 있고 공동체가 깨지든 말든 제 앞가림만 하면 그만이라는 낯익은 처세

술도 있다.

그러나 새만금사업의 운명을 내다보는 데는 미래에 대한 엄청난 발상전환도 있다. 계화도 어민 염정우 씨의 말이 그렇다. "이 사업을 막을 수만 있다면, 여기서부터 진정한 분기점이 일어나는 거 아니냐. 통일이 되어도 북한을 개발의 대상으로 보는 게 아니라 보다 조심스럽게 접근할 수 있을 거다. 새만금사업 중단은 앞으로 우리 민족의 중요한 정신적 터전이 될 수도 있다." 자연과 인간의 평화로운 공존이 얼마나 중요한지 깨닫게 된다면, 그래서 1조원이 들어간 사업이라도 중단시킬 수 있다면 그 자체가 이 나라 민중의 새로운 저력이 될 거란 기대다. 아름다운 발상이다. (물론 북한의 갯벌 역시 간척으로 심하게 훼손돼 있는 형편임을 새겨두자.)

갯벌은 수만년 동안 형성된 자연의 '유산(遺産)'이다. 다보탑, 석가탑보다 비교할 수조차 없이 귀하다. 문자로 기록되지 않았을 뿐 그 아름다운 갯벌의 역사가 대단위 간척공사로 끊길 위기에 처했다. 근데 새만금사업을 결정적으로 막아낼 확실한 방법이 하나 있긴 하다. 뭘까? 간단하다. 한국경제가 망해버리면 된다. 나는 확신한다. 물골 몇개가 살아있어 새만금 갯벌은 아직도 생명이 약동하는 곳이었다. 수많은 생령들이 갯벌 속에서 도끼눈을 뜨고 있다. 백합도, 게들도, 따개비도, 치어들도. 그 생령들은 지금 자신들 생의 종멸을 앞두고 저주로 차있다. 그들은 한국경제가 망하길, 그래서 예산이고 뭐고 다 거덜나길 바라고 있다. 나라 돌아

가는 꼴을 보면 그들의 저주어린 기도가 실현될 확률도 상당히
높다. 같이 기도해야 할까.

(《녹색평론》 통권 제56호(2001년 1-2월호))

새만금예수님을 죽이지 마라

한–일 월드컵 개막식이 열리던 날. 전라북도 부안에 갔다.

장승과 솟대가 서있는 해창갯벌이 창밖에 보였다. 버스에서 내리자 갯벌 가득 바람이 일었다. "새만금갯벌에 생명으로 오신 예수님"이란 플래카드가 솟대에 걸려 있었다. 한참 그 의미를 생각해보았다.

조태경 씨('새만금사업을 반대하는 부안사람들' 회원)에게 전화했다. 몇분 지나지 않아 등 뒤에서 조 씨가 나타났다. 갯벌을 에워싸듯 나 있는 30번 국도 바로 건너편이 해창산인데, 그 꼭대기에 '부안사람들'의 농성장이 있다.

"처음 해창산을 점거할 때, 인부들한테 바로 끌려내려갈 줄 알

왔어요. 근데 오늘이 벌써 농성 8일째예요. 농업기반공사와 현대건설 사람들이 몇번 우리를 끌어내려 했지만, 그때마다 계화도 어머니들이 와서 포크레인 앞에 드러눕기도 하며 막아주었죠."

조 씨를 따라 깨진 돌투성이의 정상부에 올랐다. 원래 200여미터의 산인데, 지금은 70여미터로 키가 줄었다. 새만금사업이 시작된 1991년 10월 이래 산은 폭약으로 발파되고 덤프트럭에 업혀가 새만금 바다 속의 방조제로 차곡차곡 쌓여갔던 때문이다. 15톤 트럭 25만대 분량의 토석이 채취되면서 산의 체적 90퍼센트가 사라졌고, 대신 깎아지른 절벽과 웬만한 공설운동장보다 더 큰 터가 생겨났다.

농성장에서 보면, 바다 쪽은 새만금 전시관과 방조제, 그 반대편은 바닥만 남은, 사라진 해창산이 있다. '부안사람들' 이 투쟁의지를 다잡기에 최적의 농성 장소인지 모른다. "한 생명을 죽여 또다른 생명을 죽이는 짓" 이었다는 신형록 씨('부안사람들' 대표)의 간단명료한 설명. 정부의 새만금사업 강행 발표 1주기를 맞아 "뭘 선물할까?" 하다가 기습적으로 시작된 그들의 농성, 어쨌거나 그후 해창산에서 발파음이 멈추었다.

큰 천막 하나와 1인용 텐트 둘로 이뤄진 농성장에 날이 저물어 밤이 왔고, 자정이 지나 농성장의 불이 꺼졌다. 큰 천막에서 광주녹색연합 활동가들과 넷이서 잤다. 새벽에 천장을 거칠게 때리며 비가 왔다. 바닥이 고르지 않은 돌 위의 잠은, 잠결에 몸부림을 칠 수 없어 자고 일어나니 온몸이 쑤셨다.

농업기반공사 사람들

이튿날 오전(6월 1일 토요일), 농기공 사람들이 농성장으로 올라왔다. 새만금사업단 공보실장과 해창산 채석장이 속한 방조제 2공구 사업소장 그리고 서류봉투를 든 직원 둘이 따랐다. 공보실장은 신 대표를 따로 불러내 "내려가달라"고 요청한다.

그들과 떨어져 서있는 사업소장과 대화를 나눠보았다. "식사나 잠자리가 불편할 테고, 무엇보다 위험한데, 이만 내려가주십사 해서 올라온 거다. 여기 분들의 뜻이 이제 웬만큼 언론을 통해 알려지지 않았으냐"고 한다. 그 뉘앙스에 "환경운동이란 게 결국 이름 얻자고 하는 것 아니냐" 하는 불신이 묻어 있다.

사업소장은 건설회사 직원이 아니라 시공감리를 맡은 농기공의 공무원 신분이다. "쌀이 남아돌지 않느냐, 왜 농토 만드는 사업을 하나" 하고 물어보았다. "창고에 쌓인 쌀이 천만석이 넘는다 해도 자연재해가 한번 일어나면 금세 바닥난다. 쌀 증산을 하지 않겠다는 지금의 농정도 두고볼 문제다. 새만금사업은, 남북통일까지 내다보며 하는 장기적인 사업이다" 한다.

"사실 이 산에서 앞으로 나올 토석은 방조제 전체 분량에서 1퍼센트도 안된다. 지금이야 국립공원 훼손이라고 문제 삼지만, 91년부터 십년 가까이 탈없이 토석공사를 해왔다. 게다가 지금 하는 공사는, 얼마 남지도 않은 토석 채취 때문이 아니라 환경부와 협의 하에 생태공원을 조성하기 위해서다."

사람만 놓고 볼 때 성실하고 선량해 뵈는 소장의 말씨나 표정인데, 새만금사업을 반대한다면서 산에서 농성을 하는 건 조금 억지 아니냐 하는 눈치다. 이미 망가진 산, 복토해서 나무를 심고 사면에 안전조치를 취한 뒤 보기 좋게 조경작업을 하는 것이니 '환경 생각하시는 분들'도 반대할 일이 아니라는 것이다. 그러나 생각해보면, 아주 얄미운 소리다. 공사장에 가깝다는 이유로 변산반도국립공원의 산 하나를 파헤친 것도 문제였지만("토취장과의 거리에 따라 공사비가 수백억원씩 차이가 난다. 경제성 있는 곳을 선정할 수밖에 없다." 한 일간지 인터뷰에서 농기공 직원이 한 말), 이제는 조경·복구 공사라는 미명 하에 또하나의 알찬 사업장으로 만들어놨으니, 특히나 해창산을 십년 넘게 갖고 논 건설회사 입장에선 얼마나 뿌듯한 일인가.

소장이 "신 선생님을 최대한 설득해보고, 그래도 안되면 우리로선 법적 조치를 취할 수밖에 없다. '정부기관이 주민들한테 자꾸 밀리면 어떡하냐'고 현장 인부들 성화가 대단하다" 하며 나름껏 하소연한다. 농성이 장기화된다면, 신 대표를 비롯한 '부안사람들'이 '법적 조치' 또는 '강제철거'를 당할 것은 기정사실이다. 그날 설득은 무위에 그쳤지만, "다시 또 오겠습니다" 하고 깍듯한 인사까지 하며 농기공 사람들이 하산했다.

점심이 지나서는 서울 녹색연합·환경운동연합과 종교계 인사 이십여명이 농성 지원방문을 왔고, 이튿날 일요일에도 방문객들이 왔다. 6월 3일, 월요일 오전에는 계화도 아주머니 이십여명이 머릿수건을 쓴, 갯일 나가는 평상의 복장으로 농성장에 왔다. "앞으로 어떡할 것이냐”고 의논하기 위해서인데, 그들 다수는 “이만 내려가자”는 쪽이었다. 하루라도 갯벌에 나가지 않으면 생활이 안되는 형편인데 부를 때마다 달려오기도 힘들지만, 그보다 “밑에 내려와 다른 반대(운동)를 하자. 왜 산에서 고생바가지를 하느냐”는 투가 더 강하다. 제 생업이 걸린 것도 아니면서 일마다 나서는 신 대표에게 평소 고맙고 미안한 감정이 있는데, 먹는 것 자는 것에서부터 고생을 하고 있는 농성장 꼴을 보면 안타까움부터 앞서는 ‘어머니의 마음’인 것이다. 내려가기는 하되 ‘제3차 방조제 저지 및 주민생존권 쟁취’ 집회까지 농성을 유지하는 것으로 어렵사리 결정을 봤다. 집회 날짜는 토요일, 장소는 새만금 전시관 앞.

청량한 웃음의 땅

돌 위의 이틀 잠도 못 견뎌 하는 몸을 쉬게 하고 싶었고, 갯벌에 가보고 싶은 마음도 컸다. 재작년 새만금 지역에 처음 와봤을 때는 겨울이었고, 갯벌은 쉬고 있었다. 지금은 초여름이니 그때와는 사뭇 다를 것이다. 해창산에 올라온 계화도 아주머니 중 누구 하나를 붙들고 따라들어가면 된다. 나도 해창산을 내려왔다.

염정우 씨(‘부안사람들’ 회원, 계화청년회 이사) 집에서 하룻밤을 보낸 뒤, 이튿날 정오 무렵, 정우 씨의 늙은 홀어머니를 따라 계화 갯벌로 나갔다. “어머니는 중합을 잘 잡으신다”고 정우 씨가 말했는데, 백합(생합) 큰 것은 대합, 중간치는 중합, 그리고 소합, 이렇게 불린다. 그레질을 하다가 걸려드는 게 있으면 눈앞에 보여준다. 심심찮게 제법 잡힌다. "두 군데 물골로 물이 들어오고, 경운기를 타고 멀리까지 나가지 않아도 하루 이삼만원 벌이가 될 만큼은 갯벌이 아직 성성하구나" 싶다. 그런데 30분쯤 지나고, 직접 그레질을 해서 조개를 잡지 않는 한 구경의 홍은 떨어지고 만다. 그레를 줘보라고 하기엔 미안하고, 그렇다고 몇시간이고 따라다닐 일은 아니다. "혼자 다녀보려구? 그려." 정우 씨 어머니가 주머니에서 점심으로 가져온 꼬막전을 꺼내 반을 떼 준다. 혼자 하릴없이 걸어다니며 전을 먹었다. 꼬막살이 정말 고소하다. 다 먹고 나니 다시 심심해진다. 이만 나가야 할까, 그러나 아쉽다.

지난 초봄, 사법연수원생 사십여명이 갯벌체험을 왔는데, 해창갯벌에 들어가보곤 "시시하다" 하는 것을 고은식 씨('부안사람들' 회원, 계화청년회 총무)가 "새만금갯벌을 제대로 체험하려면 계화도로 가야 한다"고 알려주었다고 한다. 이튿날 연수원생 열여섯명이 계화도로 왔는데, "그 사람들이 갯벌에 들어가자마자 누구야 누구야 서로 부르고 맨발로 뛰어다니고 환호하면서 완전히 어린아이가 돼 버렸다"고 고 총무는 말했다. 내가 선 곳이 계화갯벌이다. 열여섯명의 연수원생이 뭘 보고 환호했는지 알지 못하겠다.

출입통제소 쪽으로 걸어나오는데, "갯벌에선 움직이지 말고 가만히 있어야 한다. 기다려야 한다"던 허철희 씨('부안사람들' 회원, 사진작가)의 충고가 새삼 생각났다. 통제소에서 삼사백미터쯤 떨어진 곳에 자동차가 박혀 있다. 외지 사람 하나가 차를 몰고 들어왔다가 뻘에 바퀴가 빠졌고, 차를 빼낼 새 없이 물이 들어와 오도가도 못하고 폐차가 된 경우이다. 프레임에 따개비가 잔뜩 붙었고, 퇴적된 뻘이 바퀴를 완전히 삼켰다. 자동차 한 모서리에 엉덩이를 걸치고 허 씨의 충고대로 가만히 있어 보았다.

나는 자동차 바로 옆 얕은 물자리 하나를 보고 있었다. 깊이가 10센티 가량. 5분 정도가 지나자 조약돌만한 크기의 게들이 어디선가 나타나 흡사 노래방의 마이크처럼 생긴 두 눈을 수면 위로 살짝 올리는 것을 보았다. 한놈이 밖의 상황을 한참 주시하고는 용감하게 물 밖으로 나온다. 그리고 앞발 두개를 놀리기 시작했다. 뻘에서 무엇인가를 콕콕 찍어 입으로 가져가고 있었다. 집게로 집어올리는 것이 내 눈에는 전혀 보이지 않았다. 게의 먹이가 먼지처럼 작기 때문이다. 게는 '먹이활동'을 일이십초 하다가도 어느 순간 부리나케 물로 돌아갔다. 그리고 다시 잠망경을 내놓고 주위를 살피다가 밖을 나와 먹이활동을 재개했다. 이제 한마리뿐 아니라 다른 게들도 따라 나온다. 열마리쯤 된다.

게들의 미세한 움직임이 눈에 익자, 그 비슷한 다른 작은 움직임들도 보이기 시작했다. 나는 약간 무서운 기분이 들 정도였다. 내 주위의 갯벌은 문득 구멍 천지였고, 그 구멍은 하나같이 생명의 집이었다. 구멍마다 끈이 흘러나와 있는 것을 나는 발견했다. 긴 끈은 15센티 이상 구멍에서 빠져나와 있는데, 그것은 움직이는 끈이었다. 눈에 들어오는 것만 해도 수백개의 끈, 그게 다 싱싱

한 갯지렁이였다. 나는 어느샌가 갯지렁이 수백마리에 둘러싸여
있었던 것이다. 긴 혀처럼 쭉 빠져나와 있다가 어떤 낯선 기미를
감지한 몇십개 구멍은 얇고 긴 혀를 삽시간에 감아들였다. 구멍
속으로 돌아가는 모양이 태엽식 줄자가 빠르게 줄을 되감는 것을
연상시킨다.

갯벌 형제들의 그런 동작들은, 결국 나를 웃게 했다. 세상에 이
런 겁쟁이들이 어디 있을까 싶은, 그 과도한 신중함이, 특히 민첩
하게 퇴각하는 것이 제일 웃겼다. 녀석들이 무서워하는 것은, 공
중에서 오는 습격일 것이다. 즉 새의 발톱과 부리이다. 허공에서
뭔가 히끗하는 것이 있거나 갯벌에 약간의 진동이 와도 저마다의
구멍 속으로 줄행랑을 치는 것이다. 머릿속이 다 청량해지는 나
의 웃음은, 녀석들의 과민한 공포를 이해하기 때문이다. 생명의
원초성에서 게들과 지렁이와 나는 다르지 않다. 내 생명의 숨기
고 싶은 한 단면을 지금 게와 지렁이가 표현해내고 있는 것이다.

논과 갯벌의 경제적 가치 비교, 새만금호의 수질문제, 전북의
지역민심에 여전히 깊이 박힌 서해안시대 청사진, 식량안보를 넘
어 통일시대까지 대비한다는 사업소장의 신념 등 새만금사업을
둘러싼 많은 주장들. 그러나 게와 지렁이의 행동을 이해하고 공
감할 수 있는 한, 이 갯벌이 사람의 편익논리에서 자유로운 그들
의 영토임을 인정하는 한, 논리싸움의 시시비비는 일거에 관심
밖이 된다. 적어도 그날 나는 그랬다. 발 하나를 감히 갯벌에 내리
지 못하고 홀린 듯 자동차에 앉아 있을 뿐이었다.

산천초목을 떨게 할 냄새

　저려오는 발을 딛어 '삼매경'에서 벗어나 갯벌을 나왔다. 출입통제소 앞에는 어민들 대여섯이 모여 있었다. 70년대 계화간척 때 육로가 생겨 살기가 좋아진다며 직접 돌을 져 나르기도 했다는 김봉수 씨(계화교회 장로)가 다른 주민들에게 열변을 토하고 있었다. 김 장로는, 방조제 공사로 주민에게 닥친 생존권 위기보다는 갯벌을 끼고 사는 주민만이 느낄 간척사업 자체의 끔찍함에 대해 말하고 있었다.

　"방조제 완공이 이제 겨우 이삼년 남았다. 그러니 지금쯤이라면 갯벌이 시작되는 지점에선 갈대밭이 생겨야 한다. 뻘이 단단해지고 짠물이 가서서 식생변화가 일어나야 한다. 근데 우리 계화도 바로 앞까지 아직도 물이 들어온다. 이래가지곤 그런 식물이 자랄 수가 없다. 시화호에도 가봤지만, 거기 간척은 새만금과 달랐다. 어느 정도 단계적으로 물을 밀어내면서 간척했다. 새만금은 좌우에서 방조제를 막아오다가 한날 한시 틀어막는다. 그날까지는 물이 계속 차 이 갯벌 전체가 살아있게 되는 것이다. 간척 방식이 이러니 어떻게 되겠느냐. 방조제를 완공하는 그날부터 갯벌 전체가 갑자기 썩어들어간다. 시화 간척지보다 훨씬 큰 이 갯벌을 단시일 내 흙으로 덮을 수도 없다. 마을과 갯벌 사이 방풍림 역할을 할 갈대 같은 것도 없다. 그 썩는 냄새를 어쩔 거냐. 수십 일 동안 우리 계화도뿐 아니라 온 천지에 진동할 것이다."

　정이동 씨(계화도 주민)는 "내가 낚시를 다녀서 그 냄새 알지.

뻘이 엉켜 썩는 데는 도시 시궁창 냄새 저리 가라야” 하며 맞장구를 친다. 갯벌의 살아있음이란, 조개와 게, 갯지렁이 들이 아니라, 또 뻘 1그램 안에 든 수억 수조의 미생물만이 아니라, 그 모두와 함께 뻘 자체가 살아있다는 뜻이다. 김 장로가 강조한 ‘냄새’는 정말이지 시취(屍臭)라 할 것이다. 갯벌은 하루 두번 바닷물에 적셔져야만 생기를 유지하는 대단히 민감한 생명체인데, 새만금갯벌은 새만금갯벌 크기의 거대한 살덩어리라고 보면 맞다. 방조제가 완공되면 새만금갯벌은 김제, 부안, 군산 지역의 산천초목을 온통 떨게 만들 만큼 섬뜩한 죽음의 냄새를 풍기게 될 것이다. 방조제 공사가 시작된 이래 “저 큰 갯벌 막으면 어떻게 되나?” 하는 걱정에서 하루도 벗어나본 적이 없다는 김 장로의 말은 계속되었다.

“썩어들어간 다음엔 어떻게 되느냐, 마르기 시작한다. 새만금갯벌 전체가 소금밭이 된다. 지금 부는 바람은, 바다에 맹물이 있어 간기가 덜한 바람이다. 그런데 소금밭이 되면, 손에 만져지는 가루가 바람을 타고 날리게 된다. 겨울 한철 북풍이 불고 나머지 철은 서풍이 분다. 아마 부안 전체 농사를 망치게 될 것이다. 우리 계화도 사람들은 소금바람에 눈도 못 뜨게 될 것이다. 그러니, 대놓고 막아대지 말고 공사를 일단 중단해야 한다. 국민여론을 일으켜 학자들 모아놓고 연구하고, 해양학 하는 사람들이 새만금과 똑같은 모형을 만들어 도대체 어떤 일이 일어나나, 실험을 해야 한다.”

김 장로의 결론은 약간 김이 빠진다. 한동안 소란을 떨었던 민관공동조사가 그 비슷한 일을 이미 했던 것이다. 조사단의 보고서를 검토한 정부는 새만금지구를 둘로 갈라 동진구역부터 개발하고 만경구역은 만경강 수질이 나아질 때까지 기다린다는 순차개발안을 내놓았을 뿐이다.

"우리라도 똘똘 뭉치면 공사를 막을 수 있다. 확실하게 반대를 하려면, 해창산에 앉아 있을 게 아니다. 방조제 돌 떨어지는 데 가서 선박시위를 해야 한다"고까지 김 장로는 말한다. 말이나마 행동방법까지 나온 때문인지 정이동 씨는 "이 말 들으면 이 말 옳고, 농기공 말 들으면 농기공 말 옳고 …" 하며 한발짝 물러서버린다. 다른 어민들은 바다 쪽을 보며 계속 묵묵했다. 이제라도 반대의 뜻을 확실히 세우고 집단행동에 나선다는 게, 십년이 넘게 1조원 이상 들어간 공사인지라 아무래도 허무한 소리로 들리는지 모른다.

한 여성어민의 분노

갯벌에 다녀온 화요일 이후, 농성장으로 가지 않고 계화도에 머물며 염정우 씨 집에서 계속 숙식을 해결했다. 농성장을 기피한 것은 내 속의 어떤 패배감 때문일 것이다. 사업 강행 발표가 난 작년 5월 이후 새만금사업은 언론의 관심에서 밀려났고, '부안사람들'은 그에 굴하지 않고 여전히 활동해 왔지만 대다수의 주민들이 '바위에 계란치기'라고 생각하듯이 나 또한 그런 마음이 없지 않은 것이다. 올해도 1,800억원의 공사비가 집행되고 있는데, 전 국민적인 각성이 일어나지 않는 한 사업은 계속 진행되고 갯벌은 죽게 돼 있는 형편이다. '부안사람들'이 아무리 애써도 방조제 공사는 결국 마지막 물막이에 이를 것이라는 판단이 정확하다.

객관적 상황이 그렇다면, 앞으로 어떻게 해야 할까. 특히 몇년째 새만금 반대운동을 선도해온 '부안사람들'은, 고소고발을 당하고 감옥에 갈 것을 각오하고 때로 목숨이 위험한 일도 마다하지 않으며 더 격렬히 투쟁을 벌여나가는 수밖에 없는 것일까. "새만금에서 열명이 죽어야 된다. 그래야 새만금이 산다"라고, 어느 교회의 목사가 분김에 그런 말도 했다는데, 그런 무서운 주장도 하나의 생각으로서 가치가 있는 걸까. "어쩌면 '부안사람들'은 패배할 줄도 알아야 하는 게 아닐까, 아니 임박한 패배에 담담해하는 마음을 가질 줄도 알아야 하지 않을까" 하고 염정우 씨의 작은 방에서, 농성장에선 꺼내기 힘들 얘기를 깊게 나눴다.

아무려나 5월 24일부터 시작된 '부안사람들'의 이번 해창산 싸움. 미리 말하면, 약 한달이 지난 후에야 마무리되었다. 강제철거가 있었고, 그후에도 항의시위가 계속되었다. 그걸 다 소상히 옮기기엔 아무래도 무리인데, 그 정황은 '부안사람들'의 인터넷 사이트(www.nongbalge.or.kr)에 게시된 글과 사진, 동영상을 참조하면 좋겠다. 이 자리에선 6월 8일 토요일, 새만금 전시관 앞에서 열린 집회, 거기서 인상깊게 본 장면 하나만 이야기하고 싶다.

그날 오후 집회가 시작되기 전, 농기공 사람들은 전시관 앞 광장으로 어민들이 들어오지 못하도록 바리케이드를 쳤는데, 그 과정에서 직원 한사람이 어민에게 폭언을 하는 일이 발생했다. 멱살잡이를 하는 둘을 가까스로 뜯어냈지만, 폭언을 당한 어민의 아내가 더 화가 났다. 그녀는 단신으로 광장을 지나 전시관 앞에 가서 유리문을 발로 차며 어디론가 숨어버린 폭언 당사자를 고함쳐 불렀다. 그녀의 사나운 행동은 누구도 말리기 힘들었다. "니놈들 때문에 계화도 어민들 다 죽게 생겼다." "니들이 잘한 게 뭐 있다고 우리 아저씨한테 욕하냐" "이 나쁜 놈들아, 우리 먹여 살려라" 등의 말을 격하게 토해냈다. 안으로 문을 잠근 전시관에선 아무도 밖으로 나오지 않았다. 단 한사람이지만, 일순 전시관 전체를 압도했다. '주민생존권'의 문제, 즉 생존의 벼랑에 몰린 사람만이 터트릴 수 있는 무서운 분노였던 것이다.

농업기반공사나 새만금 전시관에 대한 분노의 표출이 새만금 갯벌의 생명에 대한 사랑과 일치하는 것은 아니지만, 저런 불같은 분노의 대대적인 결집이 혹 새만금갯벌을 살릴 수 있지 않을까, 하는 생각이 자꾸 들었다. 그러나, 그 여성어민의 분노의 몸짓이 가슴 아프다 해도, 아무래도 그 분노를 신뢰하기는 힘들었다. 새만금 반대운동의 중요한 한 동인이 "주민생존권 쟁취"이고 그건 분명 상당한 폭발력을 내장하고 있지만, 현실 대다수 어민들을 생각하면 그 동력은 아무래도 진실되기가 힘든 것이다. "갯벌보호와 주민생존권 보호"라는 명분으로 계화도 주민들이 외지인의 갯벌출입을 통제하면서 주민들 스스로는 배를 타고 흡입식으로 조개류를 마구 채취하는 판국인데, 그것은 새만금갯벌에다 대고 주민들이 벌이는 마지막 빚잔치나 다름없다. 즉 갯벌을 살린다느니 지킨다느니 하는 말을 할 자격이 없는 타락한 '계화도 민중'이 적지 않은 것이다. 고은식 총무의 말도 생각나는데, 농림부, 환경부, 농업기반공사 등의 장례식을 치렀던 그날 집회엔 사오십여명의 어민들이 나왔지만, "우리가 받은 보상금은 터무니없이 부족했다, 다시 제대로 보상하라 하며 사람들을 모으려 했다면 일주일 새 천명은 일도 아니게 모을 수 있을 거다. 근데 그렇게 모인다 해도 소용없다. 정부가 새만금 농토에서 두 필지씩 현지 어민들한테 불하한다고 하면, 아니 살짝 그런 말만 흘려놓아도 어민들은 바로 흩어질 거다"라는 그의 말이 계화도 민심의 전반적인 수준을 짐작케 해주었다. 김제, 부안, 군산을 합쳐 "2만 어민의 생존권"이 걸린 문제라고들 하지만, 새만금 반대운동에 대한 호응도가 가장 높다는 계화도가 그런 실정이니 '재보상' 문제에 초연한("하루라도 갯벌에 나가지 않으면 생계에 지장이 있는") "일부 주민"과의 연대에 머물 수밖에 없는, 즉 생명운동의 순수성을 지키려는 '부안사람들'의 고충이 짐작이 갔다.

농성장이 철거되던 날도 짧게나마 얘기는 하고 넘어가자. 전시관 앞 집회가 끝나고도 해창산 농성은 계속되었지만, 그 이틀 뒤, 그러니까 6월 10일 월요일 오전, 농성장이 강제철거되었다. 농기공과 현대건설 쪽 사람 백여명이 농성자들을 끌어냈다. 소식을 듣고 갔을 때, 포크레인이 이미 해창산 정상부에 올라가 있었고, 신형록 씨는 팔과 다리를 네명의 노동자에게 단단히 붙잡힌 채 공사장 입구 흙바닥에 눕혀져 있었다. 너무 꽉 잡혀 피가 잘 통하지 않는 그의 손이 부들부들 떨리는 것을 보았다. 철거 과정에서 마찰이 있었고, 부안경찰서 정보과 형사가 신 대표의 결박을 풀게 하고는 폭행자를 지목하게 했다. 인부들과 농성자들이 함께 경찰서로 연행됐고, 양측은 서로 폭행을 당했다며 진단서를 끊으려 했다. 다 함께 부안 성모병원까지 갔다. 진료 대기실에 앉은 그들 모두는 잠시 조용히 텔레비전을 보았다. 먼 나라 일처럼, 한국과 미국 간 월드컵 축구경기의 휘슬이 막 울리고 있었던 것이다. 신형록 씨는 입원했다. 이튿날, 나는 부안을 떠났다.

사마리아 여인과 '부안사람들'

집에 돌아와 열흘이 지나도록 부안에서 얻은 몸의 피로가 풀리지 않았다. 한국과 스페인 간 8강전 축구경기가 있고 그 다음날 밤인가, 부산에선 비가 내렸다. 몸과 마음이 피곤하고 스산할수록 전라북도 부안은 마치 이 세상에 존재하지 않는 땅 같은 기분이 들었다.

나는 피로감을 떨치기 위해 염정우 씨가 들려준 '사마리아 여인' 이야기를 몇번이고 되새겨보았다. 그리고 '새만금예수님'에 대해 다시 생각해보았다. 계화교회 집사이기도 한 염정우 씨 방에서 나흘인가 잠을 잤는데, 우리는 해창갯벌에 걸린 플래카드,

"새만금갯벌에 생명으로 오신 예수님"이란 말의 의미에 대해 이야기했었다. 그런데 그 문구보다 더 올바른 표현이 있지 않을까, 즉 방조제 공사로 죽어가고 있는 불쌍한 갯벌에 몸을 주러 '오신 예수님'이 아니라, 방조제 공사와 상관없이 갯벌에 이미 '와 있었던 예수님'이 아닐까, 싶었던 것이다.

실로 갯벌은 그런 존재일 것이다. '예수님'이란 이름이 거북하면, 성자(聖者)라고 해도 좋겠다. 일제시대에도 먹을거리 걱정은 몰랐다 할 만큼 갯가 민초들에게 매일의 먹을거리를 내어주었고, 사람뿐 아니라 바닷속 미물들의 알자리가 되어 치어들을 보살펴주었으며, 가부장제의 억압에 시달리는 아낙네들의 가슴을 그 한없는 넓이와 시원한 갯바람으로 어루만져주었으니 이 모든 게 성자의 행적이 아닌가. 이제 곧 새만금갯벌에 닥칠 죽임도 그런 차원에서 보다 의미가 깊어지는데, 하늘이 이 땅에 사람이 먹고 살 수 있도록 논과 밭을 베풀어주었는데도 잘못된 국가정책으로 다 망쳐놓고는 죄없는 갯벌을 희생양 삼고 있는 것이기 때문이다. 다른 누군가가 저지른 죄업으로 대신 죽는, 성자들의 가없는 대속(代贖)의 행렬을 지금 한국의 새만금갯벌이 잇고 있는 것이다.

염정우 씨 방에서 문득 소스라치는 기분에 빠지곤 했는데, '사람 예수', 즉 '신의 인격화'라는 고루한 관념을 떨쳐내고 새만금갯벌을 다시 보면, '새만금갯벌에 생명으로 오신 예수님'이 아니라 아무런 수식어가 필요없는 '새만금예수님'이 눈앞에 나타나던 것이다. 새만금갯벌이 인자한 표정을 짓고 우리를 바라보고

있는 것이다. 염정우 씨가 베개맡에서 들려준 '사마리아 여인'
이야기는 그래서 내게 더욱 각별했는지 모르겠다. 깊은 밤, 때로
구수하고 때로 열정적인 마흔살 노총각의 그 이야기는 이랬다.

"내가 좋아하는 성화(聖畵) 중에 사마리아 여인을 그린 게 있
어. '사마리아 여인'은 어떤 사람이냐 하면, 세상에서 가장 비참
한 여자라고 보면 돼. 이방인이지, 과부고 자식도 없고, 늙었고,
가난하고, 병들었지, 그래서 누구한테도 사랑받지 못하고, 아니
사랑을 받아본 적이 없는 여자지. 근데 그 여자가 예수를 만나게
돼. 우물가에서 예수가 물을 달라고 하는 거야. 왜 나한테 물을 달
라 하냐고 화를 내. 그런데, 화내는 여인을 바라보는 예수의 눈빛!
한 인간에 대한 무한한 연민의 눈빛! 그런 깊은 눈빛을 받아본 적
이 없는 사마리아 여인은 예수가 자신을 이해하고 있다는 걸 본
능적으로 알게 되고, 그 순간 구원받는 거야. 그런데 … 나중에 그
여인이 어떻게 되느냐, 자신에게 새 생명의 빛을 준 예수가 처형
될 때, 바로 자기 머리 위로 올려지는 예수를 보게 되는 거지. 그
여자 심정이 어땠겠어. 내가 좋아하는 그림은, 죽은 예수의 발에
입을 맞추는 사마리아 여인을 그린 거야."

염정우 씨가 말한 그림을 직접 보지는 못했지만, 그런데 왜 나
는 여인의 입맞추는 행위가 지극히 담담한 빛으로 내 마음속에
떠올랐던 걸까. 아니 누(gnu) 한마리가 공포에 질려 도망치다가
도 맹수의 배 밑에 깔리고 나서는 먼산을 보듯 순박하고 담담한
눈망울을 가지게 되는 것은 왜일까. 텔레비전에서 본 다큐멘터리

화면이라 해도, 단순한 체념이 아니라, 그렇다고 마지막까지 격렬히 몸부림치는 게 아닌, 그 어떤 한없는 순종이 나는 감동적이었다. 죽임을 당해야만 했던 예수였고, 예수는 그 운명을 받아들였고, 그런 예수의 선택을 또한 받아들였던 여인의 심경도 비슷한 것이 아닐까. 예수의 처형에 엄청난 심적 고통을 받았다 해도, 생명의 참된 빛이 무엇인지 알게 해준 예수와의 만남을 후회하는 마음은 추호도 없었을 것이다. 예수를 만난 건 그녀의 인생에서 더없는 축복이었다. 그녀에게는 죽은 예수의 피투성이 맨발도 환한 빛 속에 있었다.

직접 눈빛을 주고받으며 이야기를 나눌수록 '부안사람들'은 하나같이 이쁜 사람들이었다. 나는 신형록 씨, 허철희 선생, 고은식 총무, 염정우 선배 등 '부안사람들' 한사람 한사람이 '반대운동'을 하며 손끝 하나 다치지 않기를 바란다. 이 세상은, 작년 5월 정부의 '강행' 발표 이후 새만금갯벌을 이미 죽여버렸다. "새만금간척은 재고가 필요하다"고 하던 이가 전북지역에 와선 "대통령이 되면 새만금, 확실하게 밀겠다"라고 말을 바꾼, 해양수산부 장관 출신의 유력 정치인이 새만금갯벌을 죽여버렸다. 아니 새만금사업을 반대한다던 국민 85퍼센트의 알량한 환경의식이 새만금갯벌을 죽여버렸다. 새만금갯벌은 완전히 버림받았다. 지금 이 세상에선 그 옛날의 청년 예수처럼 죽어야만 하는 것이 새만금갯벌의 운명인 것이다. '부안사람들'이 "우리 인간의 죄가 너무나 크다"고 제 가슴을 치며 자학할 일이 조금도 아니다. 죽은 이의 발에 입을 맞추는 사마리아 여인의 담담함은 그래서 '부안사람들'의 것이 될 수 있다. 나는 새만금갯벌이 죽어갈수록 '부안사람들'이 지극히 담담해지길 바란다. 자기위안적인 역설만 늘어놓고 있다고 나를 탓하지 말기를.

달밤의 계화도, 그 아름다웠던

마지막으로, '부안사람들'이 내게 들려준 이쁜 이야기를 옮겨볼까 한다. 우리 모두의 피로감을 떨치는 데 도움이 된다면 좋겠다. 먼저, 조태경 씨가 한 이야기.(그런데 덧붙이면, 조태경 씨와 개인적으로 이미 친분이 있었는데, 지난 봄까지만 해도 녹색연합의 간사 신분이었던 그는 서울생활을 정리하고 부안에 내려와 '부안사람들' 회원이 된 지 한달 가량 됐을 뿐이다. 갯벌이 어떤 것인지 책이나 말로만 들었을 텐데, 어느 밤 복된 체험을 하고는 듣는 나까지 행복하게 만들었다.)

"아까 저녁 물때에 갯벌을 나갔는데, 용석이 형 경운기 타고 한참을 들어갔어. 거기서 백합을 많이 잡았어. 근데 용석 형은 일이 있어 먼저 마을로 돌아갔고, 나중에 나 혼자서 갯벌을 걸어나왔지. 저 멀리, 계화마을 불빛만 보고 걷는 거야. 주위가 깜깜해서 아무것도 안 보이는데, 근데 무슨 소리가 들리는 거야. 멈춰 서서 들어보니, 형, 정말 놀라웠어. 아주 작은, 말로 표현할 수 없는 소리들이 온통 가득한 거야. 한참 가만히 서서 그 소리를 들었어. 소리가 점점 커지더니 나중엔 귀가 멍멍할 정도였어. 그게 다 뭐겠어. 구멍마다 생명들이 소리를 내는 거잖아. 대합창이야. 새만금 갯벌이 밤에는 거대한 노래밭인 거야. 나 진짜 너무 놀랐어."

방조제 2공구와 4공구에 약 2-3킬로미터씩이 뚫려 있다 해도, 나날이 물의 힘이 떨어지는데 아직도 그런 멋진 노래밭을 펼쳐놓는 새만금갯벌. 새만금갯벌은 마지막 날까지 만물의 본성인 선한 의지를 우리에게 보여줄 것이다.

또다른 이야기는, 고은식 총무가 해주었다. 어느 대화중에 "이야기문화가 얼마나 살아있느냐가 공동체의 건강도를 따지는 한 핵심이다"라는 말이 나왔는데, 그 말을 들은 고 총무가 어린 날을 회상했다.

"계화도 간척이 끝나고 얼마 되지 않아서야. 육로가 생겼지만 전기는 들어오지 않았지. 달이 뜨면, 호롱불 켠 방 안보다 밖이 더 밝아. 그런 달 밝은 밤 계화도가 어땠는 줄 알어? 주민들이 집 앞 골목에 주르르 나와앉는 거야. 수박 깨놓고 이웃끼리 끝도 없이 이바구를 하는 거지. 애들은 애들끼리 몰려다니면서 놀고 …. 밤 10시쯤 되면, 누구야 머시기야 하며 엄마들이 애들 부르는 소리로 온 마을이 떠들썩했어. 전기 들어오고 텔레비전 생기면서 그런 게 다 사라졌지. 이바구 전통을 살리려면, 계화도로 들어오는 전선을 짤라부려야 혀."

갯벌과 바다를 낀 작은 마을에서 펼쳐진 아름다운 달밤의 풍경, 언필칭 '사랑과 생명의 공동체'가 따로 없다. 그곳의 주민생존권에는 보상금과 다른 차원의 지점이 분명히 있을 것이다.

'부안사람들'의 새만금사업 반대운동은 앞으로 어떻게 해야할까. 모든 '운동'은 바람을 타기 마련이고, 아니 바람을 잘 타야 승리하고, 그러나 그 어떤 바람도, 제 아무리 거세게 인다 해도, 그칠 수밖에 없다. 그래서 모든 운동은 종내엔 허무한 것이다. 생명운동 역시 운동인 한 그럴 수밖에 없다. '부안사람들'은 그것마저 알고 있을 것이다.

캄캄한 갯벌 속에서 계화마을의 불빛이 이정표가 되었다는 조태경의 걸음처럼, '부안사람들'의 앞에는 어떤 불빛이 있는 걸까. 새만금갯벌을 사랑하는 수많은 사람들에게 창조적인 영감을 불어넣는 실천을 '부안사람들'이 해내기를 빌고 싶다. 고난의 길을 계속 가라고 말하고 있는 셈이지만, 사마리아 여인처럼, 새만금갯벌을 누구보다 일찍 만났던 '부안사람들'이야말로 세상에서 가장 축복받은 사람들이라고 말해주고 싶다. 나의 기도가 그들에게 조금이라도 힘이 되기를.

(《녹색평론》 통권 제65호(2002년 7-8월호))

2

도롱뇽 소송 재판부에 올리는 탄원문

존경하는 재판장님,

법치(法治)의 마지막 보루를 지키는 참으로 어려운 직분에 임하시느라 밤낮으로 애쓰는 재판장님의 노고에 깊은 감사를 드립니다.

저는 부산시 부산진구 연지동에 거주하는 34세 젊은이입니다. '김곰치' 라는 필명으로 십년 가까이 글쓰기를 해왔는데, 호적상의 이름은 김경태(金京兌)입니다.

지난 11월 4일, 그러니까 나흘 전의 일입니다. 부산시청 앞 광장에서 열흘째 단식중인 지율 스님을 찾아갔다가 세간에 '도롱뇽 소송' 이라 알려진 이번 재판과 관련된 여러 이야기를 들을 수 있었습니다. 노심초사하는 스님을 보고 어떻게 도울 수 있을까, 고민을 했고, 제 정직한 마음을 담은 탄원서라도 써야겠다고 생각했습니다. 그리고 이렇게 펜을 들었습니다.

오해의 소지가 있을 것 같아 스님과 저의 관계에 대해 간략히 밝히고자 합니다. 2002년 이른 봄, 한 잡지사의 부탁을 받고 북한산 관통터널 문제를 취재하다가 우연히 스님을 만났고, 30분 정도 이야기를 나눈 것이 첫 인연이었습니다. 작년 봄, 시민들 누구나 참가할 수 있는 '초록의 공명' 이란 천성산 산행 행사에서 스님을 다시 만났고, 그후에도 인연이 이어져 몇차례 더 뵈었습니다. 그러다 작년 추석연휴 어느 날, 부산시청 앞에서 삼천배 기도수행중인 스님을 뵙고 더는 만나지 못하였습니다. 제 인생의 풀리지 않는 숙제가 갑자기 늘어나 스님의 신상이나 천성산 문제에 계속 관심을 가지기가 힘들었습니다.

그런데 바로 나흘 전, 약 일년 만에 스님을 다시 뵌 것인데, 제가 기억하고 있는 모습과 너무 달라 놀랐습니다. 사람이 줄어들기라도 한 듯이 몸피가 작아져 있었습니다. 한시간 가량 이야기를 나누고는 작별인사를 드리며 스님의 어깨를 잠깐 안아드렸는데, 마치 병자의 몸에 손을 대는 것 같았습니다. 단식도 자주 하면 길이 드는지 스님의 말씀은 너무 유려하였고 수행을 오래 한 분 특유의 강단이구나 싶었지만, 어깨에 손을 짚었을 때는 뼛속의 영양분까지 길어올려 하루하루 견디고 있구나, 하고 더럭 겁이 났습니다. 지금 이 상태로 며칠만 더 단식이 이어지면 스님의 뼛

속은 대나무처럼 텅 빌 것입니다. 저의 이런 느낌이 … 주관적인 안타까움에서 비롯된 과도한 것이기를 바랄 뿐입니다.

　존경하는 재판장님,

　천성산을 살려달라는 스님의 호소에 저는 공감을 해온 편이었지만, 솔직히 말해 그분을 잘 이해하지 못합니다. 사람이 어려운 형편에 처하면 심리적 탈출구라도 찾게 되듯, 군대시절에 저는 때때로 불경을 펼쳐보았는데, 구도자가 성불하기 위해 독수리에게 자기 한쪽 팔을 잘라 던지기도 하고 "이번 세상에서는 부처 되긴 틀렸다!" 하며 벼랑에서 몸을 던지는 등의 이야기를 읽고는 놀랐던 기억이 납니다. 이들은, 죽음이 모든 것의 끝이라고 생각치 않는구나, 한 개체의 생명이 멸할 뿐, 자기 속의 어떤 본유의 생명은 영원하고 절대적이라고 믿기에 이리 과감할 수 있구나, 감탄하지 않을 수 없었습니다. 저는 그런 이야기가 경전 속에만 존재하는 허무맹랑한 것이라고 생각하고 싶지 않았습니다. 죽음이 정말 모든 것의 끝이라면, 우리네 인생은 절망에 이르는 긴 우회로를 헤쳐 걷는 것에 불과할 것이기 때문입니다. 제 자신에게 진리만을 추구할 용기는 없었지만, 사랑과 지혜의 진정한 깨달음을 위해 자신의 개체적 생명을 아까워하지 않는 그들의 무서운 집념만은 흠모하고 싶었습니다. 상식적으로 잘 납득이 되지 않는 지율 스님의 무모한 단식수행을 볼 때도, 저는 그런 옛 수행자들이 떠오르곤 했습니다.

그런데 재판장님, 참 이상한 일입니다. 이번에 시청 앞에서 뵌, 다시 단식을 시작한 지율 스님은, '초록의 공명' 행사 때 보던 것처럼 너무도 다정다감한 분이었습니다. 제가 알기로 스님은 커피를 좋아하십니다. 어느 날 '초록의 공명' 행사 때도 하루 일정을 다니는 동안 석잔의 커피를 달게 드시는 것을 보았습니다. 시청 앞 광장에 좌정한 스님께 다른 손님이 와서 저 혼자 살짝 자판기로 가서 커피를 마시고 몇모금 남은 것을 무의식결에 들고 왔는데, 스님은 바로 "혼자 커피 마시네" 하시는 것입니다. "죄송합니다. 커피 좋아하시는데, 지금은 드실 수 없을 테고요 …"라며 미안해 했는데, 스님은 "왜 못 마셔" 하더니 손을 내미시는 것입니다. 얼결에 잔을 건넸더니 코로 가져가 한참 흠향만 하시고는 "역시 자판기 커피가 맛있어"라며 잔을 돌려주십니다. 저는 이런 분이 전설 속의 구도자와 같다고 하기가 도무지 힘들었습니다. 작은 물건과 미물에 대한 사랑의 마음을 어쩌지 못하는, 아기자기하고 아이 같은 고운 마음씨를 가진 누이 같은 분인 것입니다.

천성산을 지키겠다고 수차에 걸쳐 목숨을 건 단식을 한 지율 스님을 저는 아무래도 이해할 수가 없었습니다. 지금도 저는 혼란스럽기만 합니다. 정말 지금의 노선대로 터널이 뚫리면 천성산의 늪이 마르고 도롱뇽 등 많은 생명체가 죽음에 몰리게 된다고 스님은 정말 확신하고 있는 것일까? 설사 지금과 같은 노선의 터널공사가 크게 잘못된 것이라 해도, 국책사업을 제 목숨을 바쳐 중단시키거나 크게 수정하게 할 수 있다고 정녕 믿는 것일까? 어디서 그런 무서운 믿음이 나오는 것일까?

제 속에는 그와 같은 믿음의 자리가 없기에, 지율 스님이란 분은 제게 불가해한 존재입니다. 어떤 부모의 몸을 빌어 이 세상에 태어나야, 어떤 훈육을 받으며 자랐어야, 청소년기에는 어떤 책을 읽었어야, 어떤 친구와 우정을 나누었어야, 어떤 훌륭한 스승을 만나 무슨 귀한 가르침을 받아야, 어느 누구를 사랑하고 그 사랑을 잃고 지독하게 마음 아팠어야, 하여 자신의 마음을 궁극까지 탐구하겠다고 질문하고 스스로 답을 얻어가는 피 흘리는 정신의 수련을 해야 마침내 자신의 목숨을 걸 수 있는, 제 판단과 의지를 믿고 온몸을 던지는 그런 큰 믿음을 가질 수 있는지, 저는 도무지 요량할 수가 없습니다. 때때로 지율 스님이 너무나도 먼 존재로 여겨질 때면, 인간의 마음을 탐구하며 글을 쓰는 사람으로서 저는 그저 외로워지고 맙니다.

존경하는 재판장님,

어쨌든 이와 같은 연유들로 저는 이 탄원서에 스님이 줄기차게 하신 그간의 주장을 담을 수가 없습니다. 제가 잘 이해하지도 못하는 사람의 주장을 제것인 양 한다면, 이 글은 가식적인 탄원서에 불과할 것이기 때문입니다.

오늘로 쳐 스님의 단식은 열나흘째(58+14일째)입니다. 환경부, 한국철도시설공단, 환경단체 등 이 3자가 함께 '전문가 조사'를 하기로 한 약속을 깨고 환경부가 단독으로 2박 3일 현장조사를 하고 터널공사가 천성산의 습지에 영향을 주지 않는다는 보고서를 재판장님께 제출했기 때문에 이번 단식이 다시 시작되었습니다. 그러나 '약속파기' 문제는 당장의 한 직접적인 이유일 뿐입니다. 현행 노선대로 터널공사가 강행되면 천성산 자연환경이 크게 훼손된다고 스님은 극단적인 저항과 함께 몇년째 줄기차게 주장해 오셨고 지금의 단식도 그 연장선에 있습니다.

이번에 환경부의 의뢰로 현장조사를 한 지질전문가, 지하수전문가, 습지전문가 등 3인도 그간 축적된 연구문헌을 충분히 검토하고 전문직의 자존심을 걸고 "천성산 습지는 토양수와 강수에서 기원하고, 지하수와 습지 사이에 불투수층이 있어 터널공사로 습지가 영향받을 가능성은 없다"는 결론을 내놓은 것으로 저는 믿고 싶습니다. 그러나 마음 한켠에선 그렇게 믿고 싶어도 조사결과 요지를 신문 지상을 통해 읽으며 저는 어리둥절할 수밖에 없었습니다. 작년 가을, KBS의 환경스페셜팀이 〈다시 쓰는 환경영향평가서〉라는 제목으로 다큐멘터리를 제작·방영했는데, 그때 저는 어느 지질 전문가가 역시 전문직의 자존심을 걸고 동래단층과 양산단층이 산 밑을 지나고, 또 지금의 고속철 계획 노선을 자르듯이 법기단층이 지나고 있다고 말하는 것을 똑똑히 보았기 때문입니다. 단층이 발달한 지질에는 파쇄대가 형성돼 지하수가 풍부하기 마련이고, 산 전체적으로 물의 유통이 아주 원활하다는 것을 그래픽으로도 보여주고 있었습니다. 그러니 양편의 전문가들 중 어느 쪽이 옳은지 저는 헷갈릴 수밖에 없는 것입니다.

지질과 지하수 문제를 둘러싼 의견이 팽팽하게 맞서는 경우, 혹자가 주장하듯이 시추검증으로 천성산의 불투수층이 어떤 상태인지 알 수 있는 문제인지도 모르겠습니다. 그것만이 천성산을 둘러싼 오랜 논란에 종지부를 찍을 것이라고 말하는 사람들이 있습니다. 시추 자체가 천성산 늪지를 훼손시킨다고 환경단체가 반대하고는 있지만, 그러나 생각건대, 설사 몇 군데를 시추한다고 하여도, 십몇 킬로미터에 달하는 천성산 터널 전체를 감싸야 할 그야말로 거대한 불투수층을 제대로 조사했다고 할 수 없지 않을까, 이런 의구심이 미리부터 듭니다. 시추검증을 한 몇 특정 지점은 불투수층의 밀도가 높아 터널공사가 산정 습지에 영향을 주지 않는다는 결론이 날지 몰라도, 시추검증 지점에 속하지 않는 훨씬더 광대한 곳에서는 고지의 습지까지 닿아있는 수없이 복잡한 지하수의 우회로가 형성돼 있는지 어떻게 알겠습니까. 천성산의 습지가 겨울에도 얼지 않는 것은 상대적으로 따뜻한 지하수가 습지까지 물을 대주고 있기 때문이라는 환경단체의 주장은 시추검증을 할 필요도 없이 상당한 설득력이 있다고 저는 생각합니다.

결국 저는 알 수 없다는 기분에 빠지고 맙니다. 터널공사를 원안대로 해나가도, 총탄 열발을 맞고도 죽지 않는 사람이 있고 아파트 14층에서 떨어져도 찰과상 외 다른 상처가 없는 경우도 있으니 터널이 용케 산의 굵직한 지하수 줄기를 피해갈 수 있지 않을까, 이런 도박적인 기분마저 들 정도입니다. 어쩌면 정말 천성산이 실제로 어떻게 될지는 일단 뚫어보고 어느 정도 시일을 두고 기다렸다가 산이 변화하는 것을 지켜봐야만 그 답을 알 수 있는 정말 풀기 어려운 문제인지 모르겠습니다.

　존경하는 재판장님,

　저는 소심하고 겁이 많은, 한 미약한 작가일 뿐입니다. 하지만 이렇게 탄원서를 쓰는 입장에서 재판장님께 용기백배하여 말씀드려 본다면, 아무리 생각하고 또 생각해봐도 저로선 누구의 말이 맞는지 도대체 알 수 없다는 사실만을 수없이 반복해 확인할 뿐이라는 것입니다. 전문가가 아니기에 어떤 일방의 확신을 가질 수 없고, 구경만 할 수밖에 없는 저 같은 평범한 사람들은 결국 이 문제에 멀찍이 물러설 수밖에 없을 것입니다.

　그런데 제게도 눈앞이 번쩍 하는 듯한 어떤 깨달음의 순간은 있습니다. 그것은 달리 말해 하나의 커다란 의혹입니다. 어느 전문가의 말이 맞는지 도무지 알 수가 없는데, 천성산 문제를 둘러싼 양 당사자들은 진실로 확신을 가지고 이렇게 또 저렇게 주장하고 있는 것일까? 우리가 인간인 이상 어떻게 땅속의 일을 환히 알 수가 있다는 것일까? 하는 의문에 휩싸이게 되는 것입니다. 어떤 한 사안을 놓고 팽팽히 의견이 갈릴 때, 누가 전적으로 옳고 다른 누가 전적으로 틀리기는 힘든 일입니다. 그러니 밖으로는 강하게 주장을 하더라도, 우리 모두가 암묵적으로 공유하는 진실 하나는 천성산을 뚫을 때 어떤 일이 벌어질지 "알지 못한다, 그래, 사실은 누구도 모른다" 하는 것이 아닐까 ….

　존경하는 재판장님,
　양측이 제출한 산더미 같은 자료와 보고서를 사심없이 읽어내고 가장 공정한 결정을 내리기 위해 최선을 다하겠지만, 재판장님도 인간의 자리에 속한 분이기에 "모른다"라는 큰 진실에서 벗어나기 힘들다고 저는 감히 생각합니다. 하여 우리 모두 소리높여 외쳐야 하는지 모릅니다. 그래, 우리는 모르고 있다, 우리는 그것을 알지 못한다!
　지금껏 해온 이야기와 좀 다른 차원에 속할지 모르지만, 어쩌면 우리 인간은 제대로 아는 것이 하나도 없는 존재입니다. 우리 모두가 이 "모른다"라는 너무나도 강력한 진실에 힘입어 하루하루를 살아가는 것은 아닐까, 이런 생각도 듭니다. 지난 여름 청와대 앞에서 지율 스님의 단식이 50일을 넘자 많은 사람들이 스님의 죽음이 두려워 단식을 중단하라고 호소했을 때, 지율 스님은, 어디서 와서 어디로 가는지, 누가 주었는지 왜 내가 받게 되었는지 알지 못하는 생명, 어쨌든 내 속에 들게 된 그것이 자라나 지금의 나로 있는 것, 그러니 내가 죽고 싶대서 죽을 수 있는 것도 아니지 않는가 하는 요지의 말씀을 하셨던 것으로 압니다. 이 탄원서를 읽는 재판장님도, 지금 이 글을 쓰고 있는 저 역시 이 순간

이렇게 엄연히 있음, 이 사실, 이 자각이 참으로 신비스러운 생명 현상의 하나일 것입니다. 우리는 사람의 탄생이 어째서 전적으로 가능할 수밖에 없었는지, 생명의 항상성을 유지하다가 마침내 한 개체의 죽음에 이를 때의 그 현상이 도대체 무엇인지, 어째서 그래야만 하는지 진정 알지 못합니다. 알지 못하지만, 우리는 살아갑니다. 어쩌면 그게 무엇인지 안다면, 우리는 살 수가 없는지 모릅니다. 정말 죽음이 무엇인지 안다면, 우리가 과연 인간답게 죽을 수 있을까요? 제 마음에 떠오르는 한 죽음의 풍경일 뿐이지만, 자신의 몸에 무슨 일이 일어나고 있는지 모르기 때문에 그와 동시에 마지막 한방울의 생명력까지 쥐어짜내 알려고 안간힘을 쓰는 것이고, 새로운 미지의 세계의 문을 두드리듯 어떤 희망과 기대를 가지고 죽을 수 있는 용기마저 낼 수 있는, 물론 그럼에도 마침내는 그 세계를 도무지 알고 들어갈 수 없기 때문에 절대생명이라고 할 우주 본유의 큰 존재에 자신을 의탁하게 되는 것은 아닐까요? 지금 이 순간도 신비롭지만, 죽음 자체도 단지 공포스럽다기보다 너무 신비로운 일이라고 저는 생각하고 싶습니다.

천성산 터널공사라는 아주 현실적인 사안을 두고도, 인간의 자리에 서서 그런 큰 차원의 겸손한 태도의 표명으로서 "모른다"라고 하는 것은, 설사 전문가가 그렇게 말하더라도, 결코 무책임한 발언이 아닐 것입니다. 그동안 우리는, 잘은 모르지만 어떤 여러 가지 이유에서 터널을 뚫어야 한다고 말했던 것이고, 또 잘은 모르지만 터널을 뚫어서는 절대 안된다고 말하고 있었던 것이 아닐까요. 적어도 저는 그렇게 생각합니다.

천성산의 경우, 터널을 뚫어보지 않는 한 산이 어떻게 될지 모른다고 우리 모두 자신의 진실을 고백하고, 그런 고백이 있은 후, 다시 머리를 맞대고 숙의해야 하지 않을까요. 단 6개월, 아니 얼마일지는 모르지만 그렇다고 무한정 길지도 않을 그 숙의의 시간을 갖는 것이 그렇게 어려운 일일까요? 제가 재판장님께 드리고 싶은 말은 이것뿐입니다. "모른다"라는 인간의 자리에서 누구도 벗어나려 하지 말라고, 그런 만용은 결코 인간의 것이 아니라고 ….

저는 이런 태도가 인간 사고의 순수한 힘이나 정신에 깃든 인식의 가능성 자체를 부정하는 일은 아니라고 믿습니다.

존경하는 재판장님,

작년 봄 어느 날의 기억이 떠오릅니다. 저는 천성산 화엄벌에 올라 지율 스님과 〈국제신문〉의 한 기자분과 함께 점심을 먹은 적이 있었습니다. 그때 스님이 한 이야기를 재판장님께 마지막으로 전해드리고 싶습니다.

'작은 금강산'이라고도 불리는 '천성산'이, 그런 산의 이름이, 원효스님이 이 산에 드셔서 화엄강의를 하시고 천명의 성인을 배출해냈다고 붙여졌다는 것은 유명한 이야기입니다. 그런데 지율 스님은 언젠가 다른 비구니 스님들과 함께 어느 보름달 환한 밤에 이 화엄벌로 올라와본 적이 있다고 하셨고, "지금 낮의 정경과는 다른, 아주 환상적인 분위기가 펼쳐져 있더라"고 말씀하셨습니다. 그리고 스님이 덧붙이시더군요. "때때로 혼자 화엄벌을 지날 때, 보름달 아래 원효스님이 젊은 스님들을 모아놓고 화엄의 진리를 설하시는 모습이 선연히 떠오른다"고. 그 말을 듣는 순간, 제 귀에도 문득 천여년 전 원효스님의 명석한 사고, 탁월한 직관, 그리고 만물을 향한 뜨거운 사랑의 목소리가 들려오는 듯했고, 이 청정무구한 천성산 화엄벌에 모여 앉아 원효스님의 목소리에 귀를 기울이는 젊은 스님들의 맑고 초롱초롱한 눈망울도 앞에 보이는 것 같았습니다. 춘원 이광수의 《원효대사》라는 장편소설을 읽은 적이 있어 그 정경이 더욱 생생하게 떠올랐는지 모릅니다. "계곡의 물도 법문을 하고, 나뭇가지 위 작은 새도 법문을 하고, 흙바닥에 떨어져 뒹구는 깨진 막사발도 법문을 하신다"고들 하는데, 그렇다면 천성산에 깃들어 사는 미물들도 법문을 설할 입이 있을 것이고, 입이 있으니 듣는 귀도 있을 터, 어딘가 낭랑한 목소리가 들려 잠이 깬 보름달빛 속의 도롱뇽 몇마리도 저 스님네가 무슨 말씀 하시나 하고 젖은 피부의 귀를 활짝 열었을 게 분명합니다.

그렇게 저는 천성산 화엄벌이란 지리적 공간을 뛰어넘어 홀연히 역사의 현장 한가운데로 들어서는 큰 감동을 맛보았습니다. 지난 일년간 지율 스님을 만나지 못하고 생활에 쫓기며 살 때도 천년 전 그 화엄벌의 정경만은 마음속에 자주 되살아났습니다. 그래서 저는 수시로 기뻤고 행복하였습니다. 그런데 … 그 천성산 화엄벌 밑을 뚫는 … 고속철도 터널의 이름이 '원효터널' 이라는 사실을 알고는 대체 그것은 어떤 역사적 감각의 소산인가, 하고 너무 서글펐습니다. 이 사실을 원효스님이 아시면 뭐라고 하실는지요.

존경하는 재판장님,

우리 국민의 모두가 경제적 수익만을 추구하고, 국가기관의 부서를 포함한 거의 모든 집단이 조직이기주의에 빠져든 지금의 현실이 앞으로도 계속된다면, 이 나라 산천이 어떤 모습으로 변해갈지 저는 감히 상상하기조차 겁이 납니다. 설사 습지가 마르고 계곡의 물이 끊기고 도롱뇽이 사라지더라도 고속철이 가장 빠르게 달릴 수 있는 직선노선의 터널공사가 무조건 이루어져야 한다고 믿는 사람들이 상당히 많다는 것을 압니다. 천성산말고도 도롱뇽이 잘 살고 있는 여러 국립공원 내의 인적 드문 곳이 있으니, 이 나라의 경제발전을 위해 천성산이 좀 희생할 수 있는 문제 아니냐, 하고 이렇게 결론내린 분들도 상당할 것입니다. 있는 그대로의 현실이 그렇습니다. 그리고 이런 현실에 균열을 내려는 몇 사람들의 시도는 많은 경우 실패로 끝났습니다. 현실의 벽은 너무도 강고합니다.

저는 제 경험과 지식의 영역 안에서 탄원서를 썼을 뿐이지만, 한동안 재판장님은 저보다 천배 만배 현실의 복잡하고 깊은 연관관계를 다 살펴보아야 하는 엄청난 정신적 노동을 치르셔야 할

것입니다. 하지만 그야말로 역사적인 재판에 임하는 재판장님의
사명감도 그 어느 때보다 높을 것 같습니다. 하여 재판장님의 하
해와 같은 큰 지혜의 판결을 기다리고 싶습니다. 어떤 판결을 내
리시더라도 판결문 하나하나에 담긴 재판장님의 고뇌어린 마음
만은 같은 인간으로서 저 역시 마음을 활짝 열고 받아들이겠습
니다.

　이만 줄입니다. 늘 청강하시기를.

2004년 11월 7일 일요일 밤

탄원인 김곰치(김경태)

(《녹색평론》 통권 제79호(2004년 11-12월호))

지율 스님께 드립니다

지율 스님, 텔레비전 토론회 잘 보았습니다. 천성산 문제가 있고 첫 방송토론이었죠? 그런데 11월 16일 생방송이 있던 날에도 스님의 네번째 단식이 20여일째여서 혹 공단측의 노여운 말에 스님이 분을 못 이겨 실신이나 하지 않을까, 걱정이 되었습니다.

화면에 비친 스님의 얼굴은 의외로 맑았습니다. 세속의 거리로 나온 지 2년, 요즘 세상에서 가장 치열하고 가장 사나운 논쟁과 싸움의 한가운데를 지켜오셨는데도 스님의 얼굴에 아직 영롱한 기운이 남아있습니다. 하지만 뭐라 말씀을 하실 때는 표정이 날카로워지며 좀 미운 얼굴이 되더군요.

방송 도중 불상사는 없었고, 어쨌든 시청자들이 스님을 가까이

서 볼 수 있었다는 것으로 저는 만족하지만, 토론 내용은 극히 불리했습니다. 방송사가 내놓은 설문은 "경제냐 환경이냐" 였고, 나중에 아나운서가 "전화조사 결과는 70퍼센트, 인터넷 조사는 90퍼센트가 '경제'를 택하였다"고 하였죠.

나중에 듣기로 토론회가 시작되기 전 이미 수백명의 사람들이 '경제'에 클릭을 한 상태였다고 해요. 시청자가 전화를 걸게 하는 방식의 조사도 제대로 된 여론의 반영이 되긴 힘들죠. 그런데도 이튿날 지역신문과 연합뉴스에서 그 수치를 기사화했습니다. 다 짜놓은 시나리오에 스님이 이용당했다고 사람들이 항의했지만, 방송사는 사과의 말이 없습니다.

사과를 해도 이미 지나간 일입니다. 방송토론이란 방식으로, 어쨌든 스님에게 발언의 기회가 주어졌던 것이고, 그걸 잘 살려 썼다면, 조사결과가 일방적으로 나왔어도 "뭐야, 엉터리군" 하고 시청자들 스스로 판단하게 할 수 있었을 텐데, 토론 내용에서 이미 스님 쪽이 밀렸던 것 같아요. 공단측에서 나온 사업본부장이란 분과 터널전문가인 것 같은 다른 한 분은 도표와 사진을 제시하며 대단히 자신있는 태도를 취했던 것이 텔레비전의 속성상 그런 준비가 없었던 스님 쪽이 상대적으로 불안하게 보인 한 이유인 것 같아요. 물론 스님이 단식중이 아니셨고 체력과 집중력에 문제가 없었다면, 토론은 보다 팽팽하였을 것입니다.

스님, 어쨌거나 큰일입니다. 천성산 생명운동이 마지막 고비에 이르러 있습니다. 토론회 바로 전날 부산고등법원 '도롱뇽 소송'

재판부에서 "6개월간 환경조사를 하되 터널공사는 바로 시작한다"라는 '조정권고안'을 내놓았죠. 공단측은 권고안을 받아들였지만 스님은 결국 거부했습니다. 이제 재판부는 29일 '기각'과 '수용' 중 하나를 택하게 됩니다. '천성산 고속철도 공사착공금지 가처분 신청'은 기각될 것이라고 제 주변에선 다들 마음의 준비를 하고 있는 것 같습니다. 그러나 스님은 말씀하십니다. "공단측에 유리한 내용의 기자회견을 하는 재판부를 보면 다음주 월요일, 공사를 시작하란 판결이 나겠지만, 그럼에도 저는 다음주부터 천성산이 뚫린다고는 상상조차 할 수 없어요."

스님은 상상조차 할 수 없다 하시지만, 저는 천성산이 뚫리는 걸 충분히 상상해 왔습니다. 그래서 좀 덤덤합니다. 오히려 저는 스님이 천성산과 맺고 있는 특별한 관계를 알고 있기에 다른 걱정에 휩싸입니다. 사실 며칠 동안 천성산보다 스님 신상에 대한 걱정에서 헤어날 수 없었죠. 네차례에 걸친 무서운 단식을 보건대, 스님은 마지막 극단적인 저항까지 하실 분입니다. 그것을 어떻게 막을 것인가 ….

작년 봄 천성산 산행 행사에서 스님이 들려준 이야기가 잊혀지지 않습니다. 조그만 산길을 올라가는데, 갑자기 자동차가 다닐 수 있는 넓은 길이 나왔죠. 스님이 설명해주셨습니다. 언젠가 스님 혼자 천성산에 오르는데, 이 찻길을 내고 있는 불도저와 인부들을 목격하였다고, 순간 눈앞이 하얘지면서 벼락을 맞는 듯 머릿속에 아무 생각이 들지 않았다고, 그러다 정신을 차리고 "이게 무슨 짓들이냐"며 미친 사람처럼 펄펄 날뛰었다고, 양산 시청에서 천성산 관광사업의 일환으로 길을 내고 있다는 것을 알고 스님은 선방 동료들에게 그 사실을 알리고 그후 몇달간 사업을 중지시키기 위해 애썼고 마침내 시청이 두손을 들고 말았다는 것, 그러나 아직도 시청은 호시탐탐 천성산을 노리고 있다고, 이런 이야기였죠.

이 이야기를 지금 다시 되새겨보면, 등골이 서늘해집니다. 도대체 요즘 세상에 어떤 사람이 산에 길 낸다고 펄펄 날뛸 수 있을까? 중장비가 와서 태연스레 일을 하고 있습니다, 당연히 사업목적에 따른 법적 허가가 났으니 길을 내는 거겠지, 하고 누구든 "그래도 웬만하면 자연은 자연 그대로가 좋은데" 씁쓸해 하며 제 갈길을 가고 말겠지요. 그런데 스님은 달랐습니다. 마치 외계에서 온 사람처럼, 난생 처음 산에 길이 나는 것을 본 것처럼 "벼락을 맞는 듯한" 충격을 받았습니다. 물론 과연 진실된 표현인지, 사후의 과장인지, 의심할 수 있지만, 언어에 민감한 직업을 가지고 있고 또 그 말을 직접 들은 저로서는, 스님의 벼락 운운하던 표현의 진실성을 인정하지 않을 수 없었습니다. 아무튼 요즘 세상 사람들이 스님과 같은 충격에 빠지기란 불가능한 일입니다.

지난 2년 넘게 스님이 천성산과 맺어온 특별한 관계는 다른 사람이 짐작조차 하기 힘듭니다. 산에 길 낸다고 벼락을 맞는 듯한 충격을 받고, 또 양산 시청을 무섭게 몰아쳐 사업을 포기하도록 만든 것만 봐도 스님은 보통 사람과는 많이 다른 감성과 의지의 소유자입니다. 그런데 다음주 월요일, 천성산의 운명에 결정적인 재판부의 판결문이 나오는데, 그리고 천성산 터널공사의 허가가 거의 확실한데, 아직도 스님은 "천성산이 뚫린다고는 상상조차 할 수 없다" 하십니다. 그래서 저는 너무 걱정이 되는 것입니다. 지금은 천성산을 떠나 법원 앞에서 천마리 도롱뇽 수를 놓고 있지만, 스님이 마침내 천성산으로 허겁지겁 달려가 철통같이 외부 방어를 하고 몇곳에선 발파작업을 하는 공사현장을 목격하면 이번에는 벼락을 맞는 듯한 충격이 아니라 스님의 숨통이 단번에 끊길지 모릅니다. 혹자가 염려하듯이 분신항거가 아니라 그 현장을 보는 것 자체로 스님은 명이 끝나는 것입니다. 곡기를 끊은 지 한달이 돼가고, 그 충격을 견뎌낼 생명력이 스님 안에 남아있지 않습니다. 이런 두려움은 저만이 아니라 스님을 가까이서 지켜본 많은 이들의 불길한 예감입니다.

　물론 스님이 현장으로 가지 못하도록 꽉 붙들 것이지만, 그렇다고 스님을 막을 수 있을까요. 오래된 이야기지만, 전태일이 몸에 불을 붙이고 병원에서 숨을 거두자 이소선 여사는 실신해버렸고, 그새 이 여사를 노동청 직원들이 집에 모셔갔는데, 그런데 눈을 뜨자마자 그녀는 부엌 식칼을 들고 "아들 곁으로 가는데 길 막는 놈은 누구든 쑤셔버린다!" 했다고 하지요. 이 여사처럼 스님도 능히 그럴 분이십니다.

　스님, 판결을 앞두고 이런 걱정까지 하고 있는 우리 처지가 안타깝습니다. 이런 처지가 지난 몇년 동안 공단 사람들이 하는 엉터리 주장을 이겨내지 못한 결과라서 더 서글픕니다. 지난주 토론회에서도 우리가 들어야 했던, 수없이 들어 지겹기 짝이 없는, 즉 터널이 토목업계가 자랑하는 가장 친환경적인 공법이라 산의 피해가 적다는 주장과 부산경제, 나아가 한국경제의 발전을 위해 고속철도 사업의 빠른 완공이 필요하다는 주장 말입니다.

터널이 '반환경, 반생명'이 아니라 '친환경'이라니요! 스님도 잘 아시다시피, 산속에는 지하수층에서 물이 솟아오르고 또 빗물의 유입으로 물이 아래로 내려가기도 하는 수맥이 무수히 발달해 있는데, 그것은 인간 몸의 뇌혈관의 배치와도 흡사하지요. 굵은 동맥이 있고 적혈구 하나만 통과하는 미세혈관이 있듯 산의 수맥도 그렇습니다. 그런 산속을 뚫는 일이잖아요. 굵은 수맥을 터뜨려도 최소한으로 지하수 유출을 막는다고 공단측은 말하지만, 그와 동시에 터널의 외벽은 수맥의 폐쇄를 가져옵니다. 수맥 따라 움직이는 물의 압이 다른 우회로를 찾겠지만, 14킬로미터 장대터널의 많은 곳에서 우회로를 찾지 못한 물이 정체될 경우 물은 썩어가지 않을 수 없습니다. 우회로를 찾았다 해도 물의 순환이 예전처럼 원활할 수가 없습니다. 결국 산속의 물의 유입 자체가 절대적으로 줄게 됩니다.

이런 산의 생명활동과 그 활동의 사이클은 물론 사람보다 수백 수천만배나 길지만, 그렇다고 해도 터널공사는 사람의 머릿속으로 길다란 젓가락을 쑤셔넣는 것과 똑같은 이치의 무지막지한 공법일 뿐입니다. 혈전으로 뇌혈관이 막혀도 한두시간은 가벼운 중상이 일어나다가 그러나 결국 혼수상태로 가는 것과 같이, 산도 산 자체의 생명 사이클을 따라 얼마 동안 가벼운 증상과 함께 생 명력을 유지하겠지만 결국 뇌혈관이 막히고 터진 후의 치명적인 증상을 사람이 피할 수 없듯이 산도 터널공사로 수맥이 터지고 막힌 후 그 나름의 치명적인 증상을 피할 수가 없는 것입니다. 또 산속의 수맥말고 산 표면의 나무와 습지도 그저 하늘의 비만 믿 고 생명활동을 하는 것이 아닙니다. 어떤 이들은 끔찍하게 듣기 싫어할 소리지만, 산 밑에서 올라오는 건강한 물의 수기(水氣)가 없이는 나무도 습지도 생명력이 꺾일 수밖에 없습니다. 짐승들의 경우는, 사람 발짝 소리에도 저승사자를 본 것처럼 도망치는데, 고속철도의 운행으로 하루라도 쉬지 않는 땅의 진동에 천성산 터 널구간에서 반경 몇백미터 내의 날것 길것 뛸것 들은 겨울잠도 잘 수 없고 그 미세한 생명감각이 뒤죽박죽이 되어 터널로부터 최대한 멀리로 보금자리를 옮길 도리밖에 없습니다.

산을 뚫는 터널 일반이 그렇습니다. 그런데 고속철도의 경우 는, 더욱이 천성산 구간 같은 장대터널은 보다 위험한 터널일 수 밖에 없습니다. 3만볼트 전력을 써서 가늠하기 힘든 쇠 무게의 고 속열차가 시속 3백킬로미터의 속도로 달려가는 터널이잖아요. 고 속열차가 지나갈 때의 진동은 산속에서 작은 지진이 일어나는 것 과 같습니다. 또 터널의 콘크리트 외벽은 그 무시무시한 속도의 고속철을 통과시키느라 폐쇄된 지하공간에서 엄청난 기압(氣壓) 의 충격을 매일같이 견뎌내야만 합니다. 공단측에서는 콘크리트

보다 더 단단한 산속의 암반으로 터널 외벽을 구성하기에 터널의 수명은 반영구적이라고 하는데, 저는 믿을 수 없습니다. 물방울의 힘으로 바위를 뚫는데, 어떻게 반영구적이라는 소리를 할 수 있는지요. 또 설사 암반이 반영구적이래도 14킬로미터 구간 중 인위적 콘크리트 구간도 만만찮은 길이일 것입니다. 사람들이 착각하지만, 터널도 하나의 물건입니다. 한정된 기간 동안 쓰다가 결국 내다버리는 것이 물건의 운명입니다. 터널 중에서도 가장 빨리 망가지는 물건은, 가장 무거운 것이 가장 빠르게 달리는 고속철도 터널일 수밖에 없습니다. 그러니 저는 채 십년이 넘기 전에 터널에서 이상증상이 나타날 것이고 그러다 결국 고속철도의 경우 터널마다 서행구간이 된다고 봅니다. 그러다 최소한의 안전성도 유지하지 못하게 되면 결국 그 인근에 새 터널을 뚫든지 다른 외부노선을 개척해야 할 날이 오고야 맙니다. 그런데 우리나라 고속철도의 터널구간은 총연장에서 30퍼센트가 넘습니다!

대체 어떻게 고속철도 터널이 친환경적이라는 건지 저는 도무지 납득할 수 없는데, 그런데도 그걸 예전부터 토목업계에서 상식처럼 주장하고 있고 그렇게들 믿고 있으니 알고도 그러는 건지 정말 몰라서 그러는 건지, 안타까울 따름입니다.

부산경제, 한국경제 운운하는 이야기도 그렇습니다. 그야말로 단기적인 효과입니다. 도롱뇽 소송의 재판장님은 첫 공판에서 고속철도 사업을 백년대계라고 하셨잖아요. 그렇다면 적어도 백년은 내다보는 경제적 비전 속에 고속철도 사업이 있는 것이고, 때

문에 산의 훼손이 있다손 치더라도 장대터널도 불사하는 것이겠
지요. 그러나 백년을 내다보는 경제적 비전이라뇨!

　고속철도가 그렇게 빨리 달릴 수 있는 에너지는 무엇입니까.
전기입니다. 그 전기는 어디서 오지요? 화력·원자력 발전소이잖
아요. 석유와 우라늄, 즉 천연자원입니다. 그런데 지금 땅속에 이
두 자원이 50년 이상 인류가 쓸 수 있는 양이 남아있다고 말하는
전문학자는 세계적으로도 극소수에 불과합니다. 석유의 경우
2010-15년 즈음부터 급속도로 생산량이 준다는 것이 필지의 사
실입니다. 그러니 50년 앞도 밝게 볼 수 없는 사업이기에, 물론 재
판장님이 공단의 말을 믿고서 하신 말이겠지만, 백년대계라는 것
은 애초부터 현실성이 없는 것입니다. 그러니 고속철도 사업의
경제적 효과란 것도 단기적이고 심리적인 효과일 뿐 다른 장기적
인 경제적 비전은 조금도 없습니다. 반면 천성산을 지키는 스님
은 몇년을 내다보는 겁니까. 천년 만년 가는 생명의 보금자리이
니 고속철 사업과 비교조차 할 수 없습니다.

　터널을 뚫지 않는다면 어쩌란 거냐, 다른 경제성 있는 노선은?
하고 묻는다면, 저는 "산을 우회하라"가 아니라 아예 "미개통구
간 공사를 포기해라"고 하고 싶습니다. 미개통구간 공사 자체에
투입되어야 하는 그 귀한 석유와 수많은 사람들의 생명에너지를
왜 그런 비전없는 사업에 씁니까. 많은 사람들이 이미 알고 있듯,
앞으로 우리 사회의 중차대한 과제는 '대량생산, 대량소비, 대량
폐기'로 요약되는 지금의 석유화학문명이 어떻게 하면 생태적인

대안사회로 연착륙할 수 있을지가 아닐까요. 그런데 그런 문명의 부드러운 이월, 전환에도 석유와 에너지가 꼭 필요합니다. 지구 상에 아직 남은 천연에너지 자원은 지금이라도 그런 불요불급한 일에 써야 미구에 닥칠 대파국을 피할 수 있습니다. 그러니 천년 만년 가는 산을 위태롭게 만들면서 50년 앞도 밝게 보기 힘든 고속철도 사업에 백년대계 운운하며 귀한 에너지를 낭비하는 일은 어리석기 짝이 없는 짓입니다.

고속철도 사업에 관한 한, 이런 문제 말고도 〈국제신문〉 김해창 기자님이 따로 재판부에 낸 탄원문을 보면, 이 사업이 부실과 협잡, 비민주적 추진, 엉터리 타산성 계산, 숱한 계획 차질 등 얼마나 저급한 수준에서 강행되어 왔는지 한눈에 알 수 있습니다. 기자적인 성실함으로 가득 찬 그 글을 읽으면, 어떻게 이런 형편없는 사업이 아직도 철퇴를 맞지 않고 있는지, 모골이 송연할 지경입니다.

스님, 이번 도룡뇽 소송의 김종대 재판장님도 물론 이런 사실을 잘 알고 있을 것입니다. 비록 스님이 거부하셨지만 조정권고안에서 법원이 환경영향평가를 명령하고 있다시피 하고 있는 것만 봐도 공단의 사전조사가 부실했다는 것을 단호히 비판하고 계신 거거든요. 그런데 그렇다면 당연히 터널공사를 계속 중지하고서 법원이 정한 6개월의 환경영향평가를 이제라도 사심없이 해야 하는데, 왜 재판장님은 공사를 시작하라고 했을까요. 왜 그래야만 했을까요.

　물론 그것은 권고안의 '이유' 항목에 적시되어 있습니다. "이미 결정되어 진행중인 대형국책사업은 시급히 중단시킬 사유에 관한 명백한 증거가 없는 상태에서는 막연히 위험성이 있다는 이유만으로는 어려운 나라경제를 생각하면 중단시킬 수는 없"기 때문이란 것입니다 …. 물론 저는 이 이유에 동의하기 힘들고, 스님은 더욱 그렇겠죠. "우리 재판장님은 원효 스님에 대해 책까지 쓰신 분인데, 그동안 재판과정에서 공단측을 추상같이 질타하시고 공사중지를 명한 분도 바로 재판장님이신데 …"

　그러나, 스님. 저는 며칠 혼자 생각해보면서 재판장님의 권고안을 이해할 수도 있을 것 같았습니다. 이제부터 제가 하는 말을 서운하게 듣지 마시기 바랍니다. 스님한테 뺨을 얻어맞을 각오를 하고 말합니다. "이미 결정되어 진행중인 대형국책사업" "어려운 나라경제"라는 말, 어떻게 보면 너무 상투적이지만, 이 말에 태산 같은 무게가 실려 있는 것 같습니다. 그렇습니다. 다시 말하지만, 태산 같은 무게가!

　재판장님이 공단측이 말하는 엉터리 주장을 받아들이고 내놓은 권고안이라 해도, 정말 그렇습니다. 지금 이 시대는 공단측의 경제발전 운운하는 것과 같은 것들 말고는 희망이 없는 시대입니다. 너무 깊이 세뇌되어 있었고 오랜 세월 그런 기계적 사고와 경제발전 이데올로기에 취해 살아왔기에 그것이 한낱 거짓말임을 깨닫는 일도 너무 무서운 일입니다. 거짓된 꿈도 꿈의 효과가 있습니다. 사람들은 그 허망한 꿈의 기운에 기대어 살아갑니다. 그

것이 바로 이 시대의 태산입니다. 그 태산이 존경하는 재판장님의 어깨에 올라타 있습니다.

스님, 스님은 착각하시면 안됩니다. 재판장님은 성현에 대한 책을 쓴 저자 김종대가 아니라 대한민국 법복을 입은 판사님입니다. 그분은 법복을 입은 채 권고안을 쓰셨고 곧 판결문을 쓰셔야 합니다. 그러니 "이미 결정되어 진행중인 대형국책사업"이란 말에는, 국가(정부)가 국민적 동의를 얻어 구성된 뒤 정책으로 계획하고 역시 국민적 동의를 얻은 국회를 통과한 뒤 시행된 사업이기에 사업시행에는 그 자체로 법적 행위로서의 법의 준엄성이 엄연히 숨쉬고 있는 것입니다. "어려운 나라경제"라고 했을 때는, 죽음으로 몰려가는 수많은 영세 자영업자와 존재감의 상실 속에 불안과 공포에서 헤어나지 못하는 청년실업자들의 존재가 그 속에 있는 것입니다. 국민들은 "진행중인 국책사업"과 "어려운 나라경제"를 법의 준엄함과 지금 현재 많은 사람들의 고통 그 자체로 받아들입니다. 바로 이웃과 친척의 삶에서 매일같이 접하는 삶의 고통이 그 말에 고스란히 담겨 있는 것입니다. 그러니 고속철도 사업이 그 고통의 해결책이 전혀 못되는데도 국민이 그렇게 알고 또 믿고 있다면, 그것이라도 너무 가련하게 소망하지 않을 수 없다면, 천성산을 살려달라는 스님의 간곡한 호소도 어쩔 수 없는 것입니다. 지금 시대의 태산을 스님도 들어올릴 수 없고 재판장님도 혼자 자기 어깨에서 벗겨낼 수가 없는 것입니다.

그러니 스님, 재판장님이 스님의 기대와 믿음을 허물었다고 그

분을 미워하지 마세요. '기각' 판정을 내리신 뒤라도 그날 저녁 재판장님은 평상복으로 갈아입고 대성통곡하는 스님을 찾아오셔서 사죄의 말씀을 드릴 겁니다. 뿌리치지 마시고 스님이 재판장님의 손을 잡아주세요.

스님, 용서해주십시오. 스님은 천성산이 뚫린다고는 상상할 수조차 없다고 하시지만, 저는 스님의 간절한 믿음에도 불구하고 이제 천성산은 곧 뚫린다고 각오하려 합니다. 진행중인 국책사업, 어려운 나라경제라는 이유말고도 우리가 알지 못하는 어떤 깊은 이유로 천성산은 뚫려나가야 하는 운명의 산인 것 같습니다. 설사 다른 우회노선이라 할지라도 수많은 다른 작은 산과 들, 그리고 근처 지역주민에게 고통을 안겨주게 됩니다. 천오백여년 전 원효 스님이 산에 드셔서 화엄 강의를 하시고 천명의 성인을 배출해낸 산, 바로 우리 천성산은 너무도 뜻깊은 산이라 다른 존재들을 위해 희생되어야만 하는지도 모릅니다.

물론 천성산은 "오냐, 지율이가 못한 일을 내가 해주마, 오너라" 하고 있는지도 모릅니다. 천성산도 자체의 대책이 있는 것입니다. 그러니까 터널이 뚫려도 터널은 결국 붕괴하고 말 것입니다. 아니 터널을 뚫는 순간부터 산의 저항은 시작됩니다. 물을 뿜을 것이고 예측 못할 단층의 지층과 지반을 내보이며 난공사로 이끌 것입니다. 터널완공 후에도 산은 항거합니다. 콘크리트의 틈을 노려 물을 누수시킬 것이며 엄청난 지압으로 콘크리트를 찌그려뜨리려 할 겁니다. 이것은 우리가 아는 산 자체의 객관적 특성이면서도 태고적부터 산이 산다울 수밖에 없었던 산의 성정이자 생명력입니다. 산의 의지입니다. 스님의 천성산은 결국 터널을 무용지물로 만들 겁니다. 강원도의 수많은 산들도, 탄광에 의해 속이 엉망진창이 되어있는데, 스스로 메꾸고 수맥의 새 진로를 찾으며 또 결코 공기와 만나서는 안되는 산의 속살은 살이 다할 때까지 누렇고 빨간 물을 밖으로 뿜으며 스스로를 치유하고 있습니다. 물론 아무리 그렇다 하더라도 천성산의 급소만 노려 터널을 뚫고 나가면 어쩔 수 없이 황폐화되고 말겠지만 ….

스님, 아무튼 저는 이렇게 스스로를 위안해 봅니다. 이것은 패배의 한 심리적 기술일 뿐인지 모르겠습니다. 물론 이렇게 몇번을 마음먹어도 천성산을 스님의 말대로 하자면 "도적놈들" 같은 사람들의 손에 넘기고, 그후 몇년이고 폭약 발파를 당하고 인간이 할 수 있는 최대한의 견고성으로 이루어진 터널을 안에 들인 뒤에는 또 미친 듯이 달리는 쇳덩어리에 오랫동안 시달릴 것을 생각하기만 해도, 다시는 천성산 근처도 가고 싶지 않은 마음이 됩니다. 제가 이런데 스님은 오죽하시겠습니까. 그러니 "천성산이 뚫리는 걸 나는 상상조차 할 수 없다"고 하시는 거겠지요.

스님, 그렇습니다. 제가 아무리 스님을 달래도 스님과 천성산의 관계는 너무 깊고 특별합니다. 산이 이겨낸다, 산은 쉽게 죽지 않는다, 백날 말해도 스님은 마음에서부터 도저히 터널이 뚫리는 천성산을 받아들일 수 없을 것입니다. 그래서 이제 저는 천성산보다 스님이 더 걱정인 것입니다. 제가 이 긴 편지를 쓰는 이유도 이 때문입니다. 법원의 판결이 나오면, 이제 터널공사를 물리적으로 막을 수 없습니다. 올초에 스님이 약 백일간 혼자 몸으로 현장 사람들 앞에 몸을 내던져 "저런 독한 년은 처음 봤다"라는 소리를 들으며 공사를 막아냈지만, 법원의 판결이 나오면 그들은 강력한 명분이 있기에 더는 스님의 실력저지를 허용하지 않을 것입니다. 환경단체가 기습 농성을 벌여도 법을 집행해야 하는 경찰측이 가만있지 않습니다. 언젠가 북한산 관통터널 현장의 경우처럼 농성장을 정리하는 용역업체의 패거리가 동원될지도 모릅니다.

공사가 시작되면 하루에 몇십미터씩 굴진한다고 합니다. 앞으로 대법원 항고가 남아있어 공단측은 무조건 최대한 빠른 속도로 굴진하는 것이 최대 목표가 될 것입니다. 그랬을 때 시일이 지나면 지날수록 천성산 터널은 기정사실이 되고 맙니다.

아무리 생각해도 이렇게 될 수밖에 없습니다. 그래서, 더욱 그래서 저는 너무 걱정이 됩니다. 천성산이 결국 뚫려나갈 때, 스님은 어떻게 행동할 것인가. 물론 천성산과 스님이 맺은 관계대로 하겠지요. 그것은 지금껏 스님이 해오신 것을 보면 예측가능합니다. 스님은 조금이라도 천성산이 위기에 처하면 바로 단식을 행했고 조금이라도 희망적인 조치나 약속이 나오면 단식을 푸셨습니다. 아마 천성산이 위태로워지면 스님 스스로 식사를 하실 수가 없는 그런 심정이 되는 듯했습니다. 식사를 하는 것 자체를 스님은 스스로 용납하지 못하는 것 같았지요. 세상 사람들이 믿든

안 믿든 스님은 천성산과 약속을 했기 때문이지요. 그 약속, 스님의 목숨을 걸기로 한 약속인 줄 저는 압니다.

그렇다면 천성산이 죽는다면(스님은 터널공사를 그렇게 받아들이기에 저도 그 표현을 씁니다) 스님도 죽을 수밖에 없는 사람인 셈입니다. 천성산이 살 수 있는 실오라기 같은 희망이라도 있으면 스님의 목숨은 끊기지 않을 거고, 한순간 터널공사가 눈앞의 청천벽력 같은 사건처럼 벌어지고 그걸 되돌릴 수 없다면, 스님은 목숨을 던져야 하는 사람인 셈입니다. 천성산과 생명을 건 약속을 하는 순간부터 그게 스님의 운명이 되어버렸습니다. "나는 이미 너무나도 행복하였기 때문에 죽음이 두렵지 않다" "수행자가 죽을 자리 찾는 것도 복이다, 나는 복이 많다"라고 스님 스스로 수없이 말씀하셨습니다!

그렇다면, 이제 이 세상 누구도 스님과 천성산의 죽음을 말릴 수 없는 형편입니다. 스님은 오래 전부터 천성산과 한몸이었습니다. 그랬기 때문에 양산 시청에서 길을 내는 것을 보고 벼락을 맞는 듯한 충격이 올 수 있었던 겁니다. 오직 천성산의 건재만이 스님을 살릴 수 있습니다. 아, 한몸, 같은 몸!

스님, 제가 이 사실을 언제부터 눈치챘는지 저도 잘 모르겠습니다. 스님을 오래 전부터 이따금 지켜보면서 스르르 깨달아지는 게 있었습니다. 이 사람은, 두발을 가지고 돌아다니는 천성산. 때로 독사처럼 무섭고 때로 도롱뇽처럼 예쁘고 때로 나무처럼 편안하고 때로 바위처럼 신념 굳은 천성산이구나. 스님이 천성산이

네, 아니 천성산이 스님이네!

사람의 몸을 가진 하나의 개체가 할 수 있는, 세계적으로도 듣도 보도 못한 가공할 실천을 해낼 수 있었던 것은, 스님이 유별나서가 아니라, 스님이 어떤 연유에서건 천성산을 사랑하게 되었고, 사랑할 수밖에 없었고, 마침내 천성산이 스님 목숨이 되어버린, 스님이 산 그 자체가 되어버린 그 하나됨의 사건에서 연유한다고 저는 믿습니다. 그러니, 2심 판결로 터널공사가 시작되면, 법적 진행을 막을 수 없다면, 그래서 스님의 말대로 산의 죽음이 시작된다면, 되돌리지 못할 죽음이 선고된다면, 스님도 그와 함께 죽는 수밖에 없게 되어있습니다.

스님, 제가 말한 이것이 사실입니까. 정녕 진실입니까. 저는 법원의 조정권고안이 나온 지난주 화요일 이후 오직 이 질문에 매달렸습니다. 그리고 "그렇다!" 하고 외치게 되었습니다. 세상 사람들이 뭐라 하든 저는 스님이 산과 한 그 신비로운 약속을 믿게 되었습니다. 스님이 해오신 기적과 같은, 우리의 상상을 초월하는 실천을 보건대, 스님과 산이 하나라는 것을 믿지 않을 수가 없었습니다. 조계종 원장에게도 온갖 직언을 서슴없이 하는 스님의 행동은 천성산이 뒤에서 받쳐주지 않으면 뽑어낼 수 없는 용기로운 일이었습니다. 저는 스님과 천성산의 하나된 몸의 관계를 믿습니다. 이 믿음! 어쩌면 제 인생에서, 제 마음에서 일어난 사건 중 최대의 사건!

스님! 이제는 제가 자신있게 스님을 외쳐부를 수 있습니다. 왜

냐하면, 그것은, 그 믿음은, 이제 제 인생의 사건입니다. 이 사건은 제 것입니다! 스님을 믿자마자 제게 해방의 기쁨이 찾아왔습니다. 갑자기 저는 아이처럼 기뻤습니다. 이제 천성산이 살 길이 생긴 것이다! 천성산이 죽지 않을 수 있는 것이다! 제가 스님을 완전히 믿어버리자, 너무도 간단히 결론이 나왔습니다. 천성산이 죽어도 스님만 사신다면, 스님만 살릴 수 있다면, 결국 천성산이 사는 것이다! 천성산이 곧 스님이기 때문이다! 이게 바로 저의 기쁨이었습니다.

아니 분명히 천성산이 뚫려 나가는데도 스님이 산다면 천성산이 살아있는 것이라니. 다시 외칩니다. 왜 그러냐! 천성산과 스님이 한몸이기 때문입니다. 그걸 제가 믿기 때문입니다! 스님만 살릴 수 있다면, 제게는 천성산이 사는 것과 똑같은 것이기 때문입니다. 왜 그러냐! 다시 진실을 외칩니다. 스님이 천성산이기 때문입니다. 제가 그것을 믿기 때문입니다! 이 믿음이 저의 사건입니다. 이 사건은 이미 벌어져버렸기에 이제 누구도 거꾸러뜨리지 못합니다. 하여 저는 결심하게 되었습니다. 이제는 스님만 바라보겠다. 스님만 바라보겠다!

천성산이 완전히 허물어져 버려도 저는 스님만 지키면 됩니다. 스님만 살리면 됩니다. 저의 천성산 생명운동은 이제 스님을 살리는 일 오직 그 하나입니다.

2심 판결이 나오는 날, 다른 여러 사람들과 함께 천성산으로 가지 않고 법원에 온 스님만 붙들고 "여기 계셔야 한다, 산에 가시면 절대 안된다"라고 하는 것이 제 임무입니다. 산에 가시면 스님은 죽습니다! 그런데, 그러면 스님은 제게 식칼이라도 휘두르실까요. 저는 그 칼을 피해야 할까요? 스님을 천성산으로 가게 해 명이 끊어지도록 해야 할까요? 제 임무는 스님이 천성산으로 가지 못하게 하는 일 오직 하나입니다. 스님만 살면 그게 천성산이 사는 일이다, 제가 이렇게 믿는데, 이 믿음을 누가 거꾸러뜨린단 말입니까. 스님도 못 거꾸러뜨립니다!

스님, 터널공사가 시작되면, 스님 말고도 많은 사람들이 천성산으로 갈 것입니다. 그것은 그들의 천성산 사랑 방식입니다. 그들 속에 사랑이 그런 방식으로 있다면 그 사랑은 표현되어야 합니다. 저는 그것을 말리겠지만, 그들에게 유일한 천성산 사랑의 표현방식이라면 어쩔 수 없습니다. 그러나 저의 천성산 사랑 방식은 스님이 공사현장으로 절대 가지 못하게 하는 것입니다. 최대한 천성산 멀리에 스님을 밧줄로 꼭꼭 묶어놓는 일입니다.

스님, 이것이 제가 이렇게 긴 편지를 쓰게 된 이유입니다. 제 마음, 제 결심을 받아주십시오. 천성산에 터널이 뚫려도 스님만 살릴 수 있다면, 그건 천성산이 살아있는 것이나 같습니다. 그러니 스님의 몸은 스님 스스로 처분할 수 없습니다. 왜냐! 몇번이나 말하지만, 스님이 천성산이니까, 우리들이 그렇게 믿으니까! 그리고 그 천성산은 우리 모두의 것이니까!

스님, 뜻이 이렇고 이치가 이러하니, 법원이 어떤 판결을 내리더라도 천성산은 삽니다. 천성산은 절대 죽지 않는 산, 죽을 수가

없는 산입니다. 원효 스님이 화엄 강의를 할 때 하필 천성산 화엄
벌을 그 강단으로 택한 것은 그만큼 천성산 자체가 화엄의 진리
를 머금고 또 나타내고 있는 신령스런 산이었기 때문입니다. 원
효 스님의 안목이니 틀림없습니다. 어느 산행인이 설악산, 지리
산, 속리산 등 온갖 명산의 장점을 다 갖춘 산이라고, 꼭 지키자고
외치는 것도 들은 적 있습니다. 그런 천성산이기에 지율 스님 같
은 분을 품고 키워낼 수 있었던 겁니다 ….

스님, 이렇게 말을 드려도, 터널공사를 하라는 판결문을 받아
들고 스님의 울부짖을 것을 생각하면, 가슴이 찢어집니다. 스님
은 너무도 통탄스러울 것입니다. 그러나 스님의 그런 모습을 지
켜보는 많은 사람들이 스님이 울부짖을 때 같은 크기로 같은 아
픔으로 같은 뜨거운 눈물로 울부짖지 못하는 것을 미안해 하고
안타까워 하는 것도 알아주시기 바랍니다. 천성산을 사랑하는 만
큼 천성산의 마음 근처만 맴도는 미욱한 사람들도 사랑하여 주십
시오. 그러니 스님, 천성산에서 터널공사가 시작되더라도, 아니
시작되었기 때문에라도! 그날부터 곡기를 취하셔야 합니다. 그리
고 다시는 단식을 하여선 안됩니다!

스님, 아직 판결이 나온 것은 아닙니다. "진행중인 대형국책사
업" "어려운 나라경제"라는 태산을 어깨에 얹은 채 재판장님은
마지막 홀로 된 시간을 가지고 있을 것입니다. 우리 도룡뇽 소송
단 변호사님은 "판사 세 분 외 아무도 판결 내용을 모른다"고 하
십니다. 공단의 부실한 사전조사도 분명 질타하셨던 판사님이십

니다.

아무튼 고속철도 사업은 재판장님의 어깨에 얹힌 그 태산을 들어올리지 못합니다. 그 태산은 오직 천성산 생명운동의 뜻이 널리 알려지고 우리 모두 그동안 살아온 낭비적이고 폭력적인 삶의 방식을 아프게 되돌아볼 때 들어올려집니다. 재판장님은 시대의 태산과 천성산의 무게를 재고 있을 것입니다. 재판장님이 어떤 결론을 내리더라도 저는 받아들입니다. 그러나 아, 어젯밤 제가 꾼 천성산 꿈이 오늘 재판장님의 꿈속으로 들어갈 수 있다면 얼마나 좋을까요.

스님, 11월29일, 부산고등법원에서 뵙겠습니다.

김곰치 올림

(〈프레시안〉 2004년 11월 26일)

착란과 기다림

— 대구 지하철 참사에 부쳐

선생님께 편지를 쓰자고 작심하고 앉았지만, 무슨 말씀을 드려야 할지요. 꽤 오래 전부터 선생님과 새만금 갯벌의 운명에 대해 여러 이야기를 나눠보고 싶기는 했습니다.

지난 2월 7일, 강원도 원주에서는 "새만금 갯벌을 살리기 위한 대화마당"이 열렸고, 그 자리엔 선생님도 오셨습니다. 보다 합리적이고 이성적이라는 새 정부가 들어선다니 새만금 갯벌에도 새 희망이 열리지 않을까 하는 기대로 그날의 토론은 무척 열띤 것이었는데, 선생님께서 가슴 느꺼워지는 말씀을 하시던 것이 지금도 생각납니다.

원주를 다녀오고, 저는 혼자서나마 이런저런 생각을 계속 해보려고 노력했습니다. 계화도의 몇 지인에게 전화를 걸어서, 우리의 기대와 달리 공사가 강행돼 일이년 안에 마지막 물막이 공사까지 단행된다면, 그때는 어찌할 것이냐 하는, 새만금 갯벌에 닥칠 최악의 시나리오에 대비한 마음다짐의 이야기도 나눴습니다.

그런데 선생님, 그러던 중 2월 18일, 대구 지하철 중앙로역에서 화재 사고가 났습니다. 그런데 그와 동시에 제 속에선 갯벌 생각이 어디론가 쑥 들어가버렸습니다. 2월 18일은 지율 스님이 경부고속철도의 천성산·금정산 관통을 반대하는 단식기도를 한 지 14일째 되는 날이기도 했지만, 저는 그만 무기력한 상태에 빠져버렸습니다. 산과 갯벌의 생명파괴와 대구 지하철의 생명파괴를 단순비교하는 것은 어리석은 짓이지만, 사람 생명도 저리 무차별적인 죽임을 당하는데 산과 갯벌의 생명을 죽이면 안된다는 우리의 가난한 주장이 세상 사람들의 귀에 들리기나 할까 싶어졌습니다.

언제나 난데없는 사고

이번의 대구 지하철 화재와 같은 대형재난이 발생해버리면, 하루하루 노동과 실천으로 애써 견지하려 한 그 어떤 성실한 생사관도 일순 흔들리기 마련일 겁니다. 현대 거대도시에서 안전사고는 언제나 발생할 수 있고 또 그 사실을 모르는 사람도 없지만, 그러나 사람 생명이라는 것은 그 어떤 평상의 느긋함이나 안정감에 대한 자기최면이 있어야 하루라도 균형잡힌 일상감정으로 살 수 있는 것이잖아요. 하여 언제나 발생할 수 있는 사고라 해도 언제나 난데없는 충격의 사고일 수밖에 없습니다. 희생자의 사연이 하나같이 안타까웠지만, 저는 한 젊은 어머니가 "어머님, 부디 아이들을 잘 거둬주세요. 저는 죽습니다 …"라고 울면서 전화했다는 이야기가 제일 가슴 아팠습니다.

채널마다 속보 경쟁을 하는 텔레비전을 보면서 물론 제가 비통한 기분에만 빠졌던 것은 아닙니다. 오래 전부터 거대도시의 어느 한 구석도 안전을 보장할 수 없는 현실이었는데도, '안전불감증' '고쳐야 할 직무의식' 운운하며 편의적인 희생양을 찾는 데만 골몰하는 이놈의 텔레비전부터가 몹시 불쾌했습니다. 특히 참사 특집보도를 하며 코미디나 시트콤 같은 정규프로는 방영을 연기하면서도, 적재적소에 빠짐없이 내보내는 상업광고, 그러니까 유가족의 오열하는 모습 뒤로 바로 덮치는, "용녀, 감자는 왜 썰고 있나?" 하는 엽기적인 햄버거 광고를 보면서 어이가 없었습니다. 지금 이놈들은, 대구 지하철 참사와 같은 매머드급 뉴스거리가 터져 신이 난 것 아닌가, 그런 사고가 시시때때로 터져주어야 사람들의 눈과 귀가 자신한테 쏠릴 테고, 때문에 갑작스레 더욱 상승되는 자신의 존재가치를 만끽하고 있는 것 아닌가, 싶어졌습니다.

대중과 접촉면이 가장 넓은 텔레비전은, 문제의 본질보다는 '뉴스감이냐 아니냐'에 목을 매고 있을 뿐입니다. 교통사고 사망자만 해도 해마다 팔천여명, 오늘 하루에도 이삼십명이 죽는다는 것인데, 일주일만 지나면 지하철 사망자 수를 넘는데, 전국 각지에서 시간과 장소를 달리하여 일어나는 억울하고 난데없는 죽음, 그런 나날의 반복적인 참사의 사연은 왜 지금껏 묵살해왔는지 모르겠습니다.

아무려나 세상을 이렇게 저렇게 뜯어고쳐야 한다는 그 어떤 옳은 주장도, 그 뜯어고치는 과정 자체에서 경제적인 이득이 발생하지 않으면 받아들여지지 않는, 그래서 이 세상 어느 곳에서도 선명한 희망을 찾을 수 없는 지금과 같은 형편에서는 도대체 어떤 마음으로 아이를 낳아 기르고 직장에 다니며 하루하루 살아야 하는지 새삼 알 수가 없어집니다. 그런 우리 모두의 무능력 속에서, 늙는다는 것, 자연스레 병이 드는 것이 무엇인지 몰랐고, 하여 죽음이 무엇인지도 몰랐던 죄없는 아이들이 그날의 지하철 속에서 스러져갔고, 지금 이 순간에도 각지의 도로에서, 물욕에 눈이 어두운 어른들이 만든 온갖 현대정글 속에서 죽어가고 있는 것입니다. 이 엄연한 현실을, 필연적으로, 지속적으로, 구조적으로 반복되는 숱한 '개죽음' 을 놔두고 누군들 민주주의니 인권이니 하는 말을 감히 입에 올릴 수 있겠습니까.

그러나 선생님, 온갖 애통한 이야기들의 홍수 속에서도 시간은 거짓없이 흘러갑니다. 지구의 종말이 오지 않는 한, 누구도 이 시간을 멈출 수 없습니다. 대구 지하철 사고의 충격과 많은 사람들의 통탄도, 치유하기 힘든 슬픔에 빠진 유가족에게 돈봉투를 떠밀어주고 새로 추가된 약간의 지하철 운행 안전조치와 노동조건의 개선 정도를 남긴 채 시간의 흐름과 함께 무디어질 겁니다. 저 역시 비명의 죽음들을 잊고 살게 되겠지요. 그런데 "전우의 시체를 넘고 넘어"라는 노래처럼, 수많은 안타까운 죽음을 넘고 넘어 끈질기게 살아남은 우리들의 바쁜 인생은 마침내 어디에 당도하는 것일까요. 이번 참사가 아니라 해도 우리네 도시생활은 아침부터 밤까지 죄 아닌 것이 없었으니, 어쩌면 오래오래 살아, 죽는 날까지 덕지덕지 죄업을 쌓는 것보다 비명에 가는 것이 차라리 신 앞에서는 떳떳한 일은 아닌지, 자꾸만 두려워집니다.

착란의 시간, 기다림의 시간

선생님, 새만금 갯벌이 파괴되고 산이 파헤쳐지고 민초들이 오랜 삶터에서 쫓겨나고 지하철에서 사람들이 떼죽음을 당하고 하는 것은 지금 이 세상이 스스로에게 가하는 자해의 미친 몸부림임을 압니다. 그런 걸 지켜보아야 하는 우리의 영혼도 조금씩 미쳐가지 않을 수 없습니다. 그럼에도 시간은 멈춰지지 않고 계속 흐르고 있으니, 이 뜻모를 시간이 누구의 편인지 모르겠습니다. 시간에도 그리고 세상에도 항거하지 못하는 미약한 저는 자학의 감정에만 파묻히게 되는 걸까요. 인간은 스스로는 아무것도 해결하지 못할 거라는 허무감이, "우리 모두는 이미 너무 늦어버렸다!"는 절망감이 자꾸 저를 유혹합니다. 신도 더는 어쩔 수 없어 '재앙의 버튼'을 눌러버린 것 아닐까, 이제 하나하나 준비돼 있는 그 모든 것들이 모습을 드러내는 것 아닐까, 지하철 사고 후의 온갖 뒤틀린 시간의 흐름도 그 반증이 아닐까, 하는 ….

텔레비전을 보면서 저는 그런 착란적인 의심에 휩싸였습니다. 신경정신과에선 '재앙화 사고'의 한 별종이라고 할지 모르지만, 방 안에서 요란스레 빛을 뿌리는 텔레비전이라는 것의 존재가, 그 속의 화면이 도대체 믿기지 않습니다. 왜 하필 이런 도착적인 시대에 우리는 태어났고 오늘도 이리 살아있는 것일까, 이 따뜻한 방 안에 앉아서도 왜 저 끔찍한 참사 현장을 너무도 쉽게 채널을 돌려가며 훤히 볼 수 있게 된 것일까. 어쩌자고 손수건으로 코를 막은 승객들의 모습이 첨단 휴대폰의 사진에 찍혀 우리의 마음을 전율시키는 것인지, 스러져가는 사람들의 마지막 유언들이, 그 떨리는 목소리들이 생생한 녹음으로 남아 우리의 고막을 때릴 수 있는 것인지, 정말 이 모든 것이, 대재앙을 마련해놓고 아직 살아있는 우리에게는 그 심리적인 준비를 하게 하려는 신의 마지막 냉엄한 배려인 것은 아닐까 …, 기상이변에 의한 대기근이든, 핵발전소의 폭발이든, 대규모의 전쟁이든, 두눈 뻔히 뜨고 가족과 친지의 죽음을 오랜 시간 지켜보아야 할 우리는, 지하철 사고에서와 같은 짧은 시간의 질식사가 부러울 날도 오는 것이 아닐까 ….

그러나 아무래도 저의 과도한 두려움일 뿐이겠지요. 두려움이 두려움을 낳고, 저는 두려움에 중독되려 하는지 모릅니다. 아무리 세상이 협박하여도, 아직은, 나뭇가지에서 잎사귀 하나가 떨어지는 데도 온 우주가 용을 쓴다, 라는 말을 믿으며 살고 싶습니다. 선생님, 실로 그렇지 않습니까. 수백 아니 수천수만명이 죽든, 아니 단 한사람이 죽든, 그 모든 죽음에는 무한한 필연이 단 하나도 빠짐없이 완전히 작용했다는 것을 저는 압니다. 지금 이 세상이 이런 꼴일 수밖에 없는, 이미 이루어진 것에 대한 모든 역사적 필연을 그때그때마다 인정하고 존중해야 하지 않을까, 그리고 그때그때마다 용케 살아남은 사람들은 또 그때그때마다 새로 시작하는 수밖에는 다른 길이 없는 것 같습니다. 아직은 건재한 남은 모든 것에 비통한 마음으로 감사해 하면서 ….

　그런 식으로, 보다 긴 호흡으로 다른 문제도 봐야 할 것 같습니다. 새만금 갯벌의 운명 또한 그렇습니다. 저번 원주 토론회의 뒤풀이에서 누군가 얘기하는 것을 잠깐 들었는데, 외국의 어느 나라에서 이십년 전에 간척이 끝난 갯벌을 이제라도 다시 살리려고 방조제를 폭파시켜 바닷물을 끌어들였다는 것입니다. 그런데 그네들은 앞으로 팔십년 후면 예전의 갯벌로 회복될 수 있을 거라고, 기꺼이 그 팔십년 세월을 기다리겠다고 한답니다. 새만금 갯벌도, 일이년 뒤 마지막 물막이 공사까지 이루어질 공산이 크다 하더라도, 그리고 갯벌이 무참하게 망가지더라도, 그게 영원한 죽음은 아닐 것입니다. 우리도 그후 이십년이 지나서라도 다시 방조제를 무너뜨릴 수 있다면, 우리 또한 팔십년 아니 백년을 내다보며 그야말로 새만금 갯벌의 ‘부활’을 느꺼운 마음으로 기다릴 수 있는 것입니다. 최선을 다해 마지막 물막이 공사를 막아보되, 그럼에도 우리의 힘과 지혜가 당장은 미약하여 어쩔 수가 없다면, 그러나 우리 진실한 마음만은 하늘을 우러러 떳떳하다면, '부활'의 때가 오기를 인간의 자리에 서서 차분히 믿고 기다리는 수밖에 없는 것입니다.

이번 지하철 참사에서 숨져간 이들에 대해서도 그런 마음가짐이 필요할 겁니다. 유가족들한테는 아무 위로가 되지 못할 말이겠지만, 어쨌든 그네들의 죽음이 고귀한 희생이 될 수 있도록 남은 우리들이 더 열심히 기도하고 또 저마다의 자리에서 실천하며 사는 수밖에 없습니다. 이번과 같은 재난은, 지하 땅까지 뚫어 교통대책을 세워야 하는 거대도시의 존재, 그런 삶의 양식을 필연적으로 양산해낼 수밖에 없는 체제가 근인이니, 그전부터 해오고 있었던 곳곳의 대안적 실천을 보다 더 열심히 해나가는 수밖에 없습니다. 다시 한번 무한한 시간의 은혜를 믿고, 그 시간 속에서 자연스레 잊혀지는 아픔은 잊어버리며, 그럼에도 도무지 잊혀지지 않는 진실이 있다면 죽는 날까지 지켜가며 우리 몸과 마음 속에 깃든 사람의 본성에 맞게 하루하루 살기 위해 노력하는 수밖에 없습니다.

선생님, 그렇게 마음먹는다 해도, 그래도 저는 아직 살아서 선생님께 이렇게 편지도 쓸 수 있는, 내 작은 방 안에서 이루어지는 따뜻한 생명의 활동이 고맙고도, 자꾸만 켕깁니다. 제 내면 속에서는 사랑의 속삭임이 들려오고, 제 몸 밖의 많은 것들을 더 사랑하고 싶어집니다. 지금과 같은 세상에서 많은 것들을 사랑하면 사랑할수록 아픔의 목록도 늘어가는 것이니, 불어오는 한결 따스

해진 바람결이 문득문득 두려워집니다. 이 사랑과 두려움의 의미
도 지금 당장 알려 하지 말아야겠지요? 다시 한번 시간의 은혜를
믿고 느긋이 기다려봐야겠지요?

　　건강하십시오. 선생님이 원주에서 "기도와 폭파"에 대해 너무
열렬히 말씀하실 때, 그 내용보다도 "어이쿠, 저렇게 홍분하시면
안되는데" 하는 걱정이 앞섰습니다. 언제 한번 찾아가 뵙겠습니
다. 술 한잔 사 주십시오. 이만 줄입니다.

(《녹색평론》 통권 제69호(2003년 3-4월호))

"그놈 한 분"

— 백무산 시인께

백무산 선배님!

두달 전 일이군요. 지난호 《녹색평론》에서 선배님 시가 실린 것을 보고 무척 기뻤었는데, 지금 이렇게 편지까지 하게 되어 기쁨이 두배가 되고 있어요. 잘 알지도 못하는 이상한 이름을 가진 놈의 일방적인 기쁨, 선배님은 난데없다 하실지 모르지만, 편지를 계속 따라 읽으시면 아하, 할 것입니다.

그런데 선배님, 《녹색평론》을 통해 선배님을 만났던 기쁨은, 이렇게 코빼기만 보이고 잠시 밀쳐둬야 할 것 같습니다. 아시아 한 바다의 지진과 해일로 급기야 십만명이 넘는 인명이 희생되었다는 것이 오늘 오전 인터넷 뉴스보도였습니다. 사실 오전에만 해도, 저는 선배님께 이렇게 편지를 쓸 기분도 아니었지요.

그런데, 작년 2월 대구 지하철 참사 생각나지요? 그때도 하루 온종일 제 기분은 최악이었는데, 저물 무렵 동네골목 산책을 나갔다가 연지시장 한모퉁이에서 파와 부추를 파는 할머니 둘을 보았고, 한 할머니가 친구 할머니의 길고 허연 머리를 풀어 참빗으로 가만히 빗겨주는 것을 보고, 마음이 한순간 환해지던 것을 경험하였습니다. 눈물겹도록 아름다운 장면이었으니까요.

시간이 지난 뒤에도 간간이 그때 제 마음의 극적인 변화를 따져보았습니다. 대구 중앙로에서 수백명의 사람들이 떼죽음을 당했는데도, 부산 연지동의 재래시장 한모퉁이에서는 인간의 따뜻한 삶이 있고, 그것이 제 마음을 밝혀버렸습니다. 대구와 부산이란 공간과 또 약간의 시간을 달리하여 발생한, 비통함과 따뜻함, 이 둘 중 어느 것이 제 인생에서 오래 갈까요? 왜 할머니들의 행위에서 느낀 따뜻함이 대구 지하철 참사의 비통함을 단번에 쫓아낼 수 있었을까요?

이번 아시아 일대의 대참사는, 한국사람 전체의 느낌으로 보면 (한국인 관광객의 희생도 있었지만), 대구 지하철 참사보다 구체적인 충격은 덜할 것 같습니다. 무엇보다 한국에서는 별다른 지진현상을 감지하지 못하였고, 인간의 인식과 감각은 제한된 주위 생활환경에 거의 절대적으로 매여있기에 같은 아시아권이라 해도 '다른 나라 이야기'로 여기게 되고, 무시무시한 느낌이 들었다 해도 하루이틀 후 다들 일상감정으로 돌아가게 되는 것 같습니다.

그럼에도 오늘 오전 십만명 사망설을 알리는 보도는 새삼 공포스러웠는데요, 그러나 더는 미룰 수 없어 선배님께 편지를 쓰자하고 책상에 앉고 보니, 두달 전 선배님 시를 읽었을 때의 기쁨, 그리고 곰곰이 이 편지에 쓸 말들을 떠올리며 말들에 대한 제 감정이 점차 커지면서는 "백무산 선배님!" 하고 편지글을 시작하자마자, 공포의 감정은 깨끗이 밀려나가고 마는 것입니다.

이것이 사람 마음의 간사함을 말하는 것은 아닐 것입니다. 저는 인간이 정말 완전히 절망하기에는 너무도 많은 희망과 기쁨의 '방해세력'이 우리 삶 곳곳에 배치되어 있는 것이라고 말하고 싶습니다. 저는 선배님께 기쁜 편지를 쓰고 싶고, 이 편지를 쓰는 동안은 아시아의 대참사를 잊어버리고 싶습니다. 그러나 이 정도로 말하고 우리 얘기를 시작하면, 아무래도 찜찜할 것 같네요. 그 거대한 참상의 기운을 깨끗이 씻어낼 수는 없겠지만, 좀더 파고들어 볼까요?

"아침에 도를 들으면, 저녁에 죽어도 좋다"

아침에 도를 듣는다면, 저녁에 죽어도 좋다, 이 말 잘 아시죠? 공자님이 하셨다고 하지요. 제가 좋아하는 말 중 하나인데, 꽤 시간을 두고 그 의미를 생각해오고 있습니다만, 그런데 성질 급한 경상도 사람인 저는 의문을 가졌습니다. "왜 공자님은, 도를 들으면 그 자리서 난 죽어도 좋아! 하고 화끈하게 말하지 않았을까? 그리고 왜 도라는 것을 하필 '듣는 것' 이라고 하였을까?" 하고요.
이 의문이 아시아 대참사를 어떻게 받아들일 것인가와 관련이 있
어 말해봅니다.

　나이를 거저 먹는 것은 아닌지 세월이 흐르며, 문득문득 알 것
같은 기분이 되었습니다. 공자님은 인간의 자리에서 말하였던 것
이다! 이상화된 인간 예수나 부처의 자리가 아니라!

　그러니까, 도를 들었을 때의 황홀, 기쁨, 존재초월감! 그 최고의
기분에서라면 당장 죽는다 해도 그 비명의 운명을 용감하게 받아
들일 수 있다고도 말하고 싶었겠지만, 그럼에도 인간은 결국 인
간일 뿐이기에 공자님은 도를 듣고 난 뒤의 너무도 좋은 시간을
저녁까지, 최소 열시간 가량은 음미하는 시간을 가지는 것, 그 즐
거움까지 누리고 싶으셨구나! 하고 제 인생의 어느 순간 퍼뜩 깨
닫게 되던 것이었어요.

　또 왜 하필 도를 '듣는 것' 이라고 하였을까는, 이렇게 생각되
는데요. 인간은 먹는 존재, 입는 존재, 잠자는 존재이면서도 말의
존재이기 때문에, 먹고 입고 자는 행위로 일궈지는 '도' 라는 것
역시 거의 다 말의 형태로 세상을 돌아다니기에 우리가 가장 쉽
게 접할 수 있는 '도' 는 진리의지와 진리감정이 담긴 말과 이야
기의 형태이기 쉬워 도를 '들을 수 있는 것' 으로 하는 게 제일 무
난한 표현이 되는 것이지요. 과연 저의 이런 해석이 맞다면, 글 쓰
고 글 읽기를 업으로 하는 저나 선배님께는 참으로 큰 격려가 되
는 말씀이 아닐 수 없습니다.

남아시아 지진해일 피해상황을 뉴스로 접하며 그러나 공자님 말씀은 지금까지 전해져온 것으로가 아니라 경상도 사람의 급한 성정대로 다시 한번 "도를 듣기만 한다면, 그 자리서 죽어도 좋다"라고 보다 절박한 형태로 마음 한켠에 담고 살아야겠다는 생각이 새삼 더 굳혀졌습니다. 말하자면, 이번 대참사의 경우에도, 믿건대, 인간은 에로스만큼이나 타나토스(죽음의 능력, 죽음에의 사랑)적인 존재이기에, 십수만명의 사람들 중 적지않은 수가 '도'를 껴안고 잘 죽었으리라 저는 감히 생각합니다. "사랑했어요, 사랑해요!" 하고 마지막 순간을 함께 맞기도 하였겠고, "그때 내가 그 죄, 안 짓길 참 잘했지!" 하고 생명을 체념하는 순간을 떳떳하게 또 순순히 받아들인 이도 적지않을 겁니다.

반면 사랑하지 못하였던 사람, 지은 죄를 씻지 못했던 사람은 살려고 발버둥을 치면서 죽기까지 괜스레 엄청난 지옥고를 미리 겪었을 겁니다. 때때로, 우리 쉽게 잘 죽자, 라는 말의 의미도 좋게 생각할 수 있을 것 같아요. 하루하루 보다 기쁘게! 언제라도 여한이 없도록! 말이지요. 너무 비통하게, 너무 어둡게 저 참사 소식에 충격을 받고 나가떨어지는 것도 타나토스적인 인간존재에 대한 이해부족일 뿐이라고 생각합니다. 그러니, 수십만명이 죽었다 하더라도, 한국땅에서 한국사람인 제가 한국사람 백무산에게 편지를 쓰는 지금 이 순간의 마음은, 기뻐도 됩니다. 대구 참사의 날, 시장골목에서 할머니들의 모습을 보고 그만 마음이 환해진 이유도, 그 할머니들의 작은 짓이 '도'의 순간이었기 때문이 아니겠습니까. 대구 참사 역시 짧은 시간이나마 제 마음속 밝음의 나라에서 추방될 수밖에 없었던 것이지요. 자, 되었지요? 이제 기쁜 마음으로 두려움 없이 선배님께 편지를 쓰면 되겠습니다.

《초심》을 읽은 뒤의 반가움

하오나 선배님, 아무리 그래도 저 역시 인간인 이상, 뻔뻔스럽게 지금 이 세상의 슬픔, 비통을 깡그리 잊고 선배님과 편지로 만나는 기쁨만을 가질 수는 없겠습니다. 또 그럼에도, 선배님과 문통을 시작하는 이 귀한 지면에서 선배님을 향해 준비해둔 제 생각에서 멀리 벗어난 다른 이야기만 하고 있을 수도 없지요. 그렇다면, 계속 편지를 쓰되 원래 계획했던 편지가 아닌, 슬픔과 비통을 잊지 않는 편지를 쓰는 도리밖에 없겠습니다.

하여, 화끈하고 절박하게 제 마음을 표현해야겠습니다. 꼭 이번 지진해일말고도 현대사회는 오늘내일을 보장하지 못하는 고위험사회 아닙니까. 다음 시간 다음 편지에서 선배님에 대한 내 마음을 다 표현하여야지, 하는 것도, 즉 다음을 기약하는 행위 자체가 인간의 교만이고 어리석음인지 몰라요. 그래서 이 편지가, 선배님께 보내는 이 지상에서의 처음이자 마지막 편지라고 생각해 버리겠습니다.

선배님, 직설적으로 말하겠습니다. 저는 선배님이 참 좋습니다. 또 선배님을 무한히 신뢰합니다. 이미 너무 좋아하였고, 또 신뢰하고 있었고, 이런 제 마음이 몇년째 계속되고 있기 때문에

《인간의 시간》이란 시집을 읽고 나서 제 사랑이 확고히 시작되었습니다), 《녹색평론》 지면에서 선배님의 시를 보고 반가웠던 것이고, 이렇게 편지까지 쓰게 된 것입니다. 혼자 짝사랑하면 무슨 소용이 있습니까. 언제 죽을지 모르는데, 좀 난데없더라도 기회가 주어진 마당에 최대한으로 전속력으로 사랑을 표현해야지요. 결국 저는 이리 고백하고 말았습니다. 선배님이 너무 좋습니다! 아, 후련합니다.

제가 얼마나 선배님을 믿는지는 작년 여름에 나온 시집 《초심》을 읽고 든 안타까움과 반가움에서도 알 수 있습니다. "지금껏 발간된 백무산 시집 중 제일 떨어지는 시집이구나!" 했는데, 저는 바로 "그래서 더 반갑다, 기쁘다!" 하는 마음이 되더라구요.

작년 여름, 저는 제 인생에서 가장 힘들고 가장 어둡고 가장 무기력한 시절을 보내고 있었거든요. 내가 다시 치열하게 세상과 맞설 수 있을까, 희망을 되찾을 수 있을까, 하고 제가 살아온 인생 전체를 심각하게 돌아보고 있었습니다. 그런데 《초심》을 읽고 "아, 백 시인도 힘들어하는구나, 지금의 삶과 세상을 몹시 못 견뎌 하시네" 하고 반가웠던 것입니다. 예전의 못된 제 성미 같았으면, "백 시인도 나태하고 빌빌거리는 시 쓰네! 당신도 어쩔 수 없이 이리 저물어가는구나" 하고 냉소했겠지만, 그러나 너무 신뢰하는 분의 헐렁헐렁한 시를 보고는 내가 아무리 힘든 상황이었어도 그 신뢰가 허물어지는 것이 아니라 이런 분마저 이렇게 되니, 지금의 이 세상, 얼마나 틈없이 악으로 강고하다는 것이냐! 하고 선배님에 대한 연민이 생겨나던걸요.(그건 제 자신에 대한 연민이기도 하겠지요.)

　그러니 저는 — 선배님을 너무 믿는 저는, 선배님이 앞으로 어떤 시쓰기를 하여도, 또 어떤 방황의 삶을 살아도 무조건적으로 지지하게 되는 지독한 사랑에 매여있는 신세입니다. 아마 이 사랑은 평생 흔들림이 없을 것입니다.

　그렇지만, 선배님, 《초심》에도 물론 마음에 드는 시가 몇편 있었습니다. 〈야생〉이라는 시가 저는 제일 좋았습니다. 물론 '동물과 식물, 짐승과 사람' 하고 선명한 분별을 해놓고 들어가는 시적 인식이 문제가 되겠으나, 선배님이 의도한 시적 충격이 제게는 고스란히 전해져 왔습니다. 이참에 다시 한번 읽어보고 싶습니다. 이런 시였지요.

　　　야생에는 식물성 냄새가 난다
　　　야생의 들짐승
　　　야생의 날짐승
　　　그리고 야생의 여자
　　　야생의 수생짐승
　　　그들을 안아볼 때마다
　　　야생에는 식물성 냄새가 난다

　　　어두운 밤길에서 만나는

166

산짐승의 사나운 눈빛도

밤의 숲 속 짐승들의 거친 교미도

저들끼리 싸워 피 흘릴 때도

나무들이 뿜어대는 뜨거운 열기인 양

야생에는 식물성 냄새가 난다

저들은 분리되지 않은,

그리고 분화되지 않은,

무수한 촉수와 날카로운

긴장의 그물을 가졌다

대상과도,

자신의 몸과도

동물은 사람뿐이다

— 〈야생〉 전문

　　이 시는 뭐라 설명이 필요없는 간단한 구조지만, 그러나 선배님의 시적 논리에 저만의 산문적 논리로 따져보지 않을 수 없다는 생각도 듭니다. 원래 시라는 것은, 삶과 존재의 순간적인 완전한 빛 그 자체인 것이지만, 인간의 언어로 옮겨쓴 시는 흠이 있게 마련입니다. 예를 들면, 마지막에 "동물은 사람뿐이다" 하셨으면서도 1연에서 "야생의 여자"라고 하면서 결구의 '사람'에서 미리 따로 빼놓으셨잖아요. 초등학생도 질문할 수 있는 모순입니다. 그러나, 솔직히 말해, 선배님이나 저나 같은 남자 입장에서 '야생의 여자'라고 하여 남자보다 근본적으로 우월한 존재일 수밖에 없는 여성을 높이 모시고 싶은 마음을 어찌 탓하겠습니까. 이 지면이 인터넷 글쓰기라면 '히히'라는 말을 쓰고 싶은데, 즉 "같은 남자끼리니까, 히히" 하고 충분히 공감할 수 있는 문제거든요.

그외 이 시는 흠이 없습니다. 들짐승, 날짐승, 수생짐승에게 식물성 냄새가 난다, 분리되지 않고 분화되지 않았으니까! 즉, 이 말씀이, 생태적 완전성에서 벗어나지 않고 그 본성상 벗어날 수 없는 짐승들이기에 식물과의 즉시·즉물적인 생명의 호환이 그들 사이에 끝없이 일어나고 있다는 말씀이시죠? 그걸 어느 산속에서든 어느 마음의 산속에서든 선배님이 시적 사건으로 경험한 것이지요? 저, 이 시, 그래서 개인적으로 깊이 공감합니다.

정말 그렇지요. 생태적 완전성에서 벗어난 도회지의 삶을 살고, 자연의 리듬이 아닌 산업노동의 리듬에 따른 미친 노동의 춤을 추면서 사는, 그런 요즘의 인간이 때로 산속의 산행인이 된다고 하여도 사람은 버르장머리없고 하늘 땅 구별할 줄도 모르는 미친 동물일 뿐이지요. 지가 이 지상에서 얼마나 외로운 존재가 된 줄도 모르고 그 외로움을 느낄 줄도 모르는 바보천치가 지금의 사람이지요. 물론 도시에도 야생의 존재감이 있기는 할 것입니다. 소위 '섹스'라는 이름으로, 이 짝 저 짝 갈구하며 남녀 윤리도 없이 여기저기서 부둥켜안고 엎어지는 행위가 바로 그것 아니겠습니까. 물론 이해할 수 있습니다. 그만큼 우리 인간은 야생, 야생의 느낌을 박탈당하고는 살 수 없는 존재니까요. 그래서 더욱 불쌍한데도, 자신이 불쌍한 줄 모르고 대도시의 보도를 고개 쳐들고 걸어다니니, 천해 보이기도 합니다, 요즘 사람들 말이죠.

암튼 선배님의 시는 개인적으로 제게 참 통쾌하였습니다. 나, 야생의 남자가 되어 야생의 여자와 사랑하여야지, 하고 결심하게 되더라구요.

민중, 누군가를 밟고 있는

이 편지의 원래 계획은, 선배님의 다섯권 시집 전체 —《만국의 노동자여》에서《초심》까지 — 를 제 개인사와 연관시켜 하나하나 새로 그 의미를 일깨워보려 하는 것이었으나, 원래 계획은 말 그대로 원래 계획일 뿐, 아시아 지진해일만으로도 계획은 어그러져 버렸습니다. 다음 기회에 '노동시인에서 생명시인으로' 라는 대강의 주제로 선배님 시의 전반적인 의미에 대해 '글농사' 업계의 후배로서 후배만의 패기와 결기로 제대로 도전하는 편지를 쓰겠습니다.

그런데, 선배님이 혹시나 너 같은 후배, 난 싫다, 네 놈 입에서 내 이름 오르내리는 것조차 싫다, 하시면 편지쓰기를 포기해야겠지요. 그럴 수도 있다고 생각합니다. 제가 왜 이런 말씀을 드리는가 하면, 선배님은 세속의 일에서 반쯤 발을 뺀 상태 같고, 앞으로 더 발을 멀리 빼려고 하시는지 모르겠는데, 세속에서 세속의 인간으로 시와 도를 구하는 저 같은 놈이 마땅찮을지 모르겠다는 생각이 들거든요. 그보다 "난 늙었고 넌 젊었네? 보기 싫구나, 넌 우리 나이뻘 사람들이 얼마나 힘들게 살았는지 상상도 못할 거다, 비린내 난다, 꺼져라" 할 수도 있지 않겠습니까? 그러나 선배님, 그렇게 속 좁은 분 아니시죠?

제 신상에도 별일이 안 생기고, 선배님도 "곰치 후배, 반갑다, 니 이야기 더 들어보자!" 하신다면, 꼭 그런 편지 쓸 것을 약속드리며, 지금은 저번 《녹색평론》에 발표한 〈누군가를 밟고 있었다면〉이라는 시를 다시 한번 읽는 것으로 선배님을 향한 제 사랑과 존경의 정을 대신하고자 합니다. 그 시를 지금 이 자리서 최초로 읽는 듯이 다시 읽어보겠습니다.

공놀이 경기장 ; 폐허를 짓노라고

산을 뒤집고 계곡을 메워 ; 황무지를 조성하노라고

무너뜨리고 자르고 뒤집는 공법으로 ; 녹색사막을 건설하느라고

흙먼지 바위 나뒹구는 곳에 꼬리치레도룡뇽 한 분

고비사막보다 거친 땅 위에 탈진한 그놈 한 분을

손바닥에 올려놓고 보자니 하,

절로 탄식이 나오네

1연입니다. 조금 낯선 기호, 세미콜론을 다 쓰셨네요. 독자님,

천천히 읽어주세요, 이런 뜻이죠? 또는, 시인의 뜻대로 쉽게 초연이 써지지 않는다는, 쓰기에 임한 시인의 곤란한 형편이 감지되기도 합니다. 공놀이 경기장, 이건 정당한 야유의 언명이고, 인간들아, 황무지와 녹색사막을 조성하고 말 것을, 건설, 개발이라는 이름 하에 하는 니들의 짓이 이리석기 짝이 없다, 라는 뉘앙스가 풍겨나옵니다. 그리고는 "흙먼지 바위 나뒹구는 곳에 꼬리치레도롱뇽 한 분"이라고 하셨는데, 저는 바로 긴장하게 됩니다. 얼마 전부터 도롱뇽이란 존재가 세인들의 갑작스런 관심대상 아니겠습니까. "거친 땅 위에 탈진한 그놈 한 분"! 이 대목에서는 "역시 백무산!" 하고 바로 감탄하게 되네요. 그놈 한 분!

대학시절, 누군가의 시에서 "비님 오시네"라는 표현을 보고 "비가 아니라 비님!" 하고 놀란 적이 있었어요. 우리 옛할머니들이 얼마나 고운 심성을 가졌는가를 느낄 수 있었고, 또 말 그대로 달님, 해님말고도 우리 삶을 끌어주시고 보호해주시는 천지만물이 얼마나 귀한 존재들인가, 그 경의의 표현이 '비님'이라는 말에 담겼지 않습니까. 백날의 가뭄 끝에 오는 비라서 꼭 '비님'인 것이 아니라, 마음속에 사랑이 가득한 사람은 소나기도, 처량한 가을비도, 또 차가운 겨울비도 비님! 하고 부를 수 있는 것입니다.

그러나 사람과 가옥을 쓸어가고 논밭에 일대 타격을 주는 폭우와 장마비에 '비님' 하기는 어려울 것입니다. 그건 인간의 자리를 벗어난 거짓 호명이지요. 그런데 선배님은 그런 자연사물에 대한 호칭에 관한 한 이 모든 이치를 너무 잘 알고 계십니다. 경남 천성산에 고속철도 관통터널 문제로 지율 스님이라는 이가 목숨을 걸고 싸우고 있고 "도롱뇽이 살 자리를 뺏는 것이 옳은 일인가, 재판부는 생명의 눈으로 이 문제에 답을 달라"고 소송을 건 상태이지 않습니까. 하여 생각 짧은 시인은 생명의 편에 선 사람들에게 얼른 아부하고 싶어서 "도롱뇽 한 분"이라 하고 득의양양하겠지만, 역시 선배님은 "그놈 한 분"이라고 얼마나 깊은 지혜로 부르고 있는 것인지요. "한 분"이면서도 그것은 "그놈"이기도 합니다. 인간의 자리와 도롱뇽의 자리는 서로 다르고 또 이번 세에 저마다 생명을 얻고 살아가면서 지상에 해놓고 가는 짓도 다르니 서열이 있기 마련입니다. 그 서열은 물론 제대로 매기기가 힘듭니다. 천지신명이 인간을 더 사랑하는지, 도롱뇽을 더 사랑하는지 누가 감히 알겠습니까. 인간의 겸손한 자리에서, 의식있는 불가지의 자세로 '그놈 한 분'이라고 부르는 것이 그래서 너무나 정확한 호명이라 공감이 되고, 저는 그 호명 하나에도 흥분이 되는 것 같았습니다.

사실, 이 편지를 쓰는 저 자신도, 백무산 선배님 역시도, 우리가 도롱뇽 한 마리를 "그놈 한 분"이라 부르듯이 인간 아닌 다른 존재에게서, 인간의 언어와 다른, 그러나 분명 "그놈 한 분"이라는 뜻으로 불리고 있고, 또 불려야 하는 존재입니다. 이것은 다른 생물체들 간의 매우 우정어린 호명이면서 또 서로가 서로에게 "그놈"이 되지 않고 "그분"이 되기 위해 노력해야 한다는, 어떤 생의 의지가 담긴 더없이 훌륭한 호명일 것입니다. 이제 2연을 읽어보지요.

　　뭉툭한 입엔 변변한 이빨 하나 없고

　　퉁방울눈은 겁을 먹도록 진화한 기관 같고

　　적은 보아서 어쩌랴 시력도 형편없고

　　날을 세운 발톱도 날카로운 귀도 없고

　　튀어 달아날 뒷다리도 몸 색깔을 바꾸거나

　　죽는 시늉을 하거나 털을 곤추 세우거나

　　냄새를 피우거나 혐오감을 주거나 위장을 하거나

　　혹은 노래를 잘 부르거나 예쁜 귀를 가졌거나

　　그런 힘도 잔꾀도 배짱도 노리개도 못 되는 것이

　　어떻게 대대손손 대를 이어 왔을까

　　습지에는 초일급수에는 저들만이 누리는

　　상생의 어떤 비밀이 있는 것일까

　　땅 위의 생명들을 떠받치고 있느라

　　저리 납작하게 엎드린 것일까

　아, 멋집니다! 전율 같은 게 쫘르르 몰려오네요. 선배님 말씀대로 이러저러한 불리한 몸 조건을 타고난 "그분, 그놈"들이 어떻게 수억년 이상 지구의 생태계 사슬에서 제 자리를 지켜온 것일까요? 결정적으로 지금 인간의 시대에 와서 "노리개도 못 되는 것"들인데 말입니다. 물론, 최대한 많은 알을 낳아 최대한 살려놓는 것만이 그네들 생존의 비결이었고, 그것은 많은 상위 동물들의 입에 자신을 먹잇감으로 제공하는 살신행위이기도 합니다. 오직 그 희생의 행위로 살 자리를 얻어 지금껏 이 세계에 존재하고 있는 것이겠지요. 먹잇감이 되는 것, 즉 선배님 말씀대로 "땅 위의 생명들을 떠받치"는 일은 거룩한 일이며, 겸손 겸허 이런 말을 할 것도 없이 그들의 몸 자체가 "납작하게 엎드"린 형태로 자기를 둘러싼 세계 속에서 그 자신의 존재이유와 존재가능성을 너무 잘 파악하고 있으니, 생각건대 너무 고맙고 예쁘고 또 눈물겨운 일이 아닐 수 없습니다. 선배님의 시에선 그런 감정공간이 제대로 일구어져 있습니다. 멋진 2연입니다! 자, 그러나 저의 감탄은 일단 요 정도로 해두겠습니다. 이제 마지막 3연으로 가겠습니다. 근데 선배님, 아쉽게도 저는 마무리가 실망스럽습니다. 시가 갑자기 다른 길로 가는 것입니다.

　

그래, 저렇게 생긴 사람들 있었지
볕이 드는 곳 번듯한 곳은 그를 외면해도
그늘진 뒷일은 도맡아 말이 없고
있는 둥 없는 둥 궂은 일 묵묵 눈 맑은 사람들 있지
기죽지 마시게, 그대들이 우리의 미래일 것이네
미래는 늘 현재의 발바닥에 있지 않던가
언제나 길과 맞닿아 길과 한몸이 아니던가
만약 그러지 못했다면,

그대들이,

다시 누군가를 밟고 있었거나

　제가 바라기는, 한번 더 도롱뇽과 나아가 지율 스님의 이야기로 시를 몰아쳐가는 것이었는데, 일반적인 사람 이야기로 선배님은 가셨네요. 물론 납득할 수 있는 시의 마무리입니다. 그러나 "그늘진 뒷일은 도맡아 말이 없고 / 있는 둥 없는 둥 궂은 일 묵묵 눈 맑은 사람들" 같은 경우, 저는 덤덤하고 평이한 표현이란 느낌이고요, 그 뒤 세 구절도 긴장감을 잃고 있습니다. 다만 마지막 세 구절에서 너희들마저 엎드린 길과 한몸이 되는 겸손 겸허가 아니라면 누군가를, 무엇인가를 밟고 있는 것이다 하고 사뭇 위협적인 말씀을 하시지만, 3연에 담긴, 80년대 이후 한국현대사의 굵직한 흐름에 온몸을 실었던 선배님 개인사에서 충분히 짐작할 수도 있는, 그럼에도 약간은 강박관념적인 '사람 이야기'가 마지막 연의 힘을 떨어뜨리고 시 전체의 집중도를 헤쳐놓고 있는 것임에 틀림없습니다. 무엇보다 선배님이 말하는, "있는 둥 없는 둥 궂은 일 묵묵 눈 맑은 사람들"이 지금 세상 어디에 있기에? 하는 의문도 강하게 생겨납니다. 소위 민중이라는 존재를 선배님은 아직도 말하고 싶은 거겠지만요.

　민중, 이 말의 의미를 이참에 새로 이야기해보고 싶은데, 저 또한 청년시절 '민중, 노동자'라는 말의 의식세례를 받았지만, 한국현대사의 흐름을 좀더 지켜본 뒤 우리가 의미있게 '민중'이라는 말을 다시 살려 쓰려면, 70년대 민중신학자들이 말한 '민중'이어야 하지 않을까, 하는 생각을 요즘 많이 합니다. "병들고 갇히고 주린 자"들이 민중이라는 것입니다. 그런데 80년대 이래 민중을 힘껏 이야기하던 사람들의 지금 삶의 모습을 보면, 한마디로 "타락한 민중"의 그것입니다. 저는 대기업 노조의 실천행태나 의식양태를 민중의 것이라고 봐줄 수가 없습니다. 무엇보다 그들의 삶의 방식이 선배님이 말씀하신 "그분, 그놈"들의 생명을 구조적이고 일상적으로 앗아가는 일에 철저히 복무하고 있는 것을 보면, 그리고 그들의 발밑에 밟혀 죽어나가는 수많은 어린 생명들을 생각하면, "누군가를 밟고 있었거나"가 아니라 지금 타락한 민중은 "다른 누군가를, 무엇인가를 짓밟고 있는 것"임에 분명합니다.

감동을 주지 않는 자들은, 민중이 아닙니다. 제게 2연이 감동적이고 3연이 시시했던 것은, 바로 이런 이유 때문일 것입니다. 물론 아직까지는 도무지 인간의 의리를 잊지 못하는 선배님의 모습도 3연에서 엿볼 수 있기에, 그 자체로 저는 3연도 좋습니다. 3연의 내용이 아니라 3연에서 보이는 선배님의 마음이 좋은 것입니다. 그러나 감히 당부드리고 싶습니다. 80년대 말, 혜성처럼 나타났던 탁월한 노동시인에서 생명시인, 아니 진정한 시인으로 나아가고 있던 선배님의 모습을 저는 걸작시집 《인간의 시간》에서부터 뜨거운 애정으로 지켜봐오고 있었습니다. 당분간 선배님이 시인으로서 치러야 할 고통의 시간은 '3연 다시쓰기'의 과감한 글쓰기 실천에 매진하는 것이어야 한다고 봅니다. 3연이 어떤 모습으로 다시 씌어져야 하는지 저는 잘 알지는 못합니다. 그러나 제대로 된 3연을 보고 두려움 없이 감동받고 싶습니다. 어쨌든 선배님은 반드시 그 미지의 일을 성취하시리라 저는 믿습니다.

편지를 처음 시작할 때의 기쁜 마음은 숙어들고, 괜스레 어색하게 된 것은 아닌지요. 다시 기쁜 마음을 되찾아 이 글을 마무리하겠습니다. 일단 선배님 이름을 크게 외쳐부르고 시작하지요.

도를 들으면 그 순간 죽어도 좋다

백무산 선배님!

하고 외쳐도, 근데 마음이 밝아지지 않네요. 방금 텔레비전이 있는 방에 갔다가 "인도네시아 아체주에서만 사십만명 사망설"이라는 뉴스를 들었습니다. 그리고 나무를 붙든 듬직한 체구의 외국인들의 모습도 보았고, 살아남았다 해도, 며칠째 굶고 있다는 여인, 시신의 지갑을 훔치는 좀도둑떼, 상점을 약탈하는 사람들 등 그야말로 참극의 모습에 마음이 급격히 어두워집니다.

인간들이 천벌을 받았다, 이렇게 말하는 사람들도 꽤 있는 것 같습니다. 무엇보다 그간의 산업발전과 전지구적으로 퍼진 낭비적인 삶의 양식으로 지구온난화가 몇십년째 가속화되었고, 해수면이 1센티미터 상승했다 해도 이런 해일에서 그의 몇백배가 되는 파고와 수량과 에너지 파괴력으로 나타나는 것입니다. 해수면 1센티미터의 상승이 지구 전체의 바다로 따지면 바닷물의 엄청난 증가거든요.

　게다가 이번 '천벌'은 ― 아시아 일대에서 희생된 사람들 개개인의 도덕적 이력이나 노소 성별 구별은 하지 말고요 ― 관광사업의 끝없는 확대, 그러다 보니 해변가의 사람살이가 기형적으로 비대해진 탓도 있습니다. 즉, 자본주의 체제의 확장과 심화가 필연적으로 이런 대형참극을 예비하고 또 부추겼다고 할 수 있는 것입니다. 물가에 아이를 내놓으면 다들 불안해 하면서, 왜 어른들이라고 무심하게 생각해야 하나요. 대자연이란 견지에서 보면 물가의 사람들은 다들 아이 같은 연약한 존재입니다. 물가에 심어진 나무들같이, 라는 노랫말처럼 물가에 있어야 할 것은 나무뿐입니다.(해안의 숲이 해일의 괴력을 누그러뜨려 주겠지요.) 수심 얕은 바닷속에 있어야 할 것은, 바닷속에서 자라는 나무라 할 산호초의 숲이어야 하고요. 몰디브 섬들은 그간 산호초를 잘 지켜 이번 해일에서 백명 내의 인명 손실뿐이었다고 하잖아요.

　대자연의 습격은 이번 일말고 앞으로도 더 빈번해지고 대규모적인 것이 될 것입니다. 수십년 전부터 뜻있는 학자들이 경고해왔고, 이제 이렇게 하나하나 눈앞의 믿기지 않는 사건으로 나타나는 모양입니다.

　백무산 선배님, 이 마당에 우리가 해야 할 일은 무엇일까요? 지금 다시 60일째가 넘는 지율 스님의 단식, 그와 같은 지독한 개인의 실천도 있어야 할 것이며, 자본주의 경제체제의 족쇄에 묶인 자기 발목의 사슬을 푸는 일, 즉 최근 제가 개인적으로 관심을 쏟고 있는, 가난한 삶을 향한 몸짓이라 할, 도시 삶을 떠나는 귀농실천도 상당히 유의미하다고 생각합니다. 또한 어떤 이는 — 부산 귀농학교 서석태 사무국장의 말인데 — "내가 희생자로 선택될지 모르지만, 지진해일과 같은 일이 더 많이 자주 생겨나야 사람들이 좀 반성을 할 것"이라던데, 이와 같은 갑작스런 대규모 죽음에 어울리는(?) 생사관도 치열하게 고민하고 자기것으로 만들어야 할 것입니다. 한 개인의 의식적 최대치를 생사 문제에까지 끌어올려야 하는 것이지요.

다시 말해보겠습니다. "도를 듣는다면 그 순간 죽어도 좋다!"라는 것은, 성질 더러운 대선사나 할 수 있는 경지겠지만, 저도 제 남은 인생 동안 감히 이 말에 도전해보고 싶고 꼭 제 삶의 하루하루 속에 실현시키고 말겠습니다. 제가 아는, 한의사를 하는 고교 동창 녀석은 "돈도 명예도 건강한 몸도 자식에게 물려줄 수 없고, 물려준다 해도 자식이 그걸 지켜낸다는 보장도 없고, 비명횡사가 즐비한 세상, 언제 온세상이 망할지 모르는데, 내가 내 딸에게 물려줄 것은 예수뿐이다!" 하며 환자에게 침과 약을 처방해주면서 남는 시간 틈틈이 치열하게 성경공부를 하더군요. 이해됩니다. 저 또한, 지금 당장 물려줄 것도, 물려줄 것을 받을 아이가 있는 것도 아니지만, 제 자신의 몸과 마음, 이 생명, 이 자기자신부터 어떤 의식으로 계속 지켜나가야 하는지, 마침내 잃어버려야 하는 순간이 온다면 어떤 마음으로 손에서 놓아야 하는지, "도를 듣는다면 그 순간 죽어도 좋다!"가 그 유일한 길이 아닐까, 싶어지는 겁니다.

이 어지러운 세상, 그러나 선배님의 삶과 시쓰기가 우리 모두에게 하나의 지표가 될 날도 온다고 봅니다. 아니 제게는 이미 선명한 지표입니다. 잘은 몰라도, 저의 이 생사관에도 호의적으로 해주고 싶은 말이 많을 것입니다. 듣고 싶습니다.

선배님, 다시 한번 저는 선배님을 믿습니다. 이 편지에서 말을 못하고 말았지만, 제가 알기로 한국 현대시사에서 가장 진지한 시적 행동을 선배님이 가장 치열하게 실천해왔다고 믿기 때문입니다. 그러니 지금껏 그래왔듯이 계속, 마음껏 방황하십시오. 마음껏 걸어가십시오. 마음껏 앉아 묵상하십시오. 마음껏 잠적하십시오. 그러나 선배님, 그렇게 하시면서도 간곡히 부탁하건대, 간혹 《녹색평론》 지면에서 선배님의 치열한 시와 에세이를 보는 기쁨을 주십시오. 그 부탁을 드리려고 이 편지를 썼는지 모르겠습니다.

젊은 시절에 선배님의 시를 만나, 저는 제 자신이 행운아라고 생각하였습니다. 그리고 앞으로도 선배님의 글을 이 지면에서 볼 수 있다고 생각하니, 행복합니다. 다음 기회에는 정말 선배님의 시 전체에 제대로 도전하려고 합니다. 〈지옥선〉 연작 데뷔시에서부터 이미 민중의 생명이 온유하였던 시절에 대한 몸의 기억이 고스란히 등장함을 저는 새삼 깜짝 놀라며 최근 읽었습니다. 선배님의 십몇년에 걸친 중요한 시편들과 엉켜 한바탕 글잔치를 벌이고 싶습니다. 어쨌든 이 편지도 작은 도전이었는데, 선배님의 기분이나 느낌이 어떠셨는지 궁금합니다.

'서프라이징 엔딩'이 대세인 시절, 삶도 세상도 이 편지도 ….

남은 말이 많지만, 이만 확 줄여버리겠습니다. 늘 청강하시기를.

김곰치 드림

(《녹색평론》 통권 제80호(2005년 1-2월호))

3

기도하는 활동가

머칠 전, 청도의 운문산에 가게 됐습니다. '영남 알프스'라 불리는 가지산 자락에 있는 산인데, 산행 경력이 오래된 동행인의 말이, 운문산은, 높이나 덩치에 비해 계곡이 매우 발달한 산이라는 겁니다. 그건 결국 물이 많은 산이라는 뜻입니다. 전날 비가 내리기도 해서 물기를 머금은 상태에서 안개를 피워올리는 모습이 자못 신령스러운 듯이 보였습니다.

그런데, 간만에 산에 가서 좋긴 했지만, 산이 좋다고 마냥 산을 탐하다가 큰일을 당할 수 있겠다 싶었습니다. 사실 그날 젖은 바위를 제법 딛고 가야 했는데, 등산화를 신었지만 한순간 미끌려 바위에 살이 찍히거나 뼈가 삐긋하면 전치 몇주는 쉽게 나오겠더

라구요. 전치 몇주 정도가 아니라 산하고 아예 평생 원수가 될 수
도 있겠지요.

　두어번 미끌리다 아슬아슬 균형을 잡으면서, 동행한 사람과 고
(故) 김정훈 부제에 대해 잠깐 이야기를 나누게 됐습니다. 어느
날, 김정훈 부제가 산에 올라 했던 기도가, 제 기억에, "하느님,
어쩌시려고 인간을 이리도 귀히 여기나이까" 이랬다고 합니다.
그날 운문산에 오르면서 그 기도의 의미가 새삼 뚜렷해졌습니다.
평소 산을 좋아한 김정훈 부제는 산에 올라 신앙을 가진 사람으
로서 행복과 감사의 마음이 그야말로 충천했을 겁니다. 당신께선
대체 무슨 뜻으로 이렇게 아름다운 산을 있게 하셨으며 제게 건
강한 다리를 주시어 이리 오르게 하셨고 마침내 이리도 큰 기쁨
을 안겨주십니까, 당신한테서 이런 선물을 받고서 개안한 듯이
다시 살펴보니, 이 산, 산과 산을 바라보는 지금 나, 이렇게 이 순
간의 모든 있음, 이 자체가 한없는 은혜인 줄 알겠습니다, 하는 기
도인 거죠. 참 아름다운 이야기라고 생각합니다.

　김정훈 부제 이야기는 나중에 다시 하기로 하고, 이쯤 최종덕
교수님의 발제 〈누현과 추유의 대화〉 중 개인적으로 울림이 깊은
대목을 살펴보고 싶습니다. "이성과 신비는 항상 함께하는 것"
"그 신비함을 밖이 아닌 안에서 찾는 노력"을 기울일 것, 그런데
최 교수님은 그 예로 "사람이 배고픔을 뱃속에서 꼬르륵 몸으로
느낄 수 있다는 사실이 인류의 가장 중요한 신비함"이라고 한 것,
나아가 사람이 "서로를 사랑할 수 있고, 남의 불쌍한 일을 더불어

아파"하는 것, 이 이상 신비한 것이 없다는 말씀, 사회생태주의자라 할 추유도 공감하는 누현의 이 말, 저도 전적으로 공감합니다.

　사실 우리 몸 자체의 신비를 생각해보면, 끝이 없습니다. 한 예를 들어, 우리가 먹는 세끼 식사를 생각해보면, 밥 한공기, 시락국 한그릇, 김치 몇조각, 계란 후라이, 꽁치 한마리, 요게 제 평상의 식사라서 하는 말인데, 이것들이 하루 두세번 입을 통해 몸안으로 들어갈 뿐인데, 저는 그것으로 책 읽고 글 쓰고 담배도 피우고 청소도 하며 또 줄넘기나 체조를 하고 만보 이상, 약 5킬로미터를 걷기도 하는 등 하루종일 정말 많은 일을 하는 겁니다. 그 양이 얼마 되지도 않는 먹을거리에서 어떻게 이렇게 많은 일을 할 수 있는 에너지를 뽑아내는지, 제 몸의 에너지 변환력이랄까 에너지 효율성 또는 수익성이 놀라울 따름입니다.(물론 사람 몸의 에너지 변환의 더 큰 바탕은, 하루 수만번의 호흡과 피부 속을 끝없이 투과해 들어오는 태양의 따스한 광선에 있습니다.) 아무튼 이런 수익성으로 보자면, 우리 몸도 그렇고, 또 다른 예로 상추씨를 보면, 씨를 뿌린 뒤 이게 비, 바람, 햇빛을 맞고 두어달 뒤 아주 풍성한 상추밭을 이룰 때, 그 조그마한 씨에서 상추잎까지 — 그것의 수익률은 도대체 얼마쯤일까요? 만퍼센트 아니 억퍼센트라 해야 하지 않을까요? 자연의 생산력 지수는 몇배 몇십배가 아니라 천문학 단위로 써야 할 것입니다. 그러니, 기름 몇만원치 넣고 부산에서 서울까지 가는 자동차도 대단하지만(대단한 것은 자동차가 아니라 천연자원 기름인데요), 상추도 그렇고 밥 먹고 하루종일 온갖 생각 온갖 행동 다 하는 제 몸이 훨씬더 대단하게 여겨지는 겁니다. 몸 이곳저곳을 만져보며 놀랍다, 신비하다, 하는 경탄이 나옵니다.

이런 탁월한 몸을 가졌으니까 저는, 때로 가만히 있어도 행복한 마음이 될 때가 있습니다. 제 몸 자체가 그저 놀라운 신비라서 황홀해지는 겁니다. '신비'는, 말 그대로, '신(神)'의 영역에 속한 어떤 비밀인데, 그런데 그 비밀이 딴데 있는 게 아니라 제 몸에 다 있으니 얼마나 놀랍습니까.

다시 산 얘기를 하면, 우리가 산에 올라 느낄 수 있는 행복감, 그런데 그 행복감이 최고치에 이르면 피할 수 없이, 정말 김정훈 부제의 기도처럼, 대체 이런 게 왜 있는지, 그런 이 산이 얼마나 대단한지, 그러다 마침내 산이 있다는 것 자체가 사람 마음 그저 행복해지는 신비가 되는 겁니다. '있음' 자체가 기적인 거죠. 손으로 잡히지 않는 뜬구름이 아니라 우리 눈앞에 명명백백히 펼쳐져 있는 기적, 축복, 바로 이런 발견이 중요한 것 같습니다. 산이든 몸이든 다른 무엇이든 이런 걸 마음 깊이 느끼고 나면, 우리가 무슨 일로 세상에 절망할 것이며 무슨 일로 다른 사람의 미래의 가능성에 냉소해야 하는지 그 이유를 알 수 없게 됩니다.

자족감 속에 잠겨 사는 참 세월 좋은 인생이구나 손가락질받기 좋은 소리만 하는지 모르지만, 암튼 기적과 축복, 제가 굳이 이런 얘기를 하는 이유는, 소위 환경운동 — 개인적으로는 '생명운동'이라는 말을 선호하지만 —, 이 운동의 진정한 실천력은, 우리를 둘러싼, 아니 우리 자신을 포함한 모든 존재의 있음 그 자체의 축복과 감사와 그 만끽에서 나온다고 믿기 때문입니다. 그리고 활동가들도, 우리 주위의 존재의 축복 세례를 받고 모든 생명의 구멍이 활활 열리는 환희의 경험을 나날이 가져야 한다고 믿습니다. 이 기적과 축복의 발견과 믿음이 없는 활동가는 아무래도 운동의 진정성을 실천해내기 힘들다고 생각합니다.

그런데, 제가 걱정이 되는 건, 현실의 운동가들, 활동가들 개개인의 그런 감성의 구멍상태가 어떠한가 하는 점입니다. 간단히 말하면, 그 구멍이 본의 아니게 농부나 웬만한 민중보다 더 막혀 있는 게 활동가들이 아닐까 하는 의심이 듭니다. 세상을 향한 열정으로 쳐서 둘째 가라면 서러워할 사람이, 개인적으로 둘을 꼽자면 '기자' 와 '활동가' 가 아닐까 싶은데, 그런데 그 사회적 인생의 출발점을 지난 뒤 여러 조건과 상황 속에 놓이며 세월이 흐르면 그 애초의 열정의 뒤틀림, 감성의 마모가 가장 심한 게 또한 기자와 활동가가 아닐까 싶습니다. 기자와 활동가가 공유하는 언어만 보아도, 보도자료라든지 기사라든지 시민을 상대로 하는 극히 일반적인 언어에서 그들의 삭막한 내면을 발견하기도 합니다.

활동가들을 놓고 보면, 조직이 위치한 데가 대개 대도시 속이어서 그런 면도 있을 것 같은데, 도시라는 것이 생명운동을 하는 활동가들에게 몹시 불리한 공간임에 틀림없습니다. 이기주의와 피해의식이 기본 감정인 도시 사람들을 상대로 운동을 해야 하는데, 그들과 대화하기 위해선 그들의 언어를 익혀야 하고 또 사용

해야 합니다. 그러면 어쩔 수 없이 활동가의 감성은 알게 모르게 타락하게 됩니다. 자동차라든지 고층빌딩 등 공격적이고 권위적인 일상의 풍경이 또한 활동가들의 감정선을 흐트려놓습니다. 반대편 세력의 공격에 당하지 않기 위해 내부 입맞춤을 해야 하는 면도 있는, 토론이라는 이름의 끝없는 회의는, 말에 대한 건강한 감각을 잃게 하며 정신을 지치게 합니다. 활동가들의 노동강도는 어떤 열악한 공장 못지않을 것입니다.

생명의 축복감과의 전면적인 만남은, 불교적 깨달음의 핵심이기도 한데, 사찰의 스님들이 깊은 산속에서 매일 수행해도 그 핵심에 닿기 힘든데, 도시의 활동가들에게 그걸 바라는 것 자체가 무리인지 모릅니다. 아무튼 제가 걱정하는 것은, 조직에 권위가 생기고 영향력이 확대된다 해도 활동가 개개인의 내면적 황량함은 오히려 깊어질 수 있다는 점입니다. 생명운동을 하는 활동가들의 일상 감정이 어떤지 궁금합니다. 돈이 제일 좋아하는 것이 돈 자신이듯, 조직에도 이기주의가 흐르면서 조직이 활동가들의 생명에너지와 감성을 탕진하며 조직 자신만 강해지는 경우는 없는지 ⋯. 조직이 젊은 활동가를 착취하는 면은 없는지 ⋯.

이만 제 발제를 마치며, 마지막으로 고 김정훈 부제 얘기로 돌아가면, 그분은 하필 산에서 죽음을 맞습니다. 사고사죠. 김수환 추기경도 그의 젊은 죽음에 아주 비통해 하셨던 것으로 아는데, 아무튼 그러니 김정훈 부제의 한때의 아름다운 기도도 비극적인 그 죽음까지 아우르지 못하는지 모릅니다. 그런데, 저는 좀 달리

생각해봅니다. "어쩌시려고 사람을 이리 귀히 여기나이까"라고
기도할 수 있었던 그라면, 죽음의 시간에도 자기자신과 산, 또는
다른 그 누구도 그 무엇도 원망하지 않았을 것 같습니다. 축복감
과 신비감에는, 종교 유무를 떠나, 기도하는 마음이 깃들기 마련
이고, 그리고 정말 깊은 기도는 결국 죽음에 대한 묵상입니다. 산
에서 그런 진정한 기도를 올릴 수 있었던 김정훈 부제였고 결국
산에서 맞은 죽음이지만, 그러나 김정훈 부제 자신에게는 그것이
이미 익숙한 일이었다고 생각됩니다. 저는 우리의 운동도, 그리
고 활동가들도, 활동가라고 하기 앞서 한 생명을 가진 당당한 한
존재로서, 그런 기도의 경지까지를 가슴에 품어야 진정한 승리를
향해 창의적인 실천을 흔들림없이 해나갈 수 있다고 생각합니다.

(토지문화재단 세미나, 2002년 5월 24일)

발바닥, 내 발바닥

'삶의 구호'라고 할까. 나는 아침에 눈을 뜰 때, 내 몸 밖의 존재들에 대한 집중력을 잃을 때, "발바닥, 내 발바닥" 하고 외워 본다. 그러면 잠이 깨고 눈이 밝아지고 오늘 하루도 귀하게 살 투지가 생기는 것이다.

내가 아는 누구는 "십억! 십억!" 하며 삶의 욕망을 일깨웠다고 한다. "십억!" 하고 외치면 이부자리에서 벌떡 일어나지고 화장실 가는 발걸음부터 가벼워졌다고 한다. 그는 대학 때부터 군대 다녀와 직장생활 삼사년간을 그랬다. 그런데 결혼을 하고 아기를 낳은 뒤 그의 구호는 달라졌다. 딸아이 이름을 부른다는 것이다. 그러면 피곤함도 잊고 돈을 벌러 천지사방으로 쫓아다닐 수 있다는 것이다.

"발바닥, 내 발바닥"이란 나의 구호에도 사연은 있다. 후배 하나가 자동차를 끌고 왔다. 나는 자동차에 대한 반감이 있다. 멀지 않은 미래에 환경재앙이 올 때, 분노에 찬 사람들이 골목길에 주차돼 있는 자동차부터 때려부수지 않을까, 상상할 때가 있다. 나는 후배에게 말했다. "나는 걷는 게 좋아. 자동차 타면서 지구를 느낄 수 있니? 난 내 두 발이 참 좋아. 발바닥은 지구를 느끼며 걷기를 좋아해."

발바닥 밑에 지구가 있다. "발바닥 발바닥!" 하고 외는 것의 의미는 바로 그것이다. 그것은 직립보행 인간의 유서 깊은 자존심을 불러일으키는 것 같고, 내가 이 지구 위에서 차지한, 꼭 발바닥만큼의 나의 공간과 지구와 내가 직각으로 선 직립의 체위를 음미하게 한다. 나는 즐겨 걷는다. 두 발바닥으로 지구를 느끼며, 도서관에서 사직구장에 이르는 언덕길을 넘고, 거제사거리에서 '철로변 오솔길'로 들고, 하마동을 지나 화지공원에 들러 벤치에 앉았다가 연지사거리에서 집으로 오는 두시간짜리 산보를 한다. 그 내내 "발바닥, 내 발바닥"을 생각한다.

산다는 건 무엇일까. 노동하고 돈을 번다는 건 뭘까. 노후대책 없이는 너무 미래가 두려운 이 사회의 살벌한 경쟁은 인간의 자유로운 영혼의 상상을 얼마나 압박하는가. 실직이란 무엇이고 명예란 무엇일까. 밤낮 글짓기에 고민하고 욕심내고 실의하는 나의 애착은 무엇을 위함인가. 때로 아이처럼 순수한 존재로 나 자신을 대한다. 앞으로의 인생도 별게 아니지 않은가. 결국 나는 평생 두 발바닥으로 열심히 걸었고 행선처럼 '산다는 것'에 대해 열심히 생각했다. 마지막 날, 지구와 내 몸은 평행이 되고 평생 평행이자 접면이었던 나의 발바닥은 지구와 직각이 되었다. 발바닥, 내 발바닥, 내 삶은 다른 게 아니었다.

(《해피데이스》 2000년 9월호)

똥 생각

군대시절의 일이다. 오전 위병 근무를 서는데 똥차가 왔다. 근무 인수인계 사항에 그런 게 없어 상황실에 연락했다. 똥 치는 날 맞단다. 한손으로 코를 싸쥐고 다른 한손으로 바리케이트를 들어 똥차를 들여보냈다. 그리고 10분 뒤, 한시간짜리 위병 근무가 끝나 나는 다음 근무자와 교대했다. 내무반에 들어가니 밤샘 근무를 선 동료들은 신음소리를 내며 오침을 하고 있다. 지금부터라도 오후 1시까지 세시간 정도 달게 잠을 잘 수 있다. 부리나케 하이바며 탄띠, 군화를 해체하고 막 침상에 올라섰다. 그런데 선임하사가 오만상을 쓰고 내무반에 들어오는 것이다.

"김 상병, 똥 칠 인원이 없다. 오후에 취침시간 보장해줄 테니

인원보조 좀 해줘라.”

선임하사의 명에 어쩔 수 없이 똥 친다는 곳으로 갔다. 위생차의 운전수는 여단본부 소속 병장인데, 그런 보직이 있는 줄 듣도 보도 못했다. 경비를 아끼기 위해 똥차는 때마다 임대하고 운전은 병사를 시켜 하는지도 모른다. 그런데 이게 제법 ‘끗발’ 이 있는 보직인지 운전석에서 나올 줄을 모른다. 기계는 내가 돌릴 테니 니들이 알아서 하란 식이다.

나는 어른 허벅지만한 굵기의 호스를 들고 선임하사가 발 딛고 섰는 똥통의 맨홀까지 끌고갔다. 선임하사 역시 계급이 있어 손 하나 까딱하지 않는다. 호스가 가까이 오자 얼른 피한다. “인원보조 좀 해라”고 해서 몇이서 똥 치는 일을 하고 나는 대충 거드는 줄 알았는데 일할 사람은 나 하나뿐인 거다. 맨홀 뚜껑도 혼자의 힘으로 열어야 했다. “이거 왕창 꼬였군 …” 하며 뚜껑을 열다가 나는 자연스레 맨홀 속을 들여다보게 되었다.

내가 거기서 본 것은 ‘똥들의 무덤’ 이었다. 왠지 ‘무덤’ 이란 말이 머리를 치고 갔다. 내가 맨홀 뚜껑을 열면서 똥통 안은 몇달 만에 하늘이 열렸다. 내가 맨홀 뚜껑을 열기 전의 똥통 안은 완벽한 암흑이었을 것이다. 그 안은 사방천지 똥으로 가득한 세계였다. 내가 그 세계의 바깥에서 햇볕 창을 열었고 바깥의 빛이 들어가 똥통 안은 일순 환해졌다.

내가 살던 고향 시골집의 변소는 ‘푸세식’ 이었는데, 그런 변소에서 볼 수 있는 쌓인 똥의 면모를 똥통 안에선 전혀 찾아볼 수 없었다. 똥통 안은 물 천지였다. 거무튀튀한 물의 빛깔은 어찌 보면 암록이라 할 수 있는 고급색이었고, 수면에는 금방 흘러들어온 듯 똥 몇점이 둥둥 떠서 꼬리께부터 풀리고 있었다.

3, 4미터 아래 맨홀 바닥은 어떨까. 풀어진 똥들이 강바닥의 진흙처럼 가라앉아 쉬 추측되지 않는 두께로 조용히 쌓여있을 것이다. 그 물속 세계는 평소 암흑속이고 이따금 소리가 날 뿐이었다. 소초 화장실에서 누군가 똥이나 오줌을 누고 물을 내리면 그 물은 땅속에 묻힌 수십미터의 관을 타고 흘러가 내가 내려다보고 있는 맨홀 윗쪽에 난 구멍을 통해 이 똥들의 무덤에 출렁출렁 합류했을 것이다. 동굴속에 들어간 아이가 소리쳐 동굴속의 오랜 고요를 깨고 싶은 욕구와 비슷할까. 뭐라 소리를 쳐보고 싶은 고요한 똥들의 무덤.

재래식 변소의 경우 변소를 처음 팔 때 구덩이의 벽면을 시멘트로 얼마나 잘 발랐는가에 따라 오줌의 양이 달라진다. 벽 시멘트를 제대로 반죽시켜 잘 건조시켰다면 오줌이 그득하게 저장되고 틈이 있거나 시멘트로 발려지지 않은 흙바닥이라면 물은 새나가버린다. 동해안의 '모델 하우스' 라 불릴 만큼 시설이 좋은 해안소초여서 화장실은 수세식 양변기였고 땅에 파묻은 부대의 맨홀 똥통은 플라스틱으로 만든 것이었다. 물샐 틈이 없다. 그러니 그 안은 똥과 오줌으로 채워진 것이 아니다. 땅속에 박힌 물탱크라 할 만했다. 똥통이라기보다 똥과 오줌을 씻어내린 압도적인 물의 창고.

근대화 이후 똥들은 이렇게 죽음을 맞는다. 똥오줌의 몇백배가 되는 물, 이런 식의 똥 임시저장은 똥을 애초부터 아무짝에도 쓸모없는 것으로 만들어버린다. 엄청난 양의 물로 희석시킨, 똥도 아닌, 똥오줌도 아닌 그저 더러운 물에 불과한 맨홀 안의 똥물은 농작물을 살지게 하는 비료로 사용될 수 없다. 옛시절의 똥은 똥의 상태로 그들의 생이 끝나지 않았고 땅을 비옥하게 하는 분뇨로 새롭게 태어났다. 농사짓는 집은 자기네 변소를 남이 치게 하지 않았고 농사가 없는 집도 작은 권세를 부리는 기분으로 변소 치는 걸 허락했다. 변소는 단지 폐기처분의 장소가 아닌 가까운 논밭과 교류하는 생산의 장소였다.

그랬을 것이다. 내가 맨홀 뚜껑을 열어 그 안을 들여다보며 흠칫 놀란 것은 그 무덤과도 같은 '어떤 압도적인 고요' 때문이었다. 똥들의 불만? 자신들이 이 따위로 방치되고 있는 것이 대단히 불만스러운 듯, 아니 "두고 봐라, 언젠가는 …" 하고 뭔가 단단히 벼르고 있는 듯? 아무튼 뭔가 음산한 고요, 더럽다는 느낌이 들기보다 알 길 없이 끔찍하다는 기분이 더 강하게 들던 것이다.

트럭 탱크의 모터가 양수기처럼 돌아갔고, 호스가 제멋대로 꿈틀거렸다. 그날 내가 한 일은 똥통이 바닥을 드러낼 때까지 맨홀 안에 집어넣은 호스를 꽉 붙잡고 있는 것이었다. 빨간 페인트가 칠해진 작업장갑을 꼈지만, 호스를 잡은 손바닥 안으로 똥들이 퍼득퍼득거리며 마구 지나가는 것이 무척이나 힘찼다. 어린 날의 기억 — 낙동강에서 갓 낚은 붕어가 손아귀를 벗어나려고 필사적으로 몸부림치는 것 같은 느낌. 부활한 똥들의 생명력? 아니 어쩌면 똥들은 그렇게라도 발악하려고 했던 건지 모른다.

제대를 하고, 유행처럼 번지던 환경운동론의 주장에 귀를 기울인 적이 있는데, 개인적 실천을 강조하는 일단의 환경론자들은 양변기의 물통에 벽돌 몇장을 깔아두는 걸 권고하고 있었다. 각 가정에 상용화돼 있는 양변기의 물통이 필요 이상 커서 물의 낭비가 심각하다는 것이다.

그러나 나는 좀더 과격하고 파괴적인 상상을 즐겼다. 자주 있는 일은 아니지만(그런 차는 시외곽도로를 이용할 것을 시의 관리자로부터 명령받을 것이다) 어쩌다가 버스를 타고 가다 창문으로 들어오는 냄새 때문에 코를 싸쥘 때가 있다. 주변을 둘러보면 정체돼 있는 차량의 물결속에 위생차 한대가 끼워져 있다. 운전수한테 해서는 아무래도 경을 칠 소리지만, 나는 저 위생차가 시내 한복판에서 심각한 충돌사고를 일으켜 소나타며 그랜저며 외제 스포츠카며 삐까번쩍한 자가용을 온통 똥칠갑을 해놓고 엎어지는 걸 상상할 때가 있다. 우리가 잊고 사는 똥들의 하찮은 존재가 일약 파괴적인 힘을 발휘하는 그런 상상은 이상한 해방감을 준다. 그러나 생각하건대 정작 중요한 문제는, 일년에 한두번이 있을까 말까 한 똥차의 교통사고가 아니라 전국의 똥차 수천대가 안전운행을 해서 마침내 도착하는 곳이 어디냐는 것이리라.

수세식 양변기를 이용하며 우리는 똥을 누는 즉시 똥을 처리할 수 있다는 것, 매일 한두번 똥을 누지만 그 똥을 잊고 살 수 있다는 것, 즉 편리한 속도와 기분좋은 망각을 얻는다. 한해에 한사람이 양산하는 똥물은 얼마쯤 될까. 이십톤? 오십톤? 그걸 우리나라 전체 인구로 환산하면 또 얼마가 될까. 이 거대한 도시를 들고 나는 똥차들은 정말이지 어디로 가는 걸까. 아무짝에도 쓸모없는 나의 똥물은 차에 실려 어디에 버려졌을까. 물이 다 증발되고 최초의 똥만 남기를 기다리는 햇볕 좋은 염전 같은 장소라도 있는 걸까.

장염이 나서 색을 살핀다고 며칠 내 똥을 유심히 살펴보니 왠지 그 빛이 슬퍼 보였다. 푸르딩딩한 빛깔의 똥, 몸에 탈이 나 내가 생산하는 똥 역시 불건강한 것이 되고 말았지만, 그 어떤 건강한 몸을 상징하는 황금색의 똥도 이 화려한 도시의 이중인격이라 할, 지하에 묻힌 수십만개의 똥통들 속으로 물과 함께 그냥 쓸려갈 때는 도시속의 우리가 누는 모든 똥은 처음부터 완벽히 죽어 있다.

밭 한뙈기 논 한마지기 키우지 않는 도시, 그속에 사는 우리가 매일매일 양산해내는 그 어마어마한 똥물들은 어디로 흘러갈까. 언제까지 우리들은 똥과는 관계없다며 깔끔떨며 똥을 잊고 사는 별종의 존재로 안전할 수 있을까.

권부의 귀하신 분들도, 어여쁜 여자 탤런트도, 목사님도 스님도, 나도 너도 ― 이 우리 모두가 누는 똥, 그것은 단지 한줌의 똥이 아니고 그 수백배 되는 엄청난 양의 똥물로 부풀려 버려지고 있다. 똥 누는 곳에서 똥냄새가 나는 건 당연한 일인데 공중화장실을 이용할 때는 혹 냄새가 퍼질까 봐 똥을 누면서도 쉴새없이 물을 흘려보낸다. 잠잠히 물에 쓸려가는 줄만 알았던 힘없는 똥들이 언젠가는 반란을 일으키지 않을까. 맨홀 안의 죽음 같은 고요에 뭔가 더 깊고 무시무시한 뜻이 있지 않았을까, 나는 두려워진다.

(《녹색평론》 통권 제51호(2000년 3-4월호))

동구의 나무

1

　동구는 시골마을에 사는 아이입니다. 무엇인가 골똘히 생각하고, 돌이켜보고, 어떤 일을 기억하고 하는 것을 아직 어려서 할 줄 모릅니다. 이제 겨우 다섯살이니까요. 잠에서 깨어 밥 먹고 동네 아이들과 해종일 놀다가 밤이 오면 꿈나라로 가면서 그날의 일은 까맣게 잊어버렸습니다. 동구는 매일 아침 인생의 첫날을 맞는지 모릅니다. 그렇게 동구는 행복한 다섯살 인생을 살고 있었지요.

　그런데 딱.

　이 소리는, 동구에게 최초의 기억이 새겨지는 소리이지요. 어느 날 오후의 일이었습니다. 그날도 동구는 얏! 얏! 고함을 치며 나무 막대기로 칼싸움 놀이를 하고 있었습니다. 그런데 누가 동구의 손목을 세게 내려친 것입니다. 동구는 놀이에서 혼자 빠져나왔습니다. 너무 놀라 울지도 못했습니다. 공터 벽돌담 그늘에 가 앉아 조그맣게 되어버렸습니다.

이튿날 아침, 잠에서 깨자 손목부터 아파왔습니다. 어제의 일이 떠올랐습니다. 동구가 울고, 어머니가 그제서야 손이 왜 이래? 하며 약을 발라주었습니다. 이삼일이 지나며 붓기가 가라앉고 통증이 가서 손목은 예전처럼 생생해졌습니다. 동구는 그렇게 기억을 처음 경험해 보았습니다.

그리고 며칠 후의 일입니다. 동구는 어머니를 따라 장터에 갔습니다. 기차를 타고 한시간쯤 가면 항구 도시가 있는데, 상인들은 거기서 해산물을 사 가지고 와 마을 장터에서 팔았습니다. 어머니가 조개를 파는 다라이 앞에 걸음을 멈추었습니다.

동구는 어머니의 손을 놓고 다른 다라이로 가 보았습니다. 커다란 게들이 톱밥을 묻힌 채 있었습니다. 게들은 힘이 없어 보였지요. 톱밥이 관절마다 끼어 게들의 몸짓이 로봇과 비슷한 상태에 있기 때문입니다. 게들은 잔뜩 약이 올라 있었습니다. 동구는 게 한마리를 건드려보았습니다. 그런데 게가 손가락을 물었고, 동구는 앙 하고 울고 말았습니다. 며칠 전 막대기로 맞았던 것보다 훨씬더 아팠습니다. 게를 팔던 할머니가 손으로 게를 탁 쳤습니다. 동구는 이튿날 아침에도 물린 손가락이 아팠습니다.

게가 정말 무섭구나, 하고 생각했습니다. 아니 기억했습니다.

아무리 어린아이라 해도, 아이로서 존재하며 자기를 둘러싼 세계가 가르치는 것을 하나씩 배워가게 마련이지요. 그해 가을, 동구는 벌에 쏘여 울었고, 자전거에 부딪쳐 넘어졌습니다. 그때마다 배움과 기억이 동구의 머릿속에 탄생하였습니다.

이듬해, 여섯살이 된 동구는 다른 아이들보다 한해 일찍 학교에 입학하였습니다. 가방을 메고 학교 가는 동네 형들이 부러워 어머니를 졸라댔던 것입니다. 아버지가 학교로 찾아가 선생님께 부탁을 해서 가입학시켰습니다. "가기 싫으면 언제라도 말해. 내년 봄에 다시 입학하면 되니까" 하고 어머니가 말했지만, 동구는 "학교 다녀오겠습니다!" 하고 고함치는 것이 좋았습니다. 또 학교에 가지 않는 친구들한테 "나는 학교 간다!" 하고 자랑하는 일도 신나는 일이었습니다. 선생님이 칠판에 글자를 적어보이면 공책에 받아썼고, 선생님이 빨간 색연필로 동그라미를 크게 그려주는 것이 너무 좋았습니다.

그러던 늦은 봄, 어느 날 아침입니다.

그날도 동구는 학교에 가려고 집을 나섰습니다. 그런데 마당을 지나다 놀란 듯 걸음을 멈추고 말았습니다. 동구는 마당 한구석에 있는 나무 한 그루를 보았습니다.

동구는 그 나무를 알지 못했습니다. 자신의 머릿속에 없는 나무였습니다. 그날 아침 마당 한구석에 갑자기 나타난 것일까요? 그럴 리는 없습니다. 그러나 동구는 분명 그 나무를 처음 보고 있었습니다. 그런데, 어, 쟤가 왜 저래 …? 나무가 이상하게 서있는 것입니다. 나무 오른쪽에 전봇대가 있고 왼편에는 창고의 벽이 있습니다. 사이에 낀 나무의 가지가 완연히 굽어들어 있는 것입니다. 굽은 가지에도 파란 새잎이 예쁘게 돋아나고 있었습니다.

나무는 굵지 않았습니다. 밑둥을 동구의 작은 손으로 쥘 수 있습니다. 동구는 나무가 친구 같았습니다. 자기처럼 여섯살인지 모릅니다. 작년까지만 해도 팔이 굽지 않았지만, 여섯살이 되면서 전봇대와 벽 사이가 좁아진 것입니다. 그러니까 동구는 그날 아침 나무를 본 게 아니라 나무가 못 견뎌 하는 것을 본 것입니다. 어쩔까, 하다가 동구는 학교에 갔고, 아침에 본 나무를 까맣게 잊어버렸습니다.

이튿날, 집을 나서다 동구는 그 나무를 또 보았습니다. 역시 좁은 공간에서 힘들어 하고 있습니다. 동구는 밑둥을 손으로 쥐고 당겨보았습니다. 나무는 끄떡도 하지 않습니다. 동구는 막대기를 하나 주워와 나무 둘레의 땅을 파기 시작했습니다. 마치 두더지처럼. 몇 움큼 정도의 흙을 파헤치고 늦었다! 하며 동구는 학교까지 달려갔습니다.

그날 이후, 동구는 매일 아침 막대기로 땅을 판 뒤 학교에 갔습니다. 며칠 흙을 파내자 나무 뿌리가 드러나고, 손이 쑥 들어갈 정도의 빈 공간이 뿌리줄기 밑에 생겼습니다. 됐다! 동구는 나무를 움켜쥐고 힘껏 당겨보았습니다. 그러나 아직도 나무는 끄떡하지 않았습니다. 뿌리가 생각보다 넓고 깊게 퍼져 있는 것입니다. 흙을 파는 일이 앞으로 한달이 더 걸릴지 모릅니다. 동구는 흙을 다시 덮어줘야 하나 하고 겁이 났습니다. 그런데 바로 그때입니다. 아버지가 마당을 나오다 동구를 보았지요.

"야, 학교 안 가고 거기서 뭐 해?"

땅바닥에 앉아 흙을 팠기에 무릎팍과 손이 더러워져 있었습니다. 야단을 칠지 모릅니다. 아버지는 때로 어린 동구에게 무섭게 소리치기도 합니다. 아버지가 아무 말 못하는 동구 곁으로 다가왔습니다. 그런데 갑자기 하하 하고 웃기 시작하는 것입니다.

"그렇지, 나무가 이 좁은 데선 잘 자랄 수 없지!"

동구가 기어가는 목소리로 "예" 하고 대답했습니다.

"니가 나무를 옮겨심으려고 했구나!"

아버지가 다시 하하 하고 웃으셨습니다. 그리고 창고에 가 삽을 가지고 오더니 나무 둘레의 흙을 파기 시작했습니다. 뿌리는 정말 땅속 깊이 들어가 있었습니다. 아버지는 뿌리 몇개를 삽으로 찍어 끊어버려야 했고, 나무를 뽑아내고는 마당의 널찍한 곳으로 옮겨심었습니다.

그날 오후 학교에서 돌아오자마자 동구는 바가지로 물을 떠날라 나무에게 주었습니다. 이튿날도 그 다음날도 아침저녁으로 물을 주었습니다. 학교에 가서도 창밖을 보며 나무 생각을 했습니다. 날이 좋았습니다. 저 햇빛을 받아 이제 힘이 날 거야, 아니, 나무가 목이 마르면 어떡하지? 동구는 왠지 부끄럽기까지 하였습니다. 나무에 물을 주는 자신을 누가 보면 어쩌나 싶었습니다. 어떨 때는 밤중에 살짝 나와 물을 주기도 했습니다. 지난 며칠 동안 동구는 자기도 모르게 나무를 사랑하게 된 것입니다. 그것은 처음 겪어보는 감정이었습니다. 로봇 장난감이나 세발자전거한테 느끼는 것과는 다른, 뭔가 부드럽고 조용한 감정이었습니다.

그런데 무엇보다 동구는 나무가 걱정이 되었습니다. 아무리 물을 줘도, 옮겨심은 날부터 나무의 새잎이 조금씩 시들고 있었기 때문입니다. 물을 열심히 주면, 햇볕을 잘 쬐면 될 줄 알았는데, 일주일 정도 지나자 나무의 잎이 반 이상 떨어져 버렸습니다. 동구는 마침내 하루에 열번 이상 물을 주었습니다!

"야, 소용없다. 그 나무 죽는다."

아버지가 말하였습니다. 햇살이 따가운 초여름, 한창 자라야 할 나무는 잎을 다 떨구고 알몸이 되어 버렸지요. 그리고 가지까지 말라갔습니다. 당기면 힘없이 툭 부러졌습니다.

마침내 어느 날, 동구가 학교에 다녀오니 나무는 보이지 않았습니다. 아버지가 뽑아버린 것입니다. 쓰레기장에 가보니 나무가 뿌리를 드러내고 엎어져 있었습니다. 비좁은 벽 사이에서나마 싱싱한 푸른 잎이 돋던 나무가 떠올랐습니다.

동구는 시무룩해졌습니다. 미안했습니다. 그러나 이상하게 슬프지는 않았습니다. 아니 동구는 본능적으로 무엇인가 무서운 사실 하나를 깨달았는지 모릅니다. 동구는 나무를 어서 빨리 잊고 싶었을 뿐입니다. 그 길밖에 없는 것입니다. 게가 문 손가락의 아픔처럼, 막대기에 맞은 손목의 아픔처럼, 동구는 나무를 완전히 잊어버리게 되었습니다.

2

세월이 흘렀고, 동구는 소년이 되었고, 소년은 기차를 타고 먼 도시로 공부를 하러 갔습니다. 다시 또 세월이 흘러 소년은 청년이 되었고, 청년은 서울까지 공부를 하러 갔습니다. 청년 동구는 대학을 졸업하고 군대까지 다녀왔습니다. 그러는 동안 식구들은 고향을 떠나 도시에 나와 살았습니다. 군대를 다녀온 동구는 홀로 된 어머니와 함께 살았습니다.

어느 날 저녁의 일입니다. 동구는 저녁을 먹고 어머니와 과일을 잘라 먹었습니다. 잘 익은 사과 한 알이었지요. 그런데 어머니가 칼로 자른 사과의 씨앗이 희한하게 다 반으로 잘려 있었습니다. 아니, 칼날에 피해를 입지 않고 온전한 딱 하나의 씨앗이 있었습니다. 씨앗은 빛나는 검은색이었고, 통통하면서도, 반달처럼 끝이 매끄러웠습니다. 매력적이군, 하고 청년 동구는 생각하였습니다. 여인의 몸도 아닌데, 과일의 씨앗을 보고 이런 느낌을 가지는 것은 처음이었습니다.

청년 동구는 그 씨앗을 만지작거리다가 작은 화분에 심어보았습니다. 일주일이 지나자 싹이 올랐습니다! 청년은 여섯살 아이처럼 단번에 신기해져버렸습니다. 싹이 돋자 복잡한 생각 없이 그저 잘 키워보고 싶었습니다. 풀이나 나뭇잎으로 웃거름을 주고, 비가 오면 비를 맞게 하고, 햇볕이 좋으면 수돗가 옆에 옮겨다 놓았습니다. 그 갓난 사과나무는, 정말, 한해가 지나도록 살아있었습니다. 일년이 지나자 분갈이를 해야 할 정도로 몸이 커졌고,

가지가 웃자라 전지도 했습니다. 화분에 담긴 소량의 흙이 제 생명터전이기에 나무가 웃자라는 것은 스스로를 죽이는 짓이지요. 전지를 해주자 나무는 더 예뻐지고 튼튼해졌습니다. 사람의 사랑을 받으며 자라야 하는 것이 그 사과나무의 운명입니다.

청년 동구는 제법 정성을 들였습니다. 사과를 먹고 남은 씨앗 꼬투리는 음식물 봉지에 담겨 매립장으로 가게 마련인데, 동구가 해마다 사과를 먹지만 하필 작년 어느 저녁의 사과 한 알은, 아니 그 사과 속의 씨앗 하나는 화분에 담기고 싹을 내고는 제법 의젓한 나무의 자태로 자라나고 있는 것입니다. 동구는 이 나무와의 인연이 예사롭지 않은 것 같았습니다. 내년에는 더 큰 화분을 사와 분갈이를 새로 할 작정이었습니다. 접붙이기까지 해서 손톱만 한 열매를 맺게 하고도 싶어졌습니다.

그런데 작은 사과나무가 사랑스러워지자 동구의 마음에 퍼뜩 떠오르는 게 있었습니다. 나무에 대한 사랑이 첫사랑이 아니야! 청년 동구는 까맣게 잊고 있었던 그 어린날의 나무가 떠올랐습니다. 그 나무의 기억이 완전히 잊혀지지 않았다는 게 신기하면서도 기억 속에 떠오르는, 허연 뿌리를 드러낸 채 쓰레기장에 쓰러져 있는 나무의 모습에 갑자기 슬퍼졌습니다. 이십년 만에야 그 나무의 죽음이 슬퍼진 것이지요. 그때 죽지 않았더라면, 지금쯤 나무는 얼마나 우람할까!

그런데 … 그것이, 사과나무였나? 감나무였나? 뭐였을까?

저녁을 먹고 어머니한테 물었습니다. 어머니는 나무를 옮겨심은 일도, 나무가 죽어버린 것도 알지 못했습니다. 동구는 마당 한 켠에 나무 한 그루가 있었다고 몇번이나 말했습니다. 그러자 어머니가 한참 생각하다가 기억 속에서 살려냈습니다.

"우리집 나무가 아닐 거야. 이웃집 나무였을 거야. 아니, 주인이 따로 없었나. 아무도 돌보지 않는 대추나무였어. 니가 그렇게 애썼는데, 왜 살지 않고 죽었을꼬. 어린 마음에 많이 섭섭했겠네, 우리 아들."

어머니의 말을 듣고 보니 왜 혼자 도둑질하듯 흙을 파헤쳤는지 알 것 같았습니다. 울타리가 없어 골목길과 바로 연결된 마당 끝에 자라고 있었지만, 남의 집 나무라고 어린 동구는 판단을 했던 모양입니다. 허락 없이 뭔가 일을 벌이다가 아버지한테 들켰던 것입니다.

나무가 죽었어도 별로 슬프지 않았던 이유는 무엇일까요. 그것은 아버지가 나무를 옮겨심으려 했던 자기를 칭찬해주었기 때문입니다. 그 칭찬으로 어린 동구의 마음은 완전무결해졌던 것입니다. 나무 하나의 생사도 중요했지만, 아버지로부터 마음의 이해와 확인을 받았기에 나무의 죽음이 자기 잘못이 아니라고 믿을 수 있었는지 모릅니다.

아버지가 좀더 세심하게 옮겨심었더라면 나무가 살았겠지만, 그건 아버지 잘못이 아닐 것입니다. "이 좁은 데서는 나무가 잘 자랄 수 없지!" 하고 하하 웃던 생전의 아버지가 새삼 그리워져 청년 동구는 눈가가 붉어졌습니다.

어쨌든 화분의 사과나무가 잘 자랄수록 동구는 옛날 그 나무가 생각이 났습니다. 나무가 죽지 않고 또 식구들이 고향을 떠나지 않고 옛집에 계속 살았다면, 가을마다 붉은 대추를 주렁주렁 매단 나무를 볼 수 있었을 것입니다. 나무와 해마다 좋은 우정을 나누었을 것이고, 나무는 동구에게 특별한 존재가 되었을 것입니다.

세상에 없는 존재를, 그것도 이십년 전의 존재를 까맣게 잊고 살다가 어느 날 기억해내고 안타까워하는 것은 우스운 일입니다. 그러나 왜 수많은 기억이 망각의 땅으로 묻혀 버리는데, 어떤 기억은 시간이 지난 뒤 새삼 의미가 깊어지며 새록새록 그리워지기까지 할까요. 좁은 데서 힘들게 자라던 나무가 여섯살 아이의 맹한 눈에도 나타나 보였고, 그 나무를 옮겨심은 아이의 호의에도 죽어버린 나무. 이 모든 일에는 어떤 알지 못할 보다 깊은 인연의 의미가 있는지 모릅니다. 아니 나무와 아이가 맺었던 인연이 아직 끝나지 않았는지 모릅니다.

그런데 그 나무는 혹 비좁은 데라도 그냥 살게 내버려뒀어야 하지 않았을까요? 동구 때문에 결국 죽은 것이 아닌가요. 그러나, 아무리 생각해도, 나무는 분명 동구에게 자기를 옮겨달라고 말하고 있었고, 우리 한번 해보자, 하고 나무가 동구를 격려하였습니다. 나무에게 동구는 자신의 힘든 처지를 처음 알아봐준, 너무 반가운 벗이었습니다.

동구가 나무와 맺은 인연은, 마음과 마음이 맺은 인연입니다.

나무는 죽었지만, 그 넋은 동구의 마음에 심어졌던 것입니다. 지난 세월 동안 그 넋의 나무는 그 어떤 나무보다 잘 자라고 있었습니다. 이십년 만에 동구의 마음밭에 살아난 나무, 아니 아이의 마음을 이어받아 살고 있는 청년의 마음밭에서 더이상은 숨길 수 없는 제 우람한 모습을 드러낼 수밖에 없었던 것입니다. 동구는 이제야 나무를 진정으로 살려낸 것입니다.

청년 동구는, 아니 그 나무를 살려내는 순간부터, 아니 잘 익은 사과의 씨앗을 심고 싹이 돋는 것을 탄성을 지르며 바라본 순간부터 다시 아이가 된 동구는, 이 세상에 없는 그 옛날의 대추나무가 이상하게 사랑스럽습니다. 그리고 그 나무와 형제자매인 세상의 모든 나무를 사랑하고 싶습니다. 그 대추나무 생각을 하면, 그 나무를 옮겨심고자 흙을 파헤친 조그만 아이 생각을 하면, 그만 세상의 일들이 다 아름답게 보이고 눈앞의 화분의 사과나무뿐 아니라 세상의 모든 나무를 보는 동구의 눈길도 참 따뜻해집니다.

한 나무와 맺은 인연은 세상의 다른 모든 나무와 맺은 인연입니다. 마음 하나와 맺은 인연도 세상의 모든 마음과 맺은 인연입니다. 동구는 제 마음 속에 깊숙이 있던 어떤 고귀한 마음과도 인연을 맺었습니다. 도심의 인파 속을 걷다가 멈춰서서 가로수라도 한 그루 유심히 올려다보면, 때로는 바라보는 나무가 마음 속으로 들어와 앉아버리는 기분이 됩니다. 이 세상 사람들이 모두 자기처럼 나무 한 그루와의 인연이 생겨나고 가슴에 품어 키우게 된다면 좋을 것 같았습니다. 그러면 세상은 두 발로 걸어다니는 나무 천지가 될 것입니다. 사람이 곧 두 발 달린 나무이지요.

나무와 함께 영원한 아이가 된 그는 나날이 생각이 깊어갑니다. 마침내 나무 한 그루가 아니라 울창한 산 하나를 들이고 싶어집니다. 나무가 뽑혀졌거나 죽어버린 사람들의 마음에 제 마음 속 산의 나무 한 그루씩을 심어주고 싶습니다. 절대 서두르지 않고, 잠든 아기를 엄마 품에서 제 품으로 옮기는 아빠의 손길처럼, 조심스럽게, 옮겨주고 싶습니다. 그것이 청년 동구에게 온 나무와의 완전한 인연입니다. 동구의 나무는 그 비밀스럽고 강력한 소망의 인연입니다.

(계간 《환경과 생명》 2002년 가을호)

소설가가 된 청소부

열살 무렵의 일이다. 어머니가 "넌 장래 꿈이 뭣꼬?"라고 물었고, 나는 "커서 청소부가 되고 싶다"라고 대답했다.

"밤중에 일을 시작해서 아침이 오기 전 맡은 구역을 다 치워야 해. 내가 비를 들고 지나가면 거리가 마술을 부린 것처럼 깨끗해진다. 근데 아침에 길을 걷는 사람들은 밤새 누가 이리 기똥차게 청소해 놓았는지 몰라. 이미 나는 일을 마치고 퇴근한 뒤니까!"
"내가 헛산다 헛살아. 뼈빠지게 일해 먹이고 입혀 공부시키는데 고작 청소부가 되겠다고?" "왜 … 착한 일 하면서 남에게 자랑하지도 않고 … 얼마나 멋진 꿈이야 …."

철없는 '꿈'이 아닌 현실의 '직업' 청소부를 직접 본 건 언제였던가. 대학생이 되어 도시에 나와 살 때였다. 어느 추운 겨울 새벽. 내 어릴 때의 '꿈'이 대학가 하숙촌 경사진 골목길을 위태롭게 내려오고 있었다. 청소부는 리어카를 끄는 게 아니라 업고 있는 것 같았다. 리어카에 실린 쓰레기가 집채만했다. 무게중심이 뒤에 놓여 그의 두 발이 축지법을 쓰듯 널뛰기를 하고 있었다. 술을 마시고 하숙집으로 귀가하던 그 새벽 이후 청소부는 내게 힘들고 위험한, 그리고 조금 서글픈 직업의 대명사가 되었다.

정보통신 시대니 문화의 시대니 하며 새 천년의 시작이 떠들썩하다. 뉴욕 런던 파리 등지의 밀레니엄 맞이 축제를 텔레비전으로 보고 있으니 지상천국의 도래라도 선포하는 것 같다. 인종과 계급의 벽이 사라지고 전 인류가 한가족이 된 듯싶지만, 요란한 텔레비전을 끄자마자 온몸이 소스라치는 것 같은 달밤의 적요함은 그것이 하나의 신기루 같은 광란이었음을 말해준다. 1·2차 산업의 여전히 고역 같은 일을 하는 이 땅의 노동자들과 세계 하층국가의 민중들이 덜 벌며 덜 먹고 쓰면서 다른 중·상류 국가의 문화시민을 먹여살리는 것이 그 휘황한 축제의 이면임을 모르지 않는다.

봄이 오면 나는 '부패하기 시작하는 나이'라는 서른이 되는데, 새해를 맞는 소박한 자기다짐은 '내 꿈의 출신성분을 잊지 말자'이다. 지난 추운 밤에도 고독한 청소부님들이 이 땅을 휩쓸고 갔겠지만, 그들뿐 아니라 다른 여러 힘든 삶들에 대한 동시대인의 도리를 늘 염두에 두자는 것이다.

아이 때 품은, 실패한 그러나 아름다운 꿈을 지금과 이어본다. 꿈의 출신성분과 그 현재완료진행형을 "나는 소설가가 된 청소부야"라며 음미해보는 것이다.

(〈한겨레〉 2000년 1월 5일)

'정전'이 켜준 삶의 반성

저물녘에 정전이 되었다. 다른 집 창문은 훤한데 우리집만 불이 나갔다. 123에 전화하니 한전 상담원이 "차단기 스위치는 어때요?" 하고 되묻는다. "내려와 있어요." "그럼 그건 저희 담당이 아니고 철물점이나 배선 하는 데 가서 누전된 곳을 찾아달라고 하세요. 거기서 조치 받으세요."

동네 철물점을 찾아갔다. "아저씨가 출장 가고 없어요. 내일 오세요. 참, 보일러는 살폈나요? 모터에 물 들어가면 누전되는데…" 한다. 다른 철물점에 갔다. '날이 어두운데 …' '방이 몇개요? 하며 한참 미적대더니 출장비가 오만원이라고 한다. "우리집 남자는 두꺼비집 볼 줄도 모르고 배관도 모르고 시멘트에 못도 못 박는다!" 하는 여동생의 타박을 듣고 나선 길이었다. 출장비로 오만원이나 갖다 바친다면 더한 타박을 부를 게 뻔했다.

전기제품을 하나씩 제거해나가자. 그때마다 차단기를 올려보자. 그깟 누전된 곳 못 찾으랴. 집으로 돌아와 직접 곳곳을 점검했다. 그러나 차단기는 요지부동이었다. 결국 여동생들과 방에 들앉아 초를 켜고 "불 없이 살아보자." "파카 껴입고 자면 된다." "가스레인지는 작동한다. 밥은 해묵고 산다." "오만원이 누구네 개 이름이가" 하며 지껄여댔다. 마음 한켠에는 전기 없이 산중에 홀로 산다는 법정 스님의 고집이 떠오르기도 했다. 원시 종족에게 섹스 행위는 캄캄한 밤의 공포를 이기려는 심리적 효과도 있었겠다는 생각도 든다. '옛날 사람들은 어떻게 살았을까' 하고 정전 때면 느끼는 소박한 감동에도 젖었다.

정전의 밤은 깊어가고 뒤늦게 귀가한 아버지가 시장 쪽 골목을 뒤져 일만원 싼 기술자를 불러왔다. 누전을 찾았고 조치가 취해졌다. 불이 들어오자 식구가 한입으로 "와! 환하다!" 하고 외쳤다. 텔레비전이 켜지고 보일러가 돌고 컴퓨터가 부팅되기 시작했다.

새해 벽두 와이투케이(Y2K)가 큰탈없이 지나간 것에 사실 나는 다행감과 함께 아쉬움도 있었다. 지난 세기 앞만 보고 달려온 인류가 자신의 문명을 크게 반성할 수 있는 천금 같은 기회였다는 생각도 드는 것이다. 수도와 전기가 끊기면 지옥이 되는 고공 아파트, 기계문명의 보필 없이는 단 하루도 살 수 없는 우리들 정신적 능력의 결핍. 우리집의 정전은 두시간짜리였을 뿐이지만, 적정 수준의 와이투케이? 한 일주일 정도 전세계가 원시시대로 돌아갈 수 있었다면 우리네 삶의 기반을 좀더 치열하게 묵상할 수 있지 않았을까. 늦게라도 천년의 비전을 조금 다른 방향에서 찾게 되지 않았을까.

<한겨레> 2000년 1월 19일)

고전을 읽으며

보름에 걸쳐 《전쟁과 평화》를 읽었다. 완독했다. "《전쟁과 평화》는 완독했다는 것 자체가 자랑이 된단다." 고교시절 독서광인 한 친구가 한 말이 새삼 기억났다. 사실 나는 이번이 세번째 도전이었다.

돌로호프가 창문 바깥에서 아무것도 잡지 않고 럼주 한병을 다 마시는 장면까지 읽은 게 고교 때의 일이다. 백쪽 읽는 데도 지루함이 이루 말할 수 없었다. 대학 4학년 때 무려 8개월에 걸쳐 집적댔지만 반 정도 읽고 포기한 게 두번째였다. 여전히 지루했고, 번역 문장이 난삽하기 짝이 없다고 느꼈다.

그런데 이번은 여러 모로 달랐다. '감동' 은, 누선이 작동하는 것, '감명'이라고 할 어떤 환한 빛이 가슴에 차오르는 것, 이 두가지가 있겠는데, 그게 겹쳐서 오는 것이다. 군에 입대하는 안드레이가 아버지와 작별할 때, 폐차의 전사 통지를 받고 백작부인이 울부짖을 때, 안드레이가 죽을 때, 야윈 나타샤를 피에르가 한참 알아보지 못할 때, 마리야가 니콜라이에게 제 사랑을 주장할 때 등등.

책의 가치는 독자의 주체적인 역량에 따라 달라지는 것 같다. 그저 지루했던 것이 몇년 세상을 굴러다니며 나도 여러가지 마음의 체험을 몸 안에 저축하게 되었고 백작의 언어가 그것들을 건드려준 것이다. 백년도 더 된 옛날 이야기에 감동할 수 있었다는 것 자체가 의미심장한 면이 있다. 지금 러시아에서 자행되는 체첸 전쟁의 수천 전사자 소식엔 '민족전쟁 수준의 저 후진국들…' 하며 냉소적이 될 뿐이다. 체첸에서 수만이 죽는다 해도 그건 정보 수준이다. 그러나 안드레이라는 한사람의 죽음에도 가슴이 먹먹해진다.

문학은 앎의 영역이나 '사실'의 인식 차원이 아닌, 기본적으로 마음의 능력과 함께 가는 진실에의 전면적 응전임을 깨닫는다. 백년 이상의 시간의 벽을 뚫고 확인할 수 있었던, 대가의 손에 의해 굳혀진 진실의 그 엄연한 존재는 정보 속도전에 밀쳐지는 나를 당당하게 한다.

서울의 한 친구는 최근 괴테의 《파우스트》를 읽었다고 전화로 자랑했다. "긋는 족족 밑줄이야." 직장 일에 바쁘지만 녀석은 새로 플라톤 철학서를 잡고 있다는데, 아주 고전중이란다.

시절이 사람들로 하여금 오래된 책을 찾게 하는가. 책장을 뒤져보면 읽다가 포기한 케케묵은 보물들이 적지 않을 것이다. 고전과 함께 시간의 허무를 이길 뿐 아니라 자신의 성숙을 확인해보는 것은 좋은 겨울나기다.

<한겨레> 2000년 2월 1일)

버스 안 음악감상

대학시절, 어느 겨울밤의 기억이다. 버스를 타고 하숙집으로 귀가하는데 라디오에서 가수 이광조의 〈가까이 하기엔 너무 먼 당신〉이 흘러나왔다. 그날따라 노래가 가슴을 쳤다. 정류소에 내리자마자 레코드점에 들어가 이광조 테이프를 살 정도였다.

이은하의 〈청춘〉을 듣고 문득 감동받은 건 작년 가을이다. 역시 버스에서의 일. 그의 허스키가 이리 세련미가 있었던가. 며칠 후 그의 골든히트 앨범도 사고 말았다.

음반을 구입할 만큼 한물 간 옛노래들이 새삼 매혹적으로 들린 이유는 뭘까. 손님이 별로 없는 호젓한 버스 안, 창밖으로 도시의 밤 불빛을 바라보고 있었다는 시공간의 공통점 외에 다른 이유는 없다.

밤 거리를 달리는 버스가 때로는 최상의 음악감상실이다. 삶의 가난한 반칙처럼 버스 안이 무슨 귀한 인연이라도 이뤄진 것같이 한순간 시적인 장소가 되는 것이다. 험난한 세상을 살자면 고쳐야 될 감상벽인지도 모르겠다.

조금 다른 얘기를 하면, 버스에서 접하는 삶의 풍경 중 가장 아름다운 건 반대 차도에서 같은 회사 소속의 버스가 마주 올 때가 아닐까. 두 운전기사가 반가운 얼굴로 손을 들어 인사한다. '오늘 길 잘 뚫려' '어이, 그럴수록 안전운전' '끝나고 한잔 하자구' 등의 뜻이 담겼을 짧은 손인사는 그들 힘든 노동의 삶을 넉넉히 긍정하는 몸짓 같아 마음이 그만 느꺼워진다. 집 가까이 배차지가 있어 간혹 본, 감색 잠바를 입고 식당으로 가는 기사들의 흥겨운 뒷모습도 자연스레 겹쳐진다.

아이엠에프 이후 택시기사의 "어서 오세요"라는 인사는 귀설지 않게 됐지만, 한번은 버스기사한테서 그런 인사를 받게 되어 오백원짜리 손님인 내가 더 당황했다. 기사는 수십명의 승객에게 "어서 오세요" 하면서도 내내 쾌활했다. 그 노선에서 두어번 더 그런 인사를 받고는 익숙해졌다. 삶의 풍경이 조금씩 달라져 간다.

대개 버스는 라디오 가요프로를 틀어놓는다. 카 오디오로 클래식 음반을 들려주는 버스는 타본 적이 없다. 왜 슈베르트의 〈연가곡〉이나 말러의 〈교향곡〉을 들으며 운전하는 기사님은 없는 걸

까. 이따금 다대포에서 서면까지 한시간 넘게 버스를 타는데, 버
스 운전노동자의 개인적 취향과 생면부지 손님 신분의 타인인 나
와 꼭 맞아떨어지는, 버스 안의 격조(?)있는 음악감상 경험은 무
척이나 각별할 것 같다.

　삶의 풍경이 달라진다. 한대의 버스가 도시 전체의 문화 수준
을 격상시킨다. 그런 인연이 생기지 말란 법도 없다.

(〈한겨레〉 2000년 2월 11일)

＜박하사탕＞ 읽기

여행을 다녀왔다. 유적지를 둘러보고 산에 오르고 낯선 데서 잠을 잤다. 부산에 돌아와서도 여행의 설렘이 가라앉지 않았다. 터미널에서 집으로 가지 않고 혼자 남포동 극장가를 찾았다.

＜전태일＞＜꽃잎＞을 잇는 영화라는 선입견에 '보고 싶다' '봐줘야 한다' '왠지 보기 싫다 …' 여러 복잡한 생각이 들던 ＜박하사탕＞. 4회 상영분을 보고 나오니 거리엔 어둠이 내려 있다.

＜쉬리＞보다는 백배 나은 영화였다. 이창동 감독은 '폭력' '섹스' '돈'을 함께 다루려 했다. 쉬운 작업일 리 없다. 주인공 김영호는 80년 광주에서 한 소녀를 쏘아죽였고, 그때 이미 그의 생은 타락하고 망가졌다. 그는 자신의 첫사랑 연인에게 돌아갈 수 없

었다. 영화는 광주에서의 그의 망가짐이 그후 그의 인생에서 어떻게 더욱 도져나갔는가를 그렸다.

그런데 김영호의 목소리는 의외로 맑다. 청년기뿐 아니라 자살 직전에 이른 영화 초반의 극한 상황 속의 장년기에도 그는 무엇보다 음성이 맑은 사람이다. 설경구 씨의 배우로서의 단련된 발성이기도 하지만 그의 첫사랑 투명한 시절이 완전히 멸하지 않았다는 걸 말하는 것도 같다. 그 맑은 음성이 시간의 괴력에 불가항력인 모든 존재에 대한 연민까지 건드린다.

80년 광주의 비극은 어느덧 20년 전 과거사가 되었다. 민주화운동 학생을 고문하는 장면에서도 간혹 웃음을 유발하는 데까지 시선의 거리를 얻고 있다고 할지 모른다. 이번 여행에서 잠깐 들렀던 국립박물관이 생각난다. 죄없는 생명을 죽였을 창과 화살은 피맛을 잊은 척 녹슨 것이 되어 있었고, 천오백년 시간의 더께에서 내가 채갈 수 있는 앎과 느낌은 한줌도 되지 않는다는 절망감이 엄습했다. 그럴 거다. 더 많은 세월이 흐르면 박물관의 유물처럼 광주의 기억은 우리를 슬프게도 불쾌하게도 하지 않는 그저 안전한 볼거리가 될 것이다.

김영호를 망가뜨린 것은 최후에 이르러 시간처럼 보이는 것이지 그것이 정녕 시간 때문인 것은 아니다. 우발적으로 보이지만 결코 우발적일 수 없는 사건이었다. 광주에서의 죽임 말이다. 사건이 아닌 시간에 불만을 표하는 것은 사건의 파괴력을 해석해내려는 자의 고충의 토로이거나 살아남은 자의 자기위로일 것이다.

뒤통수로 달려드는 육중한 기차 그리고 김영호의 돌아서기. 시간
이란 괴물을 정면으로 바라보며 절규하지만 "돌아가고 싶다"는
실현되지 않는다. 기차가 박치기해야 할 것은 80년 광주여야 했
다. 그의 사회적 삶의 출발은 첫사랑이 아니라 광주였다.

(〈한겨레〉 2000년 2월 22일)

서울, 청년기의 고향

88년 대학 입학 뒤 군대 시기를 빼고 나는 7년 가량 서울살이를 했다. 신림동, 안국동, 무악동, 가리봉동에 살았다. 마지막 거주지가 가리봉인 이유는 세가 쌌기 때문이다. 직장을 그만두고 글을 쓰다 경제적 궁핍의 한계를 맛보았던 곳. '어머니 젖에 발린 꿀을 빨러' 낙향한 이유도 그곳보다 더 싼 세의 지역을 서울에서 찾을 수 없었기 때문이다.

서울을 떠난 지 어느덧 3년, 지금 나는 부산 초읍에 산다. 시내에 나갈 땐 버스를 타거나 전철역까지 20분쯤 걷기도 한다. 어느 날 역까지 타박타박 걷다가 인도 신호등 앞에 멈춰서서 나는 산등성이와 주택가, 저물어가는 옥빛 하늘을 무심결에 바라보았다.

문득 서울로 돌아가고 싶다는 이상한 향수에 휩싸였다.

나고 자란 곳만이 고향인가. 서울로 돌아가고 싶은 마음도 향수였다. 내 청년기는 서울에서 시작되었고 앳된 젊음의 열정이 그곳에 고스란히 남아 있다. 친구들과의 술자리며 새벽 서너시까지의 토론, 나는 그렇게 세상으로 틈입하였다. 서울을 미워할 수가 없다. 사랑하는 친구들이 다 그곳에 있다. 나는 달랑 혼자 부산에 있다. 향수의 감정이며 분명 상실감인 것이다.

특히 이십대는 자주 만나는 벗들의 의미가 막대하지 않은가. 그들과의 대화는 일상의 관심사를 규정한다. 친구들의 세상 인식에 뒤질 수 없다는 경쟁심도 작용한다. 부산에 내려와 한동안 신문이나 잡지를 전혀 읽지 않았다. 서울의 또래 문화에서 배운 언어로 대화할 상대가 없었기 때문이다. 나는 홀로 공부할 뿐이고, 친구들은 아직도 서로 치고 받으며 공부한다. 많은 똑똑한 친구들이 스크럼 짜서 형성한 세상의 중심에서 혼자 멀어지는 것 같아 불안하고 두렵다.

그러나 친구들 가까이라고 해서 예전의 활기가 가능할까. 다들 벌이에 바쁘고 아래위로 돌봐야 할 저마다의 식구가 늘어가니 대학 때의 치열한 토론 문화는 점차 사라져갈 것이다. 시간이든 공간이든 떠나온 순간부터 떠나왔다는 이유 하나만으로 향수가 되는 건지도 모르겠다.

그리워만 하다간 과거에의 퇴행이 될 뿐, 새로 미래를 꿈꿀 수밖에 없다. 펄펄 끓는 청춘의 피가 거저 주는 열정이 아니라 삶의 세목을 더 깊고 두텁게 인식한 정신의 풍성함이 주는 차분한 기쁨. 외로움에의 내성을 키우고 그리워하는 마음의 갈구를 생산적인 실천으로 바꾸는 지혜 …. 그러나 집으로 돌아가는 골목길에서 방향을 틀어 불쑥 찾아갈 수 있는, 의좋고 쟁쟁한 친구들이 지근거리에 사는 것, 나의 소박한 꿈이다.

(〈한겨레〉 2000년 3월 1일)

황당하고 절실한 약속

나는 노총각이다. 새해 서른두살이다. 애인도 없다. 작년 가을,
참 힘들었다. 마음이 너무 싱숭생숭해 술이나 한잔 사달라고 한
선배한테 전화를 했다. 그는 재작년 여름, 서른다섯살에야 노총
각 신세를 탈출한 자다.

"형, 가을이 무서워 죽겠어." "자슥아. 서른 넘으면 원래 그래.
두어번 가을 더 맞으면 적응한다. 그 다음부터는 쭉 순항이다."
이건 위로가 아니고 협박 같다. 그러면서도 "얼른 여자 만나 결혼
해. 개기지 말고" 한다. 나는 대답했다. "사랑은 아무나 하나요?"

옛 애인 생각이 날 때가 있다. 스물두살 대학 4학년 때 만나 스
물다섯살 군대 있을 때 헤어졌다. 첫 애인이자 마지막 애인이다.

헤어진 지 벌써 7년이다.

그녀는 4년 전 이미 결혼했다. 이제는 아이도 있을 것이다. 그녀 생각은 내가 굳이 하려고 해서 하는 것만은 아니다. 반년에 한 번쯤은 꿈에 나타나기 때문이다. 가장 최근 꿈은, 내가 동굴 속에 있는데 그녀가 들어와 나를 밖으로 이끌었다. 밖은 전쟁터였다. 총을 맞고 죽은 아이들 시체가 즐비했다. 나는 그걸 보고 꺼이꺼이 울었다. 이렇게 섧게 울기는 처음이야, 꿈에서 생각했다. 목에 걸리는 울음소리를 내 귀가 듣고 잠에서 깼다. 눈자위 가득 물기가 묻어 있었다.

그녀와 나는 한때 서로 정말 좋아했다. 이야기가 잘 통했고 주위의 크고 작은 일들에 반응하는 감성의 근거가 비슷했다. 그녀는 착하고, 적어도 내 눈엔 예뻤다. 나는 그녀와 결혼하리라고 믿어 의심치 않았다. 기억난다, 내게 온 그 커다란 행복감이 두려워 액땜하는 셈치고 말한 적이 있다.

"천재지변도 있잖아. 전쟁이 터질 수도 있고, 지진이 일어나든지 또 어떤 피치 못할 사정으로 헤어질 수도, 그 헤어짐이 길 수도 있다. 그리고 이산가족 부부처럼 우리 둘 다 각자 다른 사람을 만나 사랑하고 결혼할 수도 있겠지. 그러나 우리, 마흔이라도 다시 만날 수 있다면, 각자 남편과 부인과는 이혼하고 우리끼리 재결합하자. 약속!" 말도 안되는 얘기다. 그만큼 철없이 좋았다는 것이다.

그러나 정말이지, 사랑은 아무나 아무 때나 하는 게 아니다. 그녀와 나는 너무 어렸다. 또 우리는 세상이 두려웠다. 연애의 파경은 쌍방 잘못이다. 헤어진 직후에 반반 잘못이라고 생각했는데 시간이 지날수록 내가 더 잘못한 것 같다. 요즘은 내가 99퍼센트, 그녀가 1퍼센트 잘못한 것 같다. 어쨌든 쌍방이다. 군대 병장휴가 나왔을 때 우리는 완전히 결별했다. 그녀가 한 말이 기억난다. "너, 절대 내 얘기 소설로 쓰지 마." 나는 대답했다. "걱정하지 마. 쓰더라도 허락받고 쓸게."

그런 그녀가 다른 남자와 결혼한다는 인편 소식에 나는 그녀의 행복만을 빌 수는 없었다. 잡념이 많았다. 얼마나 잘 사나 보자, 속좁은 마음이 없지 않았다. 이 세상에 남자로 사는 일은 참 속되어서 그후 새로운 설레임이 간사하게 몇번은 찾아왔다. 어쩌면 올해 서른두살 노총각이 안될 기회도 여러번 있었는지 모른다. 그러나 설레임의 깊이와 강도를 첫 애인 때와 비교하게 된다. 어느 누구도 그걸 능가하지 못했다.

어느 선배가 말했다. 그는 결혼하고 아이가 둘이나 되는 사람이다. "첫 해외출장을 갔는데 말야, 미국에 열흘 정도 있다가 비행기 타고 태평양을 날아왔단 말야. 우리나라 땅덩어리가 보이기 시작해 돌아왔구나 싶은데 딱 첫사랑 얼굴이 떠오르더란 말야. 마누라 얼굴이 아니고, 헤어진 지 몇년은 된." 나도 그 비슷한 걸 상상해본 적은 있다. 내일 지구의 종말이 온다면 오늘 무얼 할 것인가. 당장 그녀를 찾아가 지난 일을 사죄해야 하지 않을까. 그래야 이튿날 마음 편히 죽지 않을까. 첫사랑은 참 깊은 기억이다.

어쨌든 이별 후 7년이 흘렀고 그동안 한번도 만나지 못했다. 그리고 앞으로 더 많은 세월이 흐를 것이다. 반년에 한번이 아니라 그녀가 아예 꿈에 나타나지 않을지도 모른다. 그러나 마흔까지는 반년에 한번쯤은 그녀가 내 꿈에 나타났으면 좋겠다. 사람이 사람을 사랑한다는 것, 그 어려움, 그 깊은 시련, 그 가혹한 성숙, 그걸 가르쳐준 이가 바로 그녀다. 고맙게도 내게서 아직까진 잊혀지진 않았다. 오만과 독선이 얼마나 나쁜 것인지를 깨닫게 한 깊은 거울이 그녀다. 그녀는 나의 은인이다.

서로 좋아 죽고 못 살았던 옛날 애인이 지금은 어떤 모습일지 누구든 궁금하지 않으랴. 나는 2009년에 마흔이 된다. 나 또한 지금의 노총각 신세를 벗어나 어느 따뜻한 여인의 품에 안착해 있으리라. 그러나 다시 만나 재결합하자는 황당한 약속이 아니라 차원 다른 설레임으로 옛 애인을 수소문해 만나리라. 아직도 나는 뻔뻔스레 쌍방 잘못이라 하지만 마흔의 어느 날에 오직 나의 잘못이었음을 사죄할 수 있을 것 같다. 그녀 결혼 때는 못 빌었던 행복을 간절히 기원하며 그녀가 약속장소에 나타나길 기다릴 것이다. 진정 뉘우칠 수 있으리라. 뉘우치고 싶어, 마흔 되어 만나자는 황당한 약속이 내게는 아직도 절실하다.

《해피데이스》 2001년 1월호

바람을 뚫고 가기

"경북 상주 현장체험은 일의 강도가 상당히 높습니다. 귀농을 낭만적으로 생각하시는 분들은, 낭만을 버리는 계기가 될지 모르겠습니다. 첫날은 상주 계시는 귀농인 한 분이 오셔서 강의를 하실 겁니다. 강의가 끝나고 나면, 술을 드실 분은 술을 드실 수 있습니다. 몇시까지 마시고 자리를 정리해라, 이런 강제적인 규정은 없지만, 이튿날 6시 기상은 칼같이 합니다. 늦게까지 술을 마셔 못 일어나겠다, 이런 변명은 통하지 않습니다."

서석태 사무국장이 단호한 어조로 말했지만, 1박 2일 현장체험이 힘들어봤자 얼마나 힘들까. 사실이 그랬다. 10월 9, 10일 양일간의 상주 현장체험을 가서 나는 한 농민의 오미자밭에서 순 치는 일을 하였는데, 쪼그려 앉는 게 익숙치 않아 무릎이 약간 뻐근할 뿐이었고, 몸보다 오히려 마음이 더 어지러웠다. 삼십년 넘게 몸에 익은 도회지 생활을 정리하고 시골에서 이런 일을 하며 살아야 할까, 왜 너는 이렇게 살려고 하느냐, 이런 게 정말 니가 원하는 삶이냐, 이런 질문들 때문이었다.

부산귀농학교의 문을 두드리기 전, 나는 과대망상에 가까운 불안에 자주 휩싸였다. 앞으로 세상이 어떻게 될까, '대량생산-대량소비-대량폐기'로 요약되는 지금의 세상이 향후 최소 백년 이상은 굴러갈 것인가, 아니면 화끈하게 망할 것인가, 과학기술의 비약적인 발전으로 보다 강력한 쾌락의 시대가 도래할 것인가, 식량과 에너지를 둘러싼 대규모 전쟁의 시대로 떨어지고 말 것인가 등등.

세상이 어떻게 될지는 어느 누구도 알지 못하지만, 서른살 이후 이런 의문에 시달렸고, 그것이 귀농학교에 입교하게 된 한 중요한 연유가 되었다. 상주 현장체험뿐 아니라 귀농학교의 전체 강좌가 다 끝난 지금도 나는 분명한 결론에 이르지 못하고 있다. 좀더 살아봐야겠다. 좀더 다녀봐야겠다. 좀더 탐구해봐야겠다, 이렇게 막연히 다짐하고 있을 뿐이다.

하지만 그 어떤 답답함은 많이 가신 것이 사실이다. 나 같은 고민을 하는 사람이 꽤 있다는 것이 무엇보다 반갑다. 도시에서 귀농하여 생태적인 농사를 짓는 분들이 쓴 책이나 에세이는 몇번 본 적 있지만, 실제로 대면하여 제법 긴 시간 이야기를 나누기는 처음이었다. 도시의 직장을 떨치고 자식까지 주렁주렁 달고 귀농한 사람들, 나보다 훨씬 앞서 외롭게 진정한 삶에 대해 고민하고 마침내 과감히 몸을 옮겨 심은 사람들. 그들의 존재 자체가 "당신도 할 수 있습니다"라고 나를 격려하고 있었다. 특히 상주 현장체험에선 그들이 사는 모습을 직접 볼 수 있었기에 적잖은 자극이 되었다.

과거를 생각하지 않고 또 가깝고도 먼 불안한 미래를 생각하지 않고 지금 이 순간만을 음미할 수 있다면, 상주의 1박 2일은 유쾌한 여행이었다고 할 수 있다. 10월 10일 아침의 정경이 생각난다. 일이 쉬울 것 같은 조에 배정받겠다고 '허약한 체력'과 '나쁜 컨디션'을 다투어 자랑하고, 작업조가 정해지고 나선 어떤 조가 밭주인의 속을 썩힐 농땡이조인지 과장스레 서로 손가락질하는 것은 귀농학교 신입생만이 할 수 있는 넉살이자 애교일 것이다.

나는 오미자조였고, 1천2백평 널찍한 밭에 가서 기세 좋은 놈 두세개만 남기고 여분의 가지를 자르는 일을 했다. 제각기 한 고랑씩 맡아 웅크려 앉고서는 남의 농사를 망칠 수는 없는 일이라 어떤 걸 자를까 망설이고 고심하는 것은 도시에서 경험하기 힘든 생명과의 대면이자 귀한 침묵의 시간이었다. 한두시간 만에 손놀림에 익숙해지고 요령이 생겨 일의 속도가 빨라지는 것도 느낄 수 있었는데, 그것은 작은 성취의 재미를 주었다.

관절통을 호소하며 자주 나무 그늘로 가는 정 선생, 그가 그늘로 가는 걸 볼 때마다 나도 쉬어야지 하며 쫄쫄 따라가는 약골 청년, 그 둘을 보고 뭐라뭐라 우스꽝스레 놀리는 윤 선생 등 오미자 밭에서 우리들은 자연 속에서 모두 아이의 마음이 되는 기쁨의 시간을 맛보았다.

하지만 기쁨과 동시에 어두운 그림자 감정이 따라붙던 것인데, 그렇다, 귀농학교의 거의 모든 강의에서도 경험한 그 복잡한 감정이 상주에서라고 생략될 수는 없었다. 점심식사를 하면서 정 선생은 "쌀 개방 해야 하는 것 아닙니까? 이 나라에 농민만 사는 게 아니잖습니까. 한 나라의 정부가 어떻게 농민만 생각하고 정책을 꾸릴 수 있어요? 휴대폰 팔고 반도체 팔고 자동차 팔아서 농민보다 훨씬 많은 수의 국민이 먹고 사는데, 정부가 쌀 개방 하지 않고 버틸 수 있습니까"라고 말하는 것을 나는 들었고, 또 윤 선생은 정 선생의 말을 일단 받아주지 않을 수 없어, 아니 아주 현실적인 귀농의 타산도 하지 않을 수 없어 "앞으로 쌀 개방이 되면 땅값이 엄청 떨어질 겁니다. 지금 논 사지 말고 일단 이삼년은 기다려봐야죠"라며 쌀 개방의 대세를 순순히 인정하던 것이다.

오미자밭에서의 순수한 감정도 분명 우리 내면의 것이었지만, 한손으로 그 순수함의 뒤통수를 다정스레 쓰다듬으면서도 다른 한손으로 그것의 목을 조르는 단순치 않은 현실이 엄연했다. 그 현실의 움직임과 괴력을 도외시한 채 당위만을 주장할 수도 없기에, 내 앞에는, 아니 정 선생과 윤 선생의 앞에도 당분간 세계의 큰 파도에 완전히 휩쓸리지 않으면서도 위태롭게 곡예를 하듯 타넘어야 하는 힘든 여정이 놓여있는 것이다.

부산으로 돌아오는 버스 속에서 나는 무슨 생각을 했던가. 사람들은 노래반주기를 틀어 좌석에 앉은 채 돌아가며 노래를 불렀다. 어젯밤 농민 한 분이 자기 밭에서 자라는 밤나무를 털어 삶아온 것이라며 똘밤 한 바구니를 내놓았었다. 내 잠바주머니에는 그것 몇개가 들어 있었다. 끝없이 이어지는 동문들의 노래를 들으며 그리고 밤을 까먹으며 나는 조금 피곤하였다. 그러나 생각은 맑았다.

잘려나간 가지의 아픔도 잠시, 오미자는 두세개 남은 가지에 최선을 다해 성장을 도모할 것이다. 잘려나갔기에 이제 성장의 목표가 보다 뚜렷해졌다. 사람의 인생 또한 마구잡이로 자라는 것이 아니리라. 어떤 정확한 인생의 결실을 맺는 게 목표라면, 나 또한 잡념과 욕심의 가지를 가차없이 잘라내고 보다 진정한 생의 도전과 성취에 나의 모든 정신과 육체의 에너지를 투여해야 할 것이다.

부산귀농학교의 열여섯 강좌는, 그리고 1박 2일의 상주 현장체험은, 어디선가 불어온 바람과 함께 왔다. 나는 바람 한가운데 서 있었고 바람 속의 어떤 향기를 맡았다. 끔찍한 불길에 무엇인가가 타는 냄새인가, 이제 막 형성되기 시작한 신생의 숲에서 나는 향기인가. 알 수 없다. 그 바람을 뚫고 현장까지 가봐야 알 수 있다. 그런데 나도 모르게 그 첫걸음은 내딛어져버렸다. 첫걸음은 다음 걸음을 간절히 기다린다는 것을 나는 안다.

(부산귀농학교 소식지 〈아름다운 삶〉 2004년 가을호)

발바닥으로 쓴 일기

양산 생명텃밭에서 ●●●

지난주부터 마음에 새긴 바 있어 부산귀농학교에 나가기 시작했다. 세번째 강의가 현장학습이었다. 어머니는 혀부터 찼다. "니 키울 때 공부하라꼬 집안 농사일도 못하게 했는데, 다 늦게 돈까지 갖다바치며 남의 밭일 하러 간다꼬?"

귀농학교의 '생명텃밭'은 양산에 있었다. 가장 먼저 밭이랑을 고르고 배추 모종을 옮겨심었다. 점심을 먹고는 경운기로 갈아엎은 밭의 새 이랑에 쪽파를 심고 알타리, 상추씨를 뿌렸다. 10분만 쇠스랑질을 해도 내 허리에 마비가 오는 듯했다.

내가 귀농을 소망한 지는 꽤 되었다. 아니, 사실 귀농이란 말은 맞지 않다. 몇십평 텃밭을 가꾸며 글을 열심히 써야지, 하는 바람이니 시골살이란 말이 더 맞을 것이다. 어쨌든 갈수록 산과 들, 작은 식물에 감동하고 나도 모르게 눈길이 간다. 내 인생의 반이 지난 나이, 마음의 감동이 이끄는 대로 이젠 좀 착하게 살고 싶어졌다.

일정을 마치고 집에 돌아오자 "뺄가물치가 돼 왔구나" 하고 어머니가 웃는 낯으로 맞았다. 어머니의 김치찌개는 입에서 완전히 녹아내렸다. 이런 정직한 몸의 반응이 반갑다. 내달 말, 내가 심은 작물의 성장을 보러갈 날이 벌써 기다려진다. **(9월 15일)**

책 한권의 인연 ●●●

골목을 지나다 누가 분리수거 쓰레기로 중학교 체육 교과서를 내놓은 걸 보았다. 집으로 가져와 학창시절의 향수를 즐기며 뒤적거리다 "체조는 근육에 자극을 주어 혈액순환을 촉진시키고 내장기관의 기능을 증진시킨다"라는 구절을 보았다. 와, 체조가 이런 거였어? 그날부터 나는 매일 '혈액순환! 내장기능 증진!' 하며 체조를 하기 시작했다.

사실 운동을 할 나이가 되기도 했다. 근데 보름쯤 하자 지겨워졌다. 또 주워온 교과서를 뒤적였다. "30초 줄넘기, 20-40초 휴식, 6-8회 반복실시"라는 구절이 있었다. 이번에는 '심폐 지구

242

력!' 하며 줄넘기를 하기 시작했다.

지난 여름, 특히 열심이었다. 비가 와도 비를 맞으며 줄넘기를 했다. 이달 초에는 '장비'를 업그레이드했다. 줄이 알아서 뛴 수를 계산하는 카운터줄넘기를 산 것이다. 이제는 속으로 노래를 부르며 줄넘기를 할 수도 있다. 중학교 교가도 부르고 '임을 위한 행진곡'도 부른다. 겨울나무 산토끼 학교종도 부른다.

누가 (주)현대문학의 《중학체육 3》이란 귀한 책을 버렸을까. 정말 몸이 좋아졌다. 몸이 운동을 원할 때가 된 때문이지만, 낡은 책 한권과의 인연 덕분이라고 생각하고 싶다. 아, 그 잘난 '국영수'는 인생에 별 도움이 되지 않았고, 보잘것없던 체육 교과서가 사실은 꼭 필요한 책이었던 것이다. **(9월 16일)**

권영근 소장이 준 감동 ●●●

부산귀농학교의 네번째 강의는 권영근 한국농어촌연구소 소장이 했다. 두시간 내내 긴장감이 흘렀다. 이상한 일이었다. 도올의 강의도 나는 지루해서 못 참는데, 권 소장의 경우는 시간 가는 줄을 몰랐다. 경상도 사투리 억양의 그가 말을 멋지게 부리는 것도 아니었는데.

한국농업이 박정희 정부부터 어떻게 망가져갔는지에 대한 이야기였다. 사실 만만찮은 주제인데 압축적이면서 폭이 있게 설명해내는 저돌적인 에너지가 그에게 있었다. 벼의 다수확품종, 소위 통일벼가 강제적으로 보급된 뒤 수확량이 늘어났는데도 왜 농민들이 농촌을 떠나야 했는지부터 시작해 해마다 식량자급률이 최저치를 경신하고 마침내 쌀의 완전개방을 눈앞에 둔 빈사 상태의 한국농업까지를 그는 학자와 실천가의 열정적인 언어로 펼쳐보였다.

강의 내내 나는 이 땅 선량한 민중의 늙음, 병듦, 외로움 그리고 타락을 보았다. 눈시울이 젖고 마는 어두운 감동이 나를 떨게 했다.

권 소장은 한국농업 아니 한국사회의 대안을 '생산-소비-생활협동조합'의 활성화로 제시하였다. 한사람의 학자와 실천가로서 그의 공부가 더 깊어져, 온 국민을 울리는 강의를 하는 날이 오길 바라는 마음 간절하였다. **(9월 17일)**

인류 최대의 발명품 ●●●

오래도록 전화선으로 인터넷에 접속하는 걸 고집해왔는데 여름 들어 전용선을 설치했다. 인터넷도 인터넷이지만 사은품으로 주는 자전거에 욕심이 났기 때문이다.

배달돼 온 자전거는 브레이크가 대단히 강력해 골목길이나 이면도로를 다닐 때 생각보다 안전한 느낌을 주었다. 며칠 동안 일 없이 하야리아부대를 거쳐 부암로터리까지 자전거를 타고 다녔더니 장딴지 무릎 허벅지 쪽 근육이 확연히 좋아졌다. 시장이나 마트에 뭘 사러갈 때도 꼭 자전거를 타는데, 심부름 잘한다고 간만에 어머니한테 "우리 효자 아들" 소리도 듣게 되었다.

《바이시클 라이프》 창간호에서 읽은 것 같다. "왜 60킬로그램짜리 사람의 몸을 이동시키는 데 일톤 이상의 쇠뭉치가 필요하냐"던 질문이 잊혀지지 않는다. 물론 자동차에 많은 탁월한 장점이 있지만, 에너지 효율 면에서는 자동차가 최악의 물건인 반면 자전거는 "인류 최대의 발명품"이라는 것이다.

브레이크가 잘 듣는다 해도 노인들이 타고 다닐 만큼 도시의 길이 안전한 것은 아니다. 자전거의 길이 보다 넓어지고 안전해지는 길은? 지금보다 수십배 많은 사람들이 자전거를 타고 집 밖으로 나서는 성의와 용기를 보일 때일 것이다. **(9월 22일)**

그녀가 떠난 자리 ● ● ●

Y약국이 간판을 내린 것을 그제 알았다. 시골로 이사를 갔다는 것이고 약사가 더는 약국을 하지 않는다고 했다는 이웃집 아저씨의 전언이었다.

오륙년 전 술을 많이 먹고 탈이 났을 때 약을 잘 지어먹고는 단골이 되었다. 그러다 종합비타민제를 사려고 들렀을 때 약사는 "부지런히 걷기운동 하고 즐겁게 생활하세요. 그러고도 컨디션

개선이 안 되면 그때쯤 비타민제 먹는 걸 생각해보죠"라고 말하던 것이다. 장삿속이 완전히 배제된 그녀의 말이 백년 묵은 산삼을 발견한 듯한 놀라움을 주었다.

그후에도 복약상담을 하면 그녀는 참으로 엄정한 태도를 보였고 나는 늘 서늘한 감동을 맛보았다. 손님도 많아 보였다. 하지만 의약분업이 있은 후 오며가며 약국을 보면 적요한 느낌이 확 끼쳐왔다. 골목길의 작고 낡은 Y약국 주변에는 병원이 들어서 있지 않다.

벌어놓은 돈이 있어 이르게 은퇴한 걸까. 건강이 나빠진 걸까. 왠지 그렇게 생각되지 않는다. 약사가 죄를 저지른 때문이리라. 야 이년아, 넌 무슨 뼉다구라고 그렇게 바르게 살아? 언제까지 그렇게 바르게 살래, 응? 세상이 그녀에게 수없이 협박을 한 때문이 아닐까. 오가며 약국의 따뜻한 불빛을 보는 기쁨이 사라졌다. 그 자리는 이제 많이 어둡다. **(9월 23일)**

농부 정경식 ● ● ●

정경식 씨가 부산에 왔다. 귀농학교 사람들은 마흔여섯살 된 농부의 강의를 경청했다. 《21세기 희망은 농(農)에 있다》라는 그의 자서전 성격의 책에서 읽은 내용도 있었다. 그 책의 한 대목을 나는 따로 기억해두고 있다.

83년, 그가 전남 부안에 정착해 유기농사를 짓자 이웃들은 미친놈이라고 비웃었다. 어느 해, 그의 논에 병충이 들어 벼가 하얗게 말라가는 일이 생겼다. "거 봐라, 저놈 종자도 못 건질 거다." 그도 밤잠을 못 자고 고민하다가 딱 한번만, 하고 농약을 들고 논으로 달려갔다. 그런데 논둑에 이르러 석양에 붉게 물든 벼들이 바람에 흔들리며 춤을 추는 것을 보았다. "저렇게 아름다운 벼에 어떻게 벌레가 있을 수 있을까." 그는 주저앉아 통곡하고 말았다.

나는 생각한다. 이 땅에 사람이 살고 농사란 걸 짓기 시작한 후 정경식 농부와 같은 가슴아픈 사랑의 질문을 한 사람이 누가 있을까. 물론, 벌레도 긍정해야 할 어떤 필연의 생태적 존재겠지만, 아니 그와 같은 드넓은 지혜의 바다에 이르기 위해서도 우리 인간은 한 존재에 대한 지극함에서 출발해야만 하는 것이리라.

벼가 너무 아름다워 농약을 칠 수 없었다는 정경식 씨가 세계만방에 자랑해도 좋을 한국의 농부라고 나는 믿는다. 나아가 언젠가 삼성전자보다도 그를 더 자랑할 날이 오리란 것을 믿어 의심치 않는다. (9월 24일)

간밤에 시체를 좀 봤더니 ● ● ●

할머니 할아버지 시체들이었다. 20여구의 시체가 캠프파이어의 장작처럼 쌓여있었다. 경찰이 노란색 테이프를 쳤다. 구경꾼들은 당황했다. 테이프 안에 든 사람은 살인용의자 조사를 받아야 한다는 것이다. 밖의 사람은 집에 가도 좋다고 했다. 나는 밖이었다. 휴, 했는데, 이미 나는 내 방 침대에 누워 있었다. 꿈에서 깨어난 것이다.

"그거 돈꿈이다. 시체가 무섭더나?" "아뇨, 경찰이 무섭던데요." "그래, 시체를 무서워하면 안돼. 너한테나 우리집에 좋은 일 생기겠다." 아버지의 해몽이었다.

그날 하루, 좀 놀랐다. 지난달에 빌려간 오백만원을 빨리 갚을 수 있게 됐다고 누이가 어머니한테 전화를 해온 것이었고, 때때로 발작적인 효심에 휩싸이곤 하는 또다른 누이는 평소의 십만원이 아닌 백만원을 아버지 계좌에 입금했다고 전화를 해온 것이다. 나는, 경매사이트에 올려놓고 포기하고 있었던 갯바위신발이 2만5천원에 팔리는 것이고, 오후에는 도서관에 갔다가 독서의 달 책 교환 행사가 있어 헌책 다섯권을 깨끗한 학술서적 다섯권과 바꾸는 행운을 얻었다.

꿈이 맞기 시작하는 게 나이가 든 증거라는데. 산에 올라 "야, 역시 산이 좋아!" 하는데 시체로 이뤄진 산이었다는 걸 깨닫는 그런 꿈을 꾸면, 음, 어떤 일이 벌어질까. (9월 30일)

연지초등학교 아이들 ● ● ●

여자아이 셋이 하교하고 있었다. 그런데 한 아이가 급한 몸짓을 했다. "벌이다!" 다른 한 아이가 느긋하게 말했다. "괜찮다. 요새 벌은 안 무는 벌 아이가."

저 조그만 아이가 어떻게 그런 걸 알지? 자전거를 멈춰세우고 말을 걸었다. "요새 벌이 안 무는 줄 어떻게 알아? 누가 그런 말 하대?" "선생님이요. 수업시간에 그러셨는데요."

나는 크게 감탄했다. 선생님의 지식이 아이의 머리에 들어가고, 그게 아이 입 밖으로 자기것인 양 흘러나오고, 음, 연면한 인류역사의 비밀이 다른 게 아니리라!

"선생님 이야기는 무조건 다 맞아? 안 무는 줄 알았는데 물면 어떡해?" "물면 무는 거죠, 뭐." 아이가 귀찮다는 듯 말했다. "몇 학년이야?" "2학년이래요. 연지초등학교 다녀요." 옆의 아이가 답했다. "이름이 뭐야?" "알아 뭐 하게요?" "이름을 알면 … 이런 이름의 참 똑똑한 아이가 연지초등학교 다니는구나, 하고 아저씨가 자랑스러워하려구." "선생님이 모르는 사람한테 이름 가르쳐 주면 안된댔어요."

나는 다시 자전거를 탔다. 가을이라 먹을 게 줄어 힘없는 벌 한 마리가 날아왔다. 똑똑하고 예쁜 아이를 봐서인지 경제불황의 이 나라 미래마저 밝게 느껴졌다. 그럼에도, 벌을 피해 잽싸게 몸을 낮췄음은 물론이다. (10월 1일)

서울에서 골동품 가게를 하는 후배가 믿기 힘든 소식을 전해왔다. 가게 단골인 한 여인과 사랑에 빠졌는데, 알고 보니 자기보다 열일곱살이 많다는 것이다. 이미 깊은 사이였다. 요즘은 "앞으로 어쩌죠?" 하며 서로 붙들고 울기까지 한다는 것이다.

나는 아무 조언을 해줄 수 없었다. 미국의 한 이십대 청년이 "요즘 여자들은 사랑을 몰라." 하며 팔십대 할머니와 결혼했다는 뉴스에 감동한 적이 있었지만, 그건 뭘 모르는 소년시절의 일일 뿐이다. "더 큰 상처가 나기 전에 헤어져" 이런 소리도 하지 못하겠는 것이 낡은 물건들을 귀히 여기고 새끼손가락만한 식물에 홀려 하는 녀석의 고운 심성을 알기 때문이다.

큰 나이차가 시련인 후배의 경우말고도 비장애인이 장애인을 사랑하는 일, 남자가 남자를 사랑하는 일 등 세상에는 어려운 사랑이 많다. 벼랑에 핀 꽃을 찬탄해 마지 않듯이 불굴의 사랑의 결실에도 사람들은 찬탄한다. 후배가 나이 쉰이 될 때 그의 여인은 일흔에 육박하는데, 중년의 후배가 할머니가 다 된 여인을 변함없이 사랑한다면, 나는 후배에게 큰절이라도 올릴 것이다.

생각건대 바위벼랑에 꽃 하나가 아름답게 자라나기 위해서도 얼마나 많은 씨앗들이 바람에 날려가거나 싹을 틔우고도 이내 말라 죽거나 했을까. 아름답고 어려운 사랑, 아니 무섭고 지독한

천사를 보았다 ● ● ●

연지초등학교 앞을 걷다가 국자에 설탕을 끓인 뒤 납작하게 눌러서 파는 좌판을 보았다. '뽑기' 라 하는, 불량식품의 대명사가 아닌가. 행색이 아주 남루한 노인의 좌판이었다.

보도 맞은편에는 낡은 오토바이 한대가 서 있었다. 뭘 가지러 오토바이 뒷좌석 박스로 가는 그의 걸음이 완연히 절름거렸다.

요새 아이들은 설탕이 해로운 줄 잘 알고 있을 것이다. 내게는 추억의 맛이지만, 다가갈 엄두가 나지 않았다. 좌판은 썰렁하기만 했다. 물정 모르는 성냥팔이소녀, 아니 설탕팔이할배는 완전히 따돌림당하고 있었다. 인간아, 왜 사니, 왜 살아, 하며 세상이 격렬하게 손가락질하고 있었다. 나는 내가 살아있다는 것 자체가 죄라는 느낌에 빠지고 있었다.

그런데 바로 그럴 때다. 여자아이 둘이 손을 잡고 오더니 좌판 앞에 나란히 앉는 것이 아닌가. 노인의 얼굴이 순간 밝아지고, 불판에 국자를 올리고 설탕을 젓는 동작이 상당히 빨랐다. 작은 기적을 보는 것 같았다. 아이들만이 길거리 먼지 속에서 '대자연의 선물' 을 맛있게 먹을 수 있고, 늙고 다치고 가난한 삶의 어둠에다 빛을 한가득 안길 수 있는 것이다.

나는 흘려버렸다. 작은 천사들이 죄없는 설탕을 맛있게 먹는
것을 오래도록 바라보았다. (10월 7일)

기술발전과 불신사회 ●●●

언젠가 들은 이야기. 하루 운행을 마친 어떤 버스기사가 회사
로 차를 몰고 가면서 적당량의 토큰을 보자기에 싸서 도로 옆 풀
밭에 휙 던진다는 것이다. 그리고 다시 그 자리에 와 밤새 보자기
를 찾는다는 것이다. 회사를 속이는 일부 기사의 가외소득인 셈
이다. 여차장이 있을 시절에 차장의 브래지어 속까지 검사했다는
이야기는 유명하다.

기술에 대한 거부감으로 최근까지 나는 동전을 쏟아부으며 버
스를 탔는데, 현금승차와 교통카드 차액이 백원에 이르자 어쩔
수 없었다. 막상 카드를 이용해보니 카드회사에서 승객의 행로를
환히 알게 되는 개인정보 문제만 빼면, 괜찮다 싶다. 지하철을 탈
때 잔금이 십원 단위로 변화하는데, 나 자신이 갑자기 알뜰해진
것 같아 무엇보다 뿌듯했다.

그런데 어느 밤, 버스 앞좌석 쪽에 앉아 카드리더기의 "감사합
니다" 소리를 듣다가 슬퍼져버렸다. 나는 순간 옛날 아가씨 시절
에 버스 여차장으로 일한 경력이 있는 한 아줌마가 되어 보았다.
카드리더기를 그녀의 눈으로 본 것이다. 거스름돈도 토큰도 동전

도 필요없는 저 카드리더기가 '약 오르지?' 하는 듯했다. 불신사
회의 우울한 증표처럼 보였다.

'370원 요란하게 내면서 700원 낸 척하지 못하지? 약 오르지?'
카드리더기는 나를 향해서도 "감사합니다" 하고 있었다. (10월 8일)

(〈부산일보〉 2004년)

4

곰치를 아시나요?

중학교 때 사회선생님이 말했다. "인기 많은 애가 별명도 많다." 멸치 갈치 명태 꽁치 곰치. 내 별명은 하나같이 물고기 이름이었다. 별명이 많았던 나는 그럼 인기학생이었나. 남자애한테 인기 있으면 뭐 하나. 여자애들은 "야, 김경태!" 하고 불렀다. 성명 석자를 다 불렀고 "야!"를 꼭 앞세웠다. 이성간의 어울림이 데면데면한 시골학교였던 탓이다.

고교 때도 곧잘 별명이 불렸는데 대학부터는 그럴 일이 없어졌다. 고향과 너무 먼 서울로 유학을 가 어릴 적 별명을 아는 사람이 없었다. 그런데 88년 1학년 어느 날, 학과 사무실로 학보가 왔다. "어머, 김곰치가 누구야?" 여자애 하나가 학보를 흔들어댔다. 장난기가 발동한 누나가 학보 봉투에 별명을 쓴 것이다. 중학교에서의 내 별명을 어찌 알아 작은누나는 집에서도 꽁치야 곰치야 했었다. 김꽁치라 안 쓴 게 다행이다.

세월이 흘러 94년 겨울. 나는 신춘문예에 응모할 소설을 쓰고 있었다. 기억난다, 어느 아침 6시. 컴퓨터를 끄고 베란다로 나가자 건너편 집 옥상이 내려다보였고 웬 할아버지가 옥상에 서서 더 아래쪽의 시가지를 바라보고 있었다. 노인의 굽은 등에서 왠지 세상의 주류에 대한 반감이 묻어났다. 나는 밤새 쓴 내 소설이 생각났다.

저 노인이 읽는다면 뭐라 할까. 글 쓰고 읽는 너희끼리만 알아먹는 소리는 하지 마라. 내용의 부족을 현란한 문장이나 애매한 형식으로 포장하지 마라. 너 산 만큼 써라. 너 자신도 잘 모르는 소리는 한마디도 하지 마라. 소설 같은 건 한 줄도 읽지 않았어도 지난 생이 전혀 불편하지 않았으리 싶은 노인의 굽은 등이 질타한 소리였다.

투고하기 직전 큰누이가 근사한 필명 하나 짓자고 했다. "어릴 때 너 별명 어때?" 김꽁치? "김곰치 말야." 그런데 그 이름을 듣자마자 나는 혼자만의 상상에 빠졌다. 곰치는 고려 때 어느 상놈이야. 녀석은 자신이 세상에 왜 태어났고 또 살다가 왜 죽는 건지 알고 싶었다. 그러나 문자를 전혀 몰랐다. 녀석은 심심한 상놈의 삶을 살다 갔다. 오랜 세월 문자는 양반들의 소유였다. 문자에 한 맺힌 그놈이 20세기에 환생한 게 나다. 그러니 내가 해야 할 글쓰기란 무엇인가. 금생에 어찌 운이 좋아 대학까지 나와 작가가 된다 해서 지금에도 수없이 존재하는 "문학적 상놈"들을 깔보는 글을 쓸 테냐? 문자로부터 소외된 사람들과의 연대, 민중과 예술의 모순을 부수는 작가가 되라. 나는 "김곰치"가 마음에 들었다. 그리고 그 해 나는 운좋게 당선의 영예를 맛보았다.

이름이 다 뭔가. 허깨비일 뿐이다. 그러나 미욱한 나는 필명에 애착을 가졌고 세상이 변함에 따라 새로운 의미도 새겨넣었다. 고려 때의 상놈만이 아니라 저 동해의 물고기 곰치도 나다. 나는 약동하는 생명의 존재. 문명의 질주에 반대한다. 나는 좀 천천히 살고 싶다. 내 글쓰기는 자본주의 문명에 온 몸으로 뜨겁게 긁히는 브레이크 재생고무여야 한다. 나날이 오염이 더해가는 바다 속의 곰치 녀석도 쌍수 아니 쌍지느러미를 흔들며 좋아할 거야.

고향 친구들은 지금도 나를 곰치, 꽁치라 한다. 각자의 생활현장에서는 험악한 얼굴을 가면으로 쓰고 살지만 동창끼리 만나면 녀석들 모두 그렇게 순한 인간일 수 없다. 우리가 돌아가야 할 곳이 어딘가를 알려주는 것 같다. 사랑스런 친구들이 부르던 별명이 오늘의 필명이 되었다. 필명이 가리키는 자연과 민중의 혼융이 내 글쓰기의 영원한 미래다.

곰치를 아시나요? 63빌딩 수족관에 가면 볼 수 있습니다. 그러나 연지동 어느 골방에도 글 쓴다고 용쓰는 곰치가 있습니다.

(〈부산일보〉 2000년 9월 20일)

편지 한통 소설 한편

소설은 힘이 얼마나 셀까. 한사람의 인생을 바꿔놓을 수 있는 가. 종교적인 계시가 엄습하듯 영혼을 휘어잡을 수 있는가. 소설을 통과한 뒤의 그(녀)는 소설 이전과는 다른 세상을 살게 되는가. 소설에 그런 대단한 힘이 있는가. 소설의 그런 힘을 믿기에 나는 지금껏 소설을 쓰려고 한 것 아니었는가.

나 자신에게 묻는다. 지금껏 읽은 소설 중 그런 소설이 있었냐고. 답은 '없다' 이다. 몇 대목이 나를 압도한 적은 있어도 그게 소설만의 힘인지, 주관적인 예술의 정열이나 개인적인 사연에 의한 것은 아닌지 명확하지 않다. 허구적이면서도 철저히 자기 이야기인 소설, 타인에 대한 말걸기 방식의 최대 발명품이라는 맹신과 함께 냉소도 만만치 않았다. 이딴 지루한 걸 누가 읽어!

완벽한 파괴력을 가진 기존 소설을 경험했다면 나까지 소설을 쓰려고 덤비진 않았을 것이다. 천부적인 작품, 완벽한 재능 앞에 '내가 어떻게 이런 걸 …' 하며 작가가 될 엄두도 내지 못했을 것이다. 나는 그 어떤 작가에게도 진정한 독자이지 못했다.

소설의 힘을 체험한 건 사실 내가 소설을 쓰면서다. 내가 쓴 소설의 독자가 되면서다. 내 소설은 나 자신에게 그런 힘이 있다. 머릿속에 수십번 떠올리고 점검하고 지우고 덧붙이고 고치는 문장들, 단어 하나하나가 힘을 가졌다. 글을 쓸 때 내 안에 독자와 작가가 동시에 존재함을 느낄 수 있다. 계속 새로운 걸 찾아내려는 작가와 찾아낸 것들을 평가하는 독자. 나라는 작가는 나라는 독자에게 모든 말들의 어감을 확인받는다. 나라는 독자는 작가에게 고분고분 굴지 않고 작가의 똥구멍이라도 까뒤집듯 팽팽하게 따진다. 감동은 그런 중에 파도친다. 가장 격렬한 감동은 내 안의 작가와 독자 사이에 이루어지는 것이다.

언젠가 허만하 시인을 뵈었을 때가 생각난다. 중앙동의 한 카페에서 의사소통, 작가와 독자, 대중적 영향력 등에 대해 자유토론을 행할 때다. 시인은 문득 "네가 말하는 그 독자의 정체가 뭐냐?"라고 물었다. 토론의 차원이 달라지는 질문이었고 나는 갑자기 침묵 속에 빠져들었다.

'정체'라는 묘한 울림의 단어로 촉발된 나의 침묵은 주관적인 것이었다. 아, 진정한 독자는 작가 자신뿐이구나!

　무릇 소설의 욕망은 독재적이다. 대중적인 설득력, 영향력이라는, 어떻게 말하면 세속적인 욕망의 발현이다. 나는 하필 왜 시 아닌 소설을 쓰려고 했는지, 그 자기대답은 "시보다 힘이 세기 때문"이었다. 그러나 소설이든 시든, 감상의 현장이 아닌 그 창조의 현장에 함께 참석하는 이는 글 쓰는 작가 자신뿐이다. 힘은 독자의 수라는 양적 문제와는 상관없다. 진정한 독자는 어디에도 없다!

　경험상, 소설은 편지의 힘에도 못 미친다. 불특정 다수라는 제3자의 벽을 부수려는 소설의 꿈은 거꾸러지기 일쑤다. 작가가 소설을 쓰면서 수십번 읽듯 수십번 읽는 작가 자신 외의 독자를 만나기도 무망하다. 편지는 첫 출발부터 소설보다 힘이 세다. 오직 그(녀)가 독자다. 그의 마음을 쟁취하는 것이 유일한 목적인 일대 일의 위대한 문학행위가 편지이다. 나는 완벽한 소설에의 꿈보다 완벽한 편지에의 꿈을 가지고 있다. 가장 강력한 글쓰기는 일생에 한번 있을까말까 한 전존재적인 위기 속의 편지쓰기라는 걸 나는 본능적으로 알고 있다. 진정한 독자는 진정 작가 자신인가. 그렇다면 소설이라는 이름의 편지를, 내 삶의 어느 일생일대의 순간, 내가 나 자신에게 띄우고 싶다. 그런 편지, 그런 소설, 아주 힘센.

(〈부산일보〉 2000년 10월 25일 '문학세상')

불립문자로 가는 시 읽기

지난 주말, 영화 〈위험한 아이들〉을 삼백원에 빌려 보았다. 신임 여교사 루엔은 흑인과 남미계 아이들을 모아놓은 특수반에서 딜런 토머스의 시를 수업교재로 활용한다. "그딴 게 우리랑 무슨 상관이죠?" 한 흑인소년이 반발하자 루엔이 말한다.

"시를 읽고 이해할 줄 알면, 다른 어떤 것도 읽고 이해할 수 있거든."

소년은 음 하는 표정을 짓는다. 루엔의 말처럼, 시를 열심히 읽으면 '포엠 이펙트'가 있어 머리가 좋아지고 이해력이 향상되는 걸까. 시읽기에 그런 실용적인 효과가 있는지 나는 알 수 없다. 그러나 적어도 나는 시가 영화 음악 만화 연극 등 여타 예술에 견주어 '기초과학' 의 자리에 있다고는 생각해왔다. 불립문자의 세계를 문자로 승부해 보겠다는 것은 시인들의 오랜 자가당착적 꿈이다. 바로 이러한 아이같이 당돌하고도 무망한 꿈꾸기가 시에 '기초과학' 의 자리를 부여하는 것은 아닐까.

백무산 시인은 시집《만국의 노동자여》등에서 비교적 선명한 세계를 노래했었다. 그러나 삼년 전 발간된《인간의 시간》에선 "나무는 굵은 가지가 작은 가지를 낳을 때 / 굵은 가지를 그대로 낳는다 / 작은 가지가 잔 가지를 낳을 때도 / 굵은 가지를 그대로 낳는다 / 잔 가지가 잎을 낳을 때는 나무 전체를 고스란히 낳는다 / 나뭇잎 하나에 나무 전체가 고스란히 펼쳐진다"(〈모든 것이 전부인 이유〉)라고 노래하였다. 절묘함의 세계로 걸어들어간 한 노동자 시인의 아름답고도 숨막히는 변신이었다.

연초 발간된 그의 네번째 시집《길은 광야의 것이다》에는 〈듯〉이란 시가 있다. 부제는 '반가사유상' 이다.

잊은 듯
깜박 잊은
듯

이슬방울이
서로 만난
듯

불을 이고
폭풍우 바다를 이고
사뿐한
듯

눈 한번
감은 듯이
천년 흐른
듯

나인 듯
너인
듯

　언어는 기본적으로 2차 세계의 것이다. 아무리 사실적인 필치
라 해도 물질적인 현존들의 직접성에 비추면 '비유' 의 세계에 머
물 뿐이다. '듯' 은 바로 이 지점을 희롱하는 듯하다. '비유' 라는
인간 사유행위의 맹랑한 매혹과 그 철학성, 나아가 시간과 존재
의 초월(경계 허묾)까지를 다룬 이 한편의 눈부심은 뭐라 말로 표
현하기 힘들다. 시인과 독자의 언어감수가 한순간 맞아떨어지는
비밀 같은 체험은 그 자체가 불립문자로 빠지고 마는 시읽기의

기쁨일 것이다.

"시를 읽는다는 건 시인과 함께 비밀을 나눠가지는 것이야"라
고 한다면 루엔 반의 흑인소년은 어떤 표정을 지었을까.

(〈한겨레〉 1999년 9월 7일)

삼춘, 공부하나?

전화를 받으니, 아가의 목소리다.

— 삼. 춘.

김해 사는 누이의 딸이다. 이제 1년 9개월 된 아가가 어떻게 전화를 걸었을까?

— 삼. 춘.

"그래, 가온아, 삼촌이다. 무슨 일로 전화했노?"

— 삼. 춘.

어떻게 물어야 아가의 입에서 '삼춘' 말고 다른 말이 나올까. 나는 짐짓 목소리 톤을 바꾸었다.

"아, 여보세요, 지금 전화 거신 분, 누구시죠? 누군데, 저를 자꾸 삼촌이라고 하세요? 예, 누구세요?"

— 가온이.

"아, 가온이야? 가온이! 아침 일찍 일어났네? 일찍 일어나 삼촌
한테 전화를 다 했네?"

— 삼. 춘.

"그래, 가온아. 삼촌이다."

— 삼. 춘.

"그래, 와 자꾸 삼촌 불러쌓노?"

그러는데, 문득 가온이 말했다.

— 삼. 춘. 공부. 하나?

쿵 했다. 1년 9개월 된 아가가 '공부' 라는 말을 입에 올리다니,
아무래도 개운찮은 느낌이었다. 혹시 … "텔레비전만 보지 말고
공부 해!" 하는 제 엄마의 야단을 벌써부터 듣는가.

"응 … 삼촌 공부한다."

— 삼. 춘.

"응?"

— 공부. 하나?

"그래, 공부하고 있다니까."

거짓말은 아닌 것이, 나는, 공부라면 공부랄 수 있는 것을 하고
있기도 했다. 어젯밤 늦게까지 무라카미 류의 《토파즈》를 읽었
고, 오늘은, 가온이의 전화를 받기 전, 류의 《타나토스》를 새로 펼
쳐든 중이었다. 설마 이 녀석이 삼촌, 무슨 공부 하나? 하고 묻지

는 않겠지. 소설에 등장하는 사디스트와 마조히스트의 성 행위가
눈앞에 떠올랐고, 나는 역겨운, 그러나 역겹지만은 않은(류가 역
겨움과 어떤 인간적인 슬픔을 잘 버무렸기 때문인데) 소설의 장
면을 얼른 지워냈다.

— 삼. 춘.

"응, 그래."

— 삼. 춘.

녀석의 사전엔 더이상의 단어가 없는 게 분명했다.

"가온아, 옆에 엄마 계시나?"

— 응.

"엄마 좀 바꿔 줄래?"

— 엄.마. 바. 꿔. 줄께.

누이는 전화기를 건네받고 혼자 깔깔 웃었다. 물론 옆에서 가
온이 말을 다 듣고 있었다. 웃음이 그치길 기다렸다.

"누나, 가온이가 제법 말을 하네요. '공부하나'도 할 줄 알고,
'엄마 바꿔줄께'도 할 줄 알고. 설마 지 스스로 전화한 건 아니
죠?"

— 숫자를 모르는데 전화번호를 찾아 누를 수 있나. 어제부터
할머니 찾고 삼촌 찾고 그러더니 오늘은 전화기 들고 와갖꼬 전
화 해 달라꼬 하도 졸라대싸서, 안 그래도 할머니한테는 벌써 전
화했다.

"근데 공부란 말은 어떻게 알아요?"

― 니가 지난달에 우리집에 일주일 정도 와 있었을 때, 화장실 옆엣방에 있었잖아.

"근데요?"

― 온이가 니 방에 가려고 하면, '삼촌 공부한다. 문 두드리지 마라' 하고 야단쳤거든. 근데 니가 가고 난 뒤에도 화장실 갈 때마다 니 있던 방을 가리키며 '삼춘, 여기서 공부한다, 쉿, 공부한다' 해쌓는기라.

음. 그렇다면 녀석은, 어제에야 '삼춘'이 자기 집 화장실 옆엣방에 없다는 사실을 깨달았고, 그리고 오늘, 화장실 옆엣방이 아닌 어떤 다른 장소에서도 삼촌이 공부를 하고 있는 것일까? 하고 궁금해졌단 말인가.

"가온이가 또 무슨 말 할 줄 알아요?"

― 온이 바꿔줄 테니까, 아빠 어디 갔노? 하고 물어봐라. 재밌는 대답 나올끼다.

다시 전화기에서 온이 나왔다.

― 삼. 춘.

"그래, 가온아, 근데, 삼촌이 하나 묻자. 아빠는 어디 갔노?"

그러나 아기는 지금 제 아빠한테는 별 관심이 없었다.

― 삼. 춘. 공부. 하.나?

"응, 삼촌 공부한다. 아빤 어디 갔노?"

― 삼. 춘. 공.부. 하나?

"그래, 공부한다니까. 아빠는?"

— 삼. 춘. 공. 부. 하나?

"삼춘, 공부하나"라고 발음하는 것에, 짜식, 재미를 붙였군. 가온의 계속되는 말에 나는 다른 대답이 생각났다.

"가온아, 근데 솔직히 말해야겠다. 사실 삼촌, 공부 안 한다. 맨날 논다."

그런데 그러자마자 녀석의 말도 달라졌다.

— 삼. 춘. 공부. 해라.

의문문에서 … 명령문으로.

"알았다. 그럼 이제 전화 끊어야겠네? 삼촌 공부해야 하잖아."

— 삼. 춘. 공부. 해라.

"삼촌이 공부 안 하다가 가온이 말 듣고 이제부터는 공부 열심히 해야 하니까, 이만 전화 끊어야겠다."

— 삼. 춘.

"응"

— 공부. 해라.

그리고는 가온이가 먼저 전화를 뚝, 끊어버렸다. 나는 다시 책을 펼쳤다. 서너쪽에 걸쳐 레이코가 옛 사내와의 섹스행각을 신들린 듯 읊어대고 있다. 나는 갑자기 책을 읽을 생각이 없어졌다. 책을 덮고, 담배를 피워 물었다. 류의 난잡한 언어와 아기의 언어는 서로 얼마나 먼가, 하고 씁쓸해졌다. 아가는 아가의 언어에서 멈출 수 없고, 세상의 언어를 왕성하게 먹어치우며, 성장해갈 것이다. 그러나 지금 세상에서 성장이란 … 결국 타락이 아닐까. 어린 조카아이를 생각하며 이 말을 떠올리자니, 타락, 참 무서운 말이다.

삼촌, 공부하나? 응, 삼촌 공부한다.

나는 다시 책을 펼쳤다. 애써 긍정해보았다. 식물이 불협화음 교향곡을 향해서도 생명의 가지를 뻗듯이, 나의 타나토스적인 충동은 다른 이의 타나토스적인 언어를 찾아가고 있는 것이다. 협화음과 불협화음, 에로스와 타나토스, 한 생명 속의 엄연한 두 본성이다. 지금 나는 타나토스로 타나토스를 치유하는 공부를 하고 있는 것이다. 그런데 … 과연 그럴까?

그런데 채 한 문단도 읽지 않았다. 또 벨이 울렸다. 받아보니 온이다.

— 삼. 춘.

"어, 그래, 온아, 또 왜?"

— 삼. 춘.

"그래, 왜?"

그러자 가온이가 말했다.

— 삼. 춘. 공부. 안. 하나?

아까 "공부 안 한다"라고 했더니, 나를 의심하는 건가. 질문이 달라져 있었다.

— 삼. 춘. 공부. 안. 하나?

그렇게 아기는 그새 부정문을 배워 쓴다.

(〈부산일보〉 2002년 11월 28일 '짧은 소설')

272

우주소년 철진

세상의 아이는 잠꾸러기다. 여덟살 철진이 그랬다. "인마, 일어나. 이제 너는 학생이야. 학교 가." 넥타이를 매다 아버지가 철진을 발로 찼다. 아이는 아버지가 무섭다. 철진은 몸을 일으켜 오똑 앉고, 아버지는 더는 철진을 건드리지 않았다. 씻기고 입히는 처리는 아내가 한다. 철진은 머리방아를 찧는다. 철진은 뭔가를 기다리고 있다.

"차 조심하시고, 일찍 들어오시구요." 엄마 소리다. 됐다. 집안에 이제 아버지가 없다는 신호, 철진은 자동인형처럼 쓰러져 잠을 잇는다. 그러나 잠의 적이 어디 방금 없어진 사람 하나뿐인가. "잠보야, 이 잠보야." 재희는 철진보다 여섯살이 많다. 교복 치마를 입은 채 발차기를 하는 성질은 누굴 닮았나 몰라, 아버지겠지, 헌데 아버지 발보다 더 맵다. 언제부턴가 철진은 재희가 겁나지 않았다. 달리기도, 욕도 누나보다 철진이 더 잘 한다. 철진은 알아 듣기 힘든 괴성을 지른다. 저게 중학교 가더니 성질만 더러워져 가지구, 못된 년! 철진은 이불을 돌돌 말고 이불 속에 잠시 맡긴 잠을 되찾는다.

할아버지는 철진이 중학생이 되던 해, 어느 봄날, 밤새 세상을 떴다. 생전의 그 영감도 손자를 꾸짖었다.

"천하에 저런 게으른 놈이 있나. 세수하고 이 닦고 다시 이불 속에 들어가는 놈이 어딨나. 언제 저눔이랑 아침 일찍 동네 한바 꾸 도나. 언제 세상 이치를 가르치나. 에잉 틀려먹은 놈."

영감의 목청은 몇년 뒤 밤새 세상을 뜰 줄 꿈에도 생각 못한 채 통이 컸다. 집안 어디서든 들리는 괄괄한 소리, 그러나 철진의 귀 엔 닿지 않았다. 철진은 밝은 귀를 데리고 이미 방에서 사라진 뒤 다. 아직 젊은 어미는, 아버님, 말이 보살이에요, 자라는 애한테 틀려먹었다뇨, 속말이 받치지만 도마질 소리만 한 옥타브 높아질 뿐 입 밖에 내놓지를 못한다. 시간이 되기를 기다리다가 어느 순 간 어미는 팔을 걷어붙이고 나선다. 장롱을 연다, 아들이 있다. 철 진은 장롱이 좋았다. 어느 날 아버지의 발에 걸려 눈을 떠보니 장 롱이 열려 있고 거기 들어가 누우니 세상에서 가장 달달한 잠이 찾아왔다. 겨울 옷가지들은 푹신했다. 밤을 한번 더 맞는 것 같았 다. 철진은 장롱의 덧잠을 즐겼다. 아니 철진은 어머니가 인석, 장난꾸러기야, 하며 저를 밖으로 꺼낼 때가 더 좋았다. 힘센 팔, 가뿐히 들리며 세상이 쉽게 망하지 않으리라는 안도감을 느꼈다. 어머니의 팔 위에서 녀석은 다음과 같이 중얼거린 적도 있다.

"엄마, 노스트라다무스 알아?"

"그게 뭐야?"

《새소년》에서 읽은 바 있다.

"99년에 세상이 멸망한대. 지구에 사는 모든 사람이 다 죽는대. 노스트라다무스가 예언했어. 근데 왜 나는 맨날맨날 학교 가?"

"착한 어린이는 그런 나쁜 소리 하지 않아요."

세상의 아이는 다 잠꾸러기지만, 철진은 유독 기가 허한지 몰랐다. 아침마다 아이를 깨우고 늦지 않게 학교에 보내는 일이 어미의 일거리였다. 저희끼리 짓고 부르는 별명도 '토필이'라 하지 않는가, 토막연필만하다고. 집에선 겨울마다 아이에게 보약을 해 먹였다. 사춘기도 늦는지 중학교에 가서도 철진은 잠투정이 심한, 왜소한 몸피의 아이였다.

중학 3학년 여름 때의 일이다. 이제 철진에게 좋은 날은 다 갔다. 잠을 맘껏 잘 방학인데도 보충수업이라는 게 생겨 학교에 가야 한다는 것이다. 학년당 학생이 이백명쯤 되는 시골 중학교에 무서운 선생이 서넛 있는데 그 중 한문 선생이 제일 성질이 더러웠다. 초등학교에서 배우지 않은 과목이라 아이들은 한자를 어려워했다. 1, 2학년 때는 국어 선생이 한문을 가르쳤고 원피스를 즐겨 입는 여 선생은 소년들의 놀림감이었다. 3학년이 되자 한문

수업에만 들어오는, 아버지보다 더 어른인 한문 선생이 나타난 것이다. 학생들은 허술히 배운 실력이 들통났다. 시험을 치르면 사십여명이 엉덩이를 맞았다. 얼마나 힘껏 작대기를 후려치는지 여자애의 치마가 펄럭거리며 팬티가 보였다. 자기 차례가 오는 게 겁나면서도 소년들은 팬티를 보려고 매줄의 뒤에서 목을 빼곤 했다.

보충수업 첫날의 일이 철진의 버릇을 고쳤을 것이다. 그날 철진은 3교시에 학교에 갔다. 미리 당부하지 않아 수업이 있는지 어머니는 몰랐다. 눈을 떠보니 집안이 괴괴했고 마실이라도 갔는지 밥! 하면 자 여기 밥! 할 어머니가 보이지 않았다. 아침을 거르고 학교에 갔다. 운동장이 텅 비었다. 드르륵, 문을 열고 교실로 들어 갔다. 한문 선생이 철진을 바라보았다. 철진은 꾸벅, 인사하고 자기 자리로 가려 했다. 그런데 그게 더 가소로웠던 것이다.

"이 자식 봐라? 야, 지금 나한테 반항하는 거냐? 좋아, 니가 공부를 늦게까지 하느라고, 하필 어젯밤 공부가 너무 재미있어 새벽까지 공부하느라고 늦게 잤고 또 늦게 일어났다 치자. 그런 굉장한 핑계거리가 있겠지? 그러나 내가 너라면, 선생님이 한창 수업하시는데 드르륵 문 열고 들어오지 않는다. 밖에서 기다렸다가 종 치면 들어온다, 응! 선생님이 수업하는데 드르륵, 뒷문도 아니고 앞문을 열고 들어와? 오냐, 너, 공부 좀 하지. 다른 선생들이 이뻐 하니까 눈에 뵈는 게 없지? 학생 간부, 반의 부반장이라는 녀석이 이리 개념이 없는데 다른 애새끼들은 평소에 선생을 속으로

276

어떻게 생각할지 훤하다. 오늘 너 제대로 날 잡았다, 이리 와."

　철진은 교탁에서 2미터쯤 떨어져 섰는데, 팔을 활처럼 켠 선생이 금방 달려왔다. 눈앞이 번쩍번쩍, 좌우로 돌아가는 철진의 볼때기. 철진은 자신이 왜 앞문을 열고 들어서야 했는지 그 이유를 설명할 틈이 없었다. 자초지종을 이르려면 늦잠을 잘 수밖에 없었던 이유부터 말해야 할 것이다. 이유가 있었다, 분명 어떤 이유가! 그런데 그 이유는 … 뭘까. 잠은 달다, 특히 아침잠. 왜 달까. 이유가 있을 거다! 이유가! 어쩌면 철진은 《러브스토리》의 여주인공처럼 백혈병에 걸렸는지 모른다. 백혈병 정도의 엄청난 병이라면 잠을 자고 또 자도 늘 잠이 부족한 증상쯤이야 있을 것이다. 엄마가 언제부턴가 보리차에 결명자라는 이상한 알을 섞는데, 거기 수면제 성분이 있는지도 몰라. 아, 어쩌면 철진은 몽유병 환자인지 몰랐다. 밤 내내 누구한테도 들키지 않고 동네를 마라톤하고 다녔던 것이다! 그래서 피로가 덜 풀려 늦잠을 잔 것이다! 철진은 왜 늦잠을 잘 수밖에 없었는지 말할 수 있을 것 같았다. 그러나 선생의 격노를 보니 그걸 설명한다는 것 자체가 불가능했다. 방심한 채, 어쩌면 잠이 덜 깬 채 문을, 앞인지 뒤인지 교실 안에 누가 있는지도 모르고 열어버린 잘못이다. 아, 늦잠을 자는 것이 정녕 철진의 잘못일까? 선생의 몸과 어린 소년의 몸은 다르고, 세상도 다르고 삶의 맹세와 결의 수준이 다르다. 성도 이름도 다르고 잠도 다르고 이마 넓이도 다르고 다리에 난 털의 굵기도 다르고 뭐든 다르다. 아무래도 설명할 수 없다. 철진은 착한 학생이다. 말없이 뺨을 맞을 뿐이다. 열다섯살 철진, 십오년간의 깊은 잠이 확 깬다.

남녀공학 남녀합반이었고, 여자애들이 보는 앞에서 묵사발이 된 철진은 다시는 지각을 하지 않았다. 아침이면 퍼뜩 놀라 잠에서 깼다. 철진은 이제 잠꾸러기가 아니다. 잠의 개인성을 세상의 공식성이 격파해 버렸다.

이듬해 철진은 고향에서 기차로 세시간 가야 하는 먼 곳의 고등학교에 진학했다. 누구도 거기까지 유학가지 않았다. 동창 중 철진이 혼자 그 곳에 간 이유는 공부를 잘 한 탓이고 집안의 경제가 어두웠던 탓이다. 먼 곳의 학교는 신설학교인데, 전액 장학금 제도가 있었다. 성적 상위 60명에게 1학기 학비 면제라는 혜택을 주었고 또 60명 전원은 기숙사 생활을 했다. 2학기가 되면 1학기 성적에 따라 새로 60명을 선발한다. 철진은 60명 중 하나로 입학했다.

그런데 전체 학생들 분포는 작당이라도 한 듯 두 층으로 갈렸다. 60명은 우수하고 가난했는데 나머지 300명은 실업계 학생들처럼 시원찮았다. 3월 첫 월말고사를 치른 철진은 충격을 받았다. 중학교 때는 전교 3등을 벗어난 적이 없는데 41등을 한 거다. 전교 석차 46. 철진은 고민하기 시작했다. 2학기엔 기숙사에서 쫓겨날지 몰라. 어떻게 이 수치스런 등수에서 벗어나지? 철진은 자신보다 공부를 잘 하는 급우들의 기숙사 생활을 며칠 관찰했다. 세시간 자는 놈도 있고 다섯시간 자는 놈도 있었다. 결론은 하나, 공부시간을 늘려야 하고 그건 결국 잠과의 싸움이었다.

입학식이 있은 지 한달 뒤 4월 첫 토요일, 철진은 고향집에 갔고 일요일 점심 기차를 타 오후 3시에 타향역에 내렸다. 철진은 시내의 큰 서점에 가 한권의 책을 구입했다. 제목이 굉장한 책이었다. 《기적의 4시간 수면법》.

책의 저자는 일본 사람이었다. 그는 스물두살에 자기만의 세시간 수면법을 개발하는 데 성공했고 그후 쉰살이 되도록 수면법을 지켰다 한다. 그는 공학박사, 서예가, 비행기·소형 선박의 조종사, 바이올린 연주가, 바둑 3단 등 광범위한 분야의 전문가가 되었다. 세시간 수면법은 일반인이 따라 하기 힘들어 책을 집필할 때 네시간 수면법으로 순화시켰다. 이런 내용의 서문이 철진의 가슴을 뜨겁게 했다. 나폴레옹, 처칠, 에디슨도 나름의 네시간 수면법을 개발해 열렬히 실천했다는 거다. 역사상의 모든 위인들은 우선 잠과의 싸움에서 승자였다는 것이다. '하루 여덟시간 수면은 과학적 근거가 없는 낭설', '필요불가결의 충분한 수면이란 존재하는가, 어림도 없는 소리', '하루 여덟시간 자지 않으면 건강에 해롭다는 말, 거짓말쟁이가 하는 말, 배부르면 수면이 잘 된다? 숙면은 푹신한 침구를 필요로 한다? 전부 다 새빨간 거짓말', '타면을 일소하는 혁명적 방법 네가지' … 철진은 기숙사에 돌아와 국사공부 하듯 줄 치며 완독했다. 그러나 책은, 구체적인 지침보다 잠에 대한 발상전환을 강조하고 있을 뿐이었다. 하루 네시간 자도 생명에 전혀 지장이 없고 병 같은 것 절대 안 걸린다, 체험으로 확인했다, 수없이 반복되는 저자의 근거 없는 그러나 확언투의 주장이나마 철진은 믿고 싶었다. 책 따라 네시간만 자? 그러나 철진은 영악했다. 출발은 여섯시간 정도로 하고, 조금씩 잠을 줄여 네시간에 이르자.

그후 일주일이 지난 토요일 오후. 그동안에도 여섯시간에서 다섯시간까지 잠을 줄여 하루 공부시간은 늘었지만 이렇게 멍한 머리로 시간만 늘인다고 효과가 있을까, 중간고사엔 더 부진한 성적이 나오지 않을까, 철진은 일주일의 고투를 회의했다. 철진은 수면법의 지침을 어겨버렸다. 평일의 부족한 잠을 벌충하려고 낮잠을 잔 것이다. 기숙사 침상에 혼자 누워 철진은 노동자처럼 드르렁 코를 골았다. 나무침상 위로 넝쿨이 나와 자신의 몸을 친친 동여버리는 것 같은 깊은 잠. 그런데 어떤 소리가 들려오기 시작했다. 인마. 일어나. 학교 가, 이제 너는 학생이야. 아버지! 철진은 저도 몰래 웃음이 나왔다. 침 흘리는 입가에 미소를 짓게 하는 아버지의 그리운 소리를 들으며 철진은 벌떡 일어나 장롱을 열고 들어갔다. 이십년도 더 된 장롱 속의 먼지 구멍으로 빛, 빛, 빛이 들어온다. 장롱 안의 천장이 밤하늘 같다. 별빛을 올려다보며 들판에 누워 잠자는 거나 같구나. 어머니가 나를 꺼내줄 거야. 힘센 팔, 아, 난 엄마보다 할배가 보고 싶어! 그 시끄러운 목소리가 듣고 싶어. 지금 하늘나라에서 내려다보시며 뭐라 하실까. 인석아, 너무 무리해서 공부하지 마라, 건강이 최고야! 하실 거야. 옛날 언젠가, 늙은 게 죽지도 않고! 할배한테 고함을 지르며 바락바락 대들었던 걸 생각하면서 철진은 마음이 아팠다. 살아 계실 때 같이 아침 조깅도 해주고 그럴걸. 할배는 왜 그렇게 나랑 마을을 걷고 싶어했을까? 철진아, 철진아, 또 어떤 소리가 들린다. 이번은 보다 분명한 소리다. 뭔 잠을 이리 깊게 자니. 어머니! 역시 날 꺼내려 오셨다. 소년 철진의 몸 속엔 옛날의 아이가 아직도 놀고 자고 응석부리고 있었다. 마음껏 잠투정을 부리던 아이. 아버지, 어머니, 할아버지, 누나가 아이를 잠의 늪에서 건져내 주었다. 그러나 어느덧 철진은 혼자 잠들고 혼자 잠 깨는 처지가 되었다. 오빠, 감자 먹어라. 어, 이건 누구야? 재경이잖아. 감자 좋아하잖아, 일어나, 내가 다 먹는다. 착! 드르륵. 이 소린? 문 여는 소리? 한문 선생까지 납셨나? 설마 …, 근데 ‘착’은 뭐지? 커튼 걷는 소리? 그래, 나는 커튼 있는 기숙사에서 잠들었어. 드르륵은 앞문이 아니라 창문이 열리는 소리야. 아, 난 고등학생이구나. 서쪽 창으로 해가 빛을 쏘아왔다. 일광만큼 강력한 잠의 적도 없다. 철진이 드디어 눈을 떴다. 어머니, 아버지, 그리고 일곱살 차이 나는 여동생이 눈앞에 있다.

“엄마. 아버지. 재경아. 어쩐 일로 ….”

“철진아, 얼른 일어나라. 자, 이거 묵어라.”

아버지가 검은 비닐봉지를 내밀었고 철진은 잠이 덜 깬 채 감자를 먹었다. 기숙사 장판 갈대무늬가 차츰 선명하게 눈에 들어왔다. “자다 일어난 애 바로 감자 멕이다 얹히면 어떡해요?” 엄마가 잔소리를 한다. 아버지가 콜라를 땄다. 그리고 탄식했다.

"학교에서 막노동 시키냐? 니 얼굴이 이게 뭐냐?"

철진은 꾸역꾸역 감자를 먹는다.

"엄마, 소금 없어?"

"봉지 밑에 있다. 식었지?"

"아니, 맛있다. 역시 감자는 통째 삶아야 맛이야."

"공사가 덜 끝나서 너희들까지 일 시키냐? 그런 일 있으면 말해, 교육청에다 고발해서 혼을 내 놓겠다."

"공부가 중학교 때랑 달라요. 도시 애들 따라잡으려면 잠이라도 줄여 공부시간을 늘리는 수밖에 없어요."

"건강을 생각해야지, 낮에 이렇게 시체처럼 잘 정도면."

한숨을 쉬던 어머니가 어이없다는 듯 웃는다.

"어릴 때 그리 잠보가 어떻게 잠 이기며 공부할래?"

철진도 싱긋 웃었다.

"연락도 없이 어쩐 일로 오셨어요? 지난주 제가 집에 갔는데."

이틀 연속 꿈자리가 사나워 학교생활에 문제가 있는 것 아니냐고 부랴부랴 철진을 보러왔다는 것이다. 키 작다고 큰 놈들이 패는 건 아닌지. 어머니는 바지 뒷주머니에 천원짜리 한장을 비상금으로 넣어두고(왠지 어머니는 '바지 뒷주머니' 라며 비상금의 위치를 강조했다.) 그런 친구들이 뭐라 하면 아까워 말고 줘버리라고 했다. 그런 일 없다고 철진은 감자로 가득찬 입으로 말했다.

식구는 두시간 뒤 타향역으로 갔다. 배웅을 마치고 혼자 학교로 돌아오는 버스에서 철진은 아버지 어머니 얼굴을 떠올리며 공부에 대한 결의를 새삼 불태웠다. 그날 밤 철진은 늦도록 《수면법》을 뒤적거렸다. 상위권에 들면 다시 잠을 늘려도 된다, 그때까지 잠한테 지면 안된다, 부모님을 생각하자, 좋은 대학 졸업하고 좋은 직장 들어가 돈 많이 벌자, 예쁜 여자랑 결혼하고 말 거야! 그러려면! 지금 이놈의 잠부터 이겨야 해! 나보다 공부 잘 하는 놈들이 마흔다섯명이나 있다, 이철진, 자존심 상하지 않느냐! 새벽 2시, 기숙사 같은 방 나머지 친구 셋은 잠들어 있었다. 셋 다 철진보다 공부를 잘 했다. 너희들 속으로 날 깔보지? 두고 봐.

　5월이 왔다. 철진은 5월 1일 아침에 코피를 쏟았다. 기숙사 학생 중 코피를 쏟기는 철진이 네번째였다. 코피 열번 쏟아야 등수의 열 계단을 오를 수 있다고 교감 선생이 말했다. 철진은 휴지로 코를 막고 힘차게 이마를 두드렸다. 그런데 점심부터 몸이 으슬으슬 춥기 시작했다. 기침도 쏟아졌다. 철진은 교무실로 가 담임에게 몸의 증상을 보고했다. 7교시가 끝난 후 외출증을 끊어 병원을 찾아갔다. 몸살 감기인데, 기침소리가 깊다. 다른 병으로 갈 수 있으니 조심해. 의사가 말했다. 철진은 학교로 돌아와 퇴근 직전의 담임한테 진찰결과를 보고했다. "오늘은 야자 없이 기숙사에서 쉬어." 철진은 눈치를 보다가 "안 쉬면 안되나요?" 물었다. 짜식, 공부 열성이 대단하구나, 담임이 칭찬할지 모른다. 얼마 만에 듣는 칭찬이냐. "임마. 쉬라고 할 때 쉬어." 철진은 기숙사에 들어가 약을 털어먹고 자버렸다. 8시부터 자기 시작해 방 친구들이 들어오는 것도 모르고 계속 자 6시에 일어났다. 열시간을 잤다! 철진은 스스로를 야단쳤다. 약은 사흘치, 남은 약을 서랍에 넣었다. 같은 증상이 재발하면 병원 갈 것 없이 꺼내먹으면 된다, 외출시간도 줄여야 해. 하룻밤 푹 잤더니 철진의 몸이 아주 개운해졌다. 철진은 그날부터 바로 네시간 수면에 돌입했다. 2시에 자서 6시, 실내 마이크로 쾅쾅거리는 〈대장간의 아침〉을 들으며 초인적으로 기상했다.

학교의 야간자습은 11시까지였고, 감독 선생은 매일 바뀌는데 야자 감독이 그날의 사감이기도 했다. 3일 저녁, 철진은 편지를 썼다. 내일 조례 때 담임한테 제출하면 8일 전에 집에 도착할 것이다. 부모님께 꽃을 못 달아드려 죄송하다고 썼다. 그리고, 5월 10일에도 담임은 종례 때 또 한장의 편지를 쓰라고 했다. 중학교 담임한테 한장씩 써 제출해. 15일이 스승의 날인 것이다. 야간자습이 시작되었다. 그날 야자 감독은 교감이었다. 교감은 잔소리꾼이었다. 철진은 편지지를 앞에 놓고 며칠 전보다 마음이 더 울적해졌다. 교감은 30분 단위로 복도를 지나다녔다. 철진은 편지를 쓰기 시작했다.

선생님. 철진이에요. 며칠 전, 감기가 들어 고생했는데 선생님 건강은 어떠신지요. 고등학교 공부가 중학 때와 참 다릅니다. 수학도 어렵고 영어는 어휘량이 몇배는 되는 것 같습니다. 무엇보다 진도가 빠릅니다. 특수반이라 다른 반보다 진도를 더 빨리 빼는 것 같습니다.

　선생님. 여기 와서 제일 속상한 일은 글씨를 잃어버렸다는 겁
니다. 잠을 줄여 공부하다 보니 오후 한두시간은 꼭 졸게 됩니
다. 생물과 사회가 특히 필기량이 많은데 졸다가 문득 정신을 차
리면 공책의 글씨가 지렁이가 기어간 거랑 같습니다. 졸지 않더
라도 진도가 빨라 칠판의 글씨를 공책에 정성껏 옮기는 건 꿈도
못 꿉니다. 중학교 때는 선생님들이 따로 필기시간을 줬습니다.
지금 제 공책은 암호 같은 글씨로 가득합니다. 다시 들여다보기
가 싫습니다. 저는 경필대회에도 나갈 정도로 펜글씨를 잘 썼고
선생님께선 제 공책의 반듯한 정자체를 얼마나 칭찬해 주셨는지
요 ….

　철진은 거기까지 쓰고 더 쓸 수 없었다. 그 좋았던 글씨를 잃었
다고 하소연하는 대목의 글씨도 지렁이가 기어가는 중이었다. 졸
음이 해일 같았다. 책상에 앉아있는 철진의 두 눈은 아교칠이 되
었다. 철진은 열흘간의 네시간 수면으로 피로의 독이 극에 달해
있었다. 앉은 채로 철진은 휘청휘청 잠들었다. 그러다 논의 허수
아비가 썩어 넘어지듯 책상으로 철진의 머리가 쿵! 하고 떨어졌
다. 뒷자리 친구들이 킥킥 웃었다. 이마를 찧었는데도 철진이 잠
에서 깰 줄 모르는 것이다. 그때, 교감이 복도를 지나다가 교실로
들어와 교탁에 서더니 일장연설을 하기 시작했다.

　"잠깐 주목. 요즘 공부하느라 고생이 많지요? 여러분은 우리 학
교의 희망입니다. 아직 제반 시설이 완비되지 않아 기숙사나 다

른 교육 기자재가 선발 명문고에 밀리는 현실을 저도 안타깝게 생각합니다. 그러나 교육청에 계속 상신을 올리고 있고 교육감님도 지속적으로 지원에 나설 것을 약속했습니다. 시중에, 신설 학교라 미래가 불투명하다는 등 이상한 소문이 도는데, 신경쓰지 마세요. 다 우리 학교가 겁나서 그러는 겁니다. 다음 달엔 서울에서 유명한 두분 선생님이 영어, 수학으로 옵니다. 교장 선생님이나 저나 선생님만큼은 일류로 계속 충원할 겁니다. 자, 시간이 갈수록 학교 상황은 좋아집니다. 그러니 무엇보다 여러분이 공부를 잘 해나가는 것이 중요해요. 2, 3학년 되면 열심히 하지, 그런 생각 하다간 큰일납니다. 삼년 농사란 말예요, 1학년 때 씨를 잘 뿌려야 해요. 여러분, 혹시 기숙사 생활에서 불편한 것 있나요? 그런 것 있으면 지금 저한테 건의하세요."

교감이 교실을 둘러보았다. 철진은 교탁 바로 앞의 자리였다. 교감이 훈시를 할 때 철진은 책상에 머리를 뉜 채 침을 흘리며 잠자고 있었다. 교탁에서 고개를 직각으로 숙여야 보이는 사각지대지만 끝내 교감이 발견했다. 잔소리가 심할 뿐 학생한테 손을 대는 일은 절대 없는 교감은 철진을 직접 깨우지 않고 옆자리 학생한테 '처리해' 하고 눈짓을 주었다. 학생이 철진의 어깨를 세게 흔들었다.

"여러분, 문제는 체력입니다. 아침마다 사감 선생과 운동장 세 바퀴 돌죠? 국민체조도 두번씩 하죠? 혹 운동장 같이 안 돌고 호각만 부는 선생 있어요?"

교실은 잠잠했다.

"좋습니다, 다시 말하지만 문제는 체력! 그러나 덩치 좋고 키가 크다고 체력이 좋은 건 절대 아닙니다. 밤을 꼬박 새고도 이튿날 끄떡없이 공부할 수 있는 게 진짜 체력이야, 몸이 비쩍 말랐다고 체력이 약한 게 아냐, 눈이 초롱초롱한, 몸 안에 살아있는 기가 팽팽히 흐르는 게 진짜 체력이야! 아시겠어요?"

교감이 저 혼자 흥분했다. 옆자리 아이가 흔들어 책상에서 머리를 일으키긴 했지만 철진은 그 소리가 귀에 들어오지 않았다. 철진은 머리를 든 채 눈을 감았다 떴다 하며 잠들어 있었다. 야간 행군을 하는 군인이 걸어가면서 잠을 자는 것과 같았다. 교감이 계속 떠들었다.

"하루 여덟시간 이상 푹 자면서 공부할 수 있다면 얼마나 좋겠어요. 현실은 그렇지 않습니다. 전국의 수많은 수재들이 여러분들과 경쟁하고 있단 말예요. 네다섯시간 자고 자투리 시간에 잠깐잠깐 자는 수밖에 없어요. 그런 잠 10분이 밤에 자는 잠 한시간과 맞먹어요. 다들 경험해봐서 아시죠? 근데, 여러분. 서로 다 친구 사이 아닙니까. 남들 잘 때 나 혼자 공부해야지, 이런 좁은 마음 먹지 말고 옆자리 친구가 잠을 자면 10분쯤은 놔두더라도 그 뒤는 바로 깨워줘야지 한시간 두시간 푹 자도록 내버려두면 친구라 할 수 없어요. 알겠습니까?"

철진의 좌우 옆자리 두 녀석을 유심히 바라본 뒤 교감은 교실을 나갔다. 교감이 말을 하는 내내 의식이 없는 상태였지만 자기보다 높은 권력의 존재가 사라진 걸 본능적으로 감지했는지 교실 문이 닫히자마자 철진은 또 쿵 소리를 냈다. 뒷자리의 급우들은 크크 웃으며 저마다 하이라이트 문제집이랑 성문종합영어에 코를 박았다. 옆자리 녀석 중 하나가 두번 흔들었지만 철진은 무섭게 얼굴을 일그러뜨렸다. 책상에서 머리가 반대쪽으로 돌았고 왼쪽 아이가 또 두번 흔들었다. 역시 철진은 무서운 얼굴을 지었다. 나중에 교감이 와서 뭐라 해도 녀석들은 두번이나 흔들었다는 핑계가 생겼기 때문에 저마다 참고서에 코를 박았다.

교감이 특수반 교실로 다시 들어온 건 5분 뒤였다. 그는 공부에 임하는 마음가짐에 대해 해줄 말이 생각났고, 그 훈화는 교탁 앞에서 잠에 취해 허우적거리던 학생도 있었기에 딱 알맞았다. 이번에 교실로 들어설 때는 철진 쪽부터 살폈다. 그 학생이 엎어져 있자 그럴 줄 알았다는 표정이다. 양편 책상의 급우 둘이 동시에 철진을 세게 흔들었다. 상체를 일으켰지만 철진은 여전히 초점없는 눈동자였다. 교감이 교탁을 탁탁 두번 쳤다.

"주목, 내 옛날 제자 얘기를 해주고 싶어요. 모의고사를 보면 늘 전국 등수 10등 안에 들던 애가 있었어요. 지금 서울에서 고등법원 판사를 합니다. 내가 가르친 학생 중 제일 똑똑한 놈이었는데, 사법고시를 패스한 뒤 녀석이 인사를 하러 왔어요. 근데 녀석 말이 신통한 게, 자기가 고등학교 때 어떻게 잠을 이겼는가, 어떤 마음가짐으로 공부했는가, 이런 얘기를 하는 겁니다. 즉, 기도를 열심히 했다는 거예요. 공부하는 게 지겹고 힘들면 눈을 감고 정

자세로 책상에 앉아 기도했다는 거예요. 근데 하나님께, 부처님께 하는 게 아니라 우주한테 했다는 거야. 자기 머리 위에, 교실 천장에 가려 있지만, 무궁무진하게 펼쳐져 있는 우주, 헤아릴 수 없이 많은 행성, 별, 혜성, 그런 것들한테 기도한다는 거야. 내가 기도하는 이 시간, 내 간절한 기도의 말을 들은 저 우주, 별들의 신비로운 기운이 내 몸 속으로, 머리 속으로 들어오고 있다, 내 몸은, 내 머리는 지금 무한한 우주의 기를 빨아들이고 있다, 나는 인간의 한계를 넘는 우주의 에너지로 가득 차 있다, 그러므로 나는 초인이다, 이 모든 기적적이고 신비한 힘을 공부에 쏟는다! 이렇게 자기최면을 걸었고 그리고 눈을 뜨면 몰려오던 잠도 싹 달아나 있다는 거죠. 여러분도 졸음이 올 때, 그런 기도를 하란 소리가 아니라, 내 말의 요지는, 결국 마음가짐이 중요하다는 겁니다. 생각해 보세요, 얼마나! 공부하는 게 힘들었으면 녀석이 그런! 희한한! 생각까지 했겠냐, 이거야. 지금 이 순간에도 잠이 오는 사람이 있고 성적이 목표한 대로 안 올라 힘이 빠진 사람도 있겠지만, 그러나 자신이 할 수 있는 한 노력을 정말로 다 하다가 지친 건지 아니면 의지 부족인지를 잘 생각해 보세요."

　철진은 고개를 뒤로, 옆으로 마구 흔들고 있었다. 철진은 지금 생애 최강의 잠과 만나고 있었다. 신비한 힘을 불어넣는 게 아니라, 이그, 이눔아, 너는 그만 자거라, 하고 온 우주가 철진을 자라고 하고 있었다. 열여섯살 투명한 육체와 생명력은 그 명령을 결단코 거역할 수 없었다.

교감은 여전히 정신 못 차리는 철진을 화장실로 데려가 세수시키지 않았다. 언뜻 감동적인 예화를 들려준 뒤 머리를 휘청거리는 철진을 보고도 그냥 교실을 나가는 것이다. 말을 개울까지 끌고 갈 순 있지만 억지로 물을 먹일 순 없다는 평소의 지론을 따른 건가. 교감이 문을 닫고 나가자 이번도 철진은 쿵 소리를 냈다. 급우들이 크게 와르르 웃었다. 교감을 보기 좋게 우롱하는 용감한 학생 같은 것이다. 교감은 복도 창문으로 철진을 보았다. 그가 다시 교실로 들어왔다. 교감은 갑자기 화가 났다.

"야, 일어나."

철진은 머리를 번쩍 들었다. 찧은 이마가 벌갰다.

"이름이 뭐야?"

교감의 말은 음향에 불과할 뿐이었다. 옆자리 아이가 "철진아, 철진아 …" 하자 교감이 철진의 명찰을 직접 확인했다.

"이철진, 이리 나와."

철진이 의자에서 일어나 책상 옆으로 빠져 섰다.

"따라 와."

교감이 교실을 나갔고, 철진이 따랐다. 신기하게도 철진은 공중부양 하는 사람같이 교탁이나 문턱 어디에 발이 걸려 넘어지지 않았다. 교감은 운동장으로 갔다. 철진은 둥둥 떠오른 허공의 발걸음으로 계속 따라갔다. 밤이 깊었다. 교감이 캄캄한 운동장을 가리켰다.

"뛰어."

“네 …”

“세바퀴.”

“네 …”

유령 같은 목소리로 답한 뒤 철진은 다리를 움직이기 시작했다. 철진의 달리기는 우스꽝스러웠다. 그 모양이 달리는 사람이 아니라 수영을 하는 사람 같았다. 영화의 슬로우 장면처럼 땅 위를 날아가는 것도 같았다. 아니 새가 날개를 퍼득이며 모래 위를 뛰고 있는데, 아무래도 그 새는 술 취한 새 같았다. 철진은 팔다리를 움직이고 있었지만 잠을 자고 있었다. 캄캄한 운동장, 그 위의 밤하늘, 별빛, 그것은 장롱 속과도 같았다. 철진은 달렸다. 누가 보더라도 정상적인 달리기가 아니지만 앞으로 쓰러질 듯 뒤로 넘어질 듯 어쨌든 다리를 위태롭게 내딛었다. 교감은 그런 철진을 보며 어이가 없었다. 어떻게 저럴 수 있을까, 일부러 저러는 건 같진 않았다.

장롱 속에서 잠자는 것이면서 어머니의 품 속에서 바둥질을 하는 것이기도 했다. 철진의 몸은 아기 때의 잠들을 알고 있었다. 하나의 세계에서 다른 하나의 세계로 몸이 이월하는 것, 생명을 몇 달 겪었을 뿐인 아기에겐 너무 낯선 잠, 잠 기운은 정체불명의 귀기일 뿐, 잠이 올 때, 잠에서 깰 때 아기는 운다, 뭐야, 내가 왜 여기 있어, 아기는 운다, 다른 세상에 와버렸다고. 어미의 손에 다독여져 잠의 세계로 가고 생시가 무서워 울 때도 어미의 손길이 와 쓰다듬어줘야 아기는 안심이다. 잠이 들고 잠이 깨는 건 생명의 대사, 누가 아기를 재웠고 대체 누가 아기를 깨웠을까! 온 세상이 갑자기 나타나고 또 온 세상이 갑자기 사라지는 요술 같은 일. 그런데 지구 위의 한 캄캄한 땅 위에 걷지도 못하는 아기가 그런 마술 같은 잠에 빠져 운동장을 달리고 있는 것이다.

철진은 한바퀴를 돌고 두바퀴째에 접어들었다. 철진은 어쩌면 달에 와 있었다. 지구 중력을 벗어나 달의 중력장 속을 휘청휘청 달리고 있었다. 달을 달리는 사람의 머리 위에도 펼쳐진 하늘, 지구에서 바라본 우주와 똑같았다. 달이 없다는 것만 빼고. 철진의 머리 위 우주는 참으로 노골적이었다. 지구를 한 식구로 받아들이는, 식구끼리 부끄러울 게 뭐야, 하는 듯이 다리 가랑이를 한껏 벌린 우주. 음부와 겨드랑이 털과 붉은 입 속이 고스란히 드러난 알몸의 찬연한 빛. 지금 이 순간에도 빛과 빛끼리 부딪치며 무엇인가 한창 뜨겁게 씨루고 있는 것이었다. 밤마다 우주는 오르가즘을 만끽하는지 모른다. 그 속을 철진이 정충처럼 움직이고 있었다. 아버지 우주와 어머니 우주가 시키는 완벽한 율동이 철진의 잠 달리기였다.

철진은 운동장을 마음껏 그렇게 헤엄쳤다, 아니 날았다, 아니 달렸다, 아니 꼬물거렸다. 철진의 폐는 움직이고 있었고 팔 다리 근육도 움직이고 있었다. 오른팔 왼발, 왼팔 오른발 짝이 맞게 나갔다. 그러나 잠이었다. 정신과 육체가 광년의 거리로 이산(離散)된 머나먼 잠이었다. 우주의 기운을 다 빨아먹은 한마리 새는, 마침내, 무거운 몸으로 더이상 날 수 없는, 만삭의 새는, 어느 순간,

운동장 흙 위로 자기 둥지 속인 듯 떨어졌다. 그리고 낳자마자 알
이 깨어졌다.

　철진은 꼬꾸라져 있었다. 이마를 부딪친 충격이 한참 지난 뒤
이마와 뺨에 와 닿는 땅의 서늘함에 철진은 눈을 떴고, 정신을 차
렸다. 동시에 새로운 땅에 자기도 모르는 씨가 뿌려졌다. 아기는,
아니 소년은 너무도 거대한 것과 결부된 존재였었다. 그 결부가
막 부서져버렸다. 철진은 무엇인가를 영원히 잃어버렸다. 그 상
실은 그러나 철진 속의 누군가에겐 환희였다. 아이가 아직도 놀
고 있었고 어른도 미리 와 놀고 있었다. 머리와 땅의 충돌에 의한
현훈증(眩暈症)일까. 여긴 어디지? 어, 뭐야, 우와, 저것 봐라, 별
똥! 저기 별똥이 긋는 빛의 곡선 봐. 눈 앞 가득히 빛의 알갱이가
날리는 순간의 현훈은 철진에게 의학적 증상이 아니었다. 우주의
별들은 어지럽게 회전하고 있었다. 그 광막한 우주가 꽃잎 한장
만한 인간의 망막에 다 들어오고 있었다. 몸 속의 우주가 빅뱅하
고, 철진의 머릿속에 가득 찼던 우주의 기운, 잠의 빛들이 머리 밖
으로 와글와글 달아났다. 그런 환희, 그런 상실이었다.

　철진은, 아니 철진의 망막은, 어리둥절하면서도 감탄하고 있었
다. 그는 방금 이 이상한 혹성에 떨어진 것이다. 그리고 고향의 빛
을 본 것이다. 별들은 억만년 전부터 서로를 바라보고 있었고, 억
만년의 기억을 넘어 다시 만난 어머니 아버지 할아버지 별이었
다. 철진은 누운 채 발을 버둥거렸다. 내가 왜 여기 있지? 그리고
외쳤다. 집에 갈 거야! 철진은 감동에 차 울기 시작했다.

지축을 흔들며 철진의 바퀴가 다시 구르기 시작했다. 소년은
지구의 공전속도로 우주를 날고 있었고, 학교를 둘러싼 집들의
불빛, 언덕 너머 먼 도심의 불빛, 그 너머너머 기차로 세시간 걸리
는 집, 그러나 철진은 보다 더 먼 곳을 지향하고 싶었다. 고향의
빛이 철진은 무섭지 않았다. 그 지향을 아직은 알아보지 못했지
만 철진 안에 미리 와 있는 누군가가 알아봤다.

교감이 달려오고 있었다. 세상의 딴일이었다.

(계간 《문학과 교육》 2001년 가을호)

저자

김곰치

1970년 경남 김해 출생

서울대학교 국어교육과 졸업

1995년 부산일보 신춘문예에 〈푸른 제설차의 꿈〉이 당선되어 등단

1999년 장편소설 《엄마와 함께 칼국수를》로 제4회 한겨레 문학상 수상

발바닥, 내 발바닥

2005년 8월 22일 제1쇄 발행
2007년 2월 26일 제3쇄 발행

저자   김곰치
발행처   녹색평론사

대구시 수성구 범어4동 202-13
전화 (053)742-0663, 0666
팩스 (053)741-6168
출판등록 1991년 9월 17일 제6-36호

값 8,000원

ISBN 89-90274-29-X 03810